제3회 팔봉 문학상 수상작

궁내의 살인

MURDER IN THE PALACE

조봉완 著

박세용 譯

다트앤

궁내의 살인
MURDER IN THE PALACE

이 책을 인내와 기개의 표상으로서

모든 한국인들의 가슴에 남을

명성황후의 영혼의 안식에 바친다.

서평

이것은 내가 알지 못했던 역사적 인물들과 사건들에 관한 참으로 놀라운 매혹적인 이야기였다. 나는 연이어 벌어지는 각종 역사적 사건들에 뒤덮여 다음에는 또 어떤 일이 벌어질지 알고 싶어 기다릴 수 없었다. 한국의 역사나 문화에 대한 배경지식이 없어도 전해지는 이야기는 선명했다. 문화적 측면도 마찬가지로 훌륭했다. 소설 속에 간간히 보이는 한국어 용어는 이야기에 진정한 느낌을 더했다. 수많은 화자들의 관점에서 역사를 증언한다는 점 역시 훌륭한 아이디어였다. 그것이 이야기를 풍성하게 했고 매력적인 역사적 인물들에게 깊이를 더하는 결과를 가져다주었다.

– 로라(Laura)

아마존 컴퍼니 크리에이티브 스페이스 편집자

1895년에 벌어진 명성황후 시해사건은 한국형 레제 마제스테(Lese Majeste), 즉 왕권에 대한 비난으로 아직까지도 한국인들에게 반향을 일으키며 일본과의 관계 회복 문제에 영향을 미치고 있다. 명성황후는 1860년 이후 조선에 나타난 가장 강력한 정치적 지도자였다. 조봉완 교수는 깊은 역사적 식견을 바탕으로 19세기 후반 조선의 왕비와 그 사회, 일본이라는 국가의 행동을 재구성 할 수 있는 여러 관점의 놀랍고 다양한 이야기를 전달하고 있다. 이를 통해 조 교수는 저물어가던 500년 사직의 조선, 그 중요한 계기가 됐던 무자비한 역사의 한 장면을 세밀히 보여준다.

– 브루스 커밍스 교수

시카고 대학 역사학과 석좌교수

'궁내의 살인'이라는 몰입도 높은 역사소설로, 조봉완 작가는 19세기 말 제국주의 시대에서 생존하려던 조선왕국의 투쟁이라는 창을 열고, 왕궁과 복잡한 국제관계 속에서 펼쳐지는 음모와 이중성을 포착한다. 독자들은 민비와 그녀의 비극적인 죽음을 중심으로 벌어진 어지러운 사건들의 증인이 된다. 그녀는 결국 미래의 강력하고 카리스마 넘치는 여성 지도자로 다시 살아난 것이다.

– 일레인 S 폭스

아웃 오브 카오스(Out of Chaos) 편집자

조봉완 교수는 명성황후의 삶과 죽음, 19세기 조선말엽의 드라마틱한 정치상황과 국제문제를 소설화해서 재구성했다. 1895년 끔찍한 시해사건으로 시작해 조 교수는 독자들을 1860년대의 민비의 궁중생활로 인도한다. 궁중 내 암투, 첫 왕자의 죽음, 세자를 낳고 양육하는 기간 동안의 사투, 궁중정치에서 점차 커지는 역할 등을 비롯해 작가는 조선과 국제 열강들과의 관계와 얽히고설킨 음모를 풀어낸다. 이야기는 19세기 말 국제적 질서의 재편이 조선의 지정학적 위치상 이 나라의 국내정치의 변화로까지 확대되는 당시의 역사적 사실을 보여준다. 복잡하고 갈등을 유발하는 각각의 동기를 갖고 있는 매혹적인 소설속의 인물들은 역사를 뒤바꿀만한 행동을 한 치 앞의 목적을 위해 서슴없이 감행해낸다. 마지막으로, '궁내의 살인'은 일본으로부터 조선과 왕실을 구하는 목적에 거의 성공할 뻔 했던 명성황후의 삶을 예찬하고 있다.

– 한국재단 역사학 부교수 겸 펜실베니아 대학 한국학 학과장
유진 박 박사

소설에 앞서

소설에 대한 영감은 살해된 명성황후라는 인물에 대한 관심을 통해 오래전부터 자연스레 찾아왔다. 그 이후로 세상을 떠난 나의 남편은 물론 가족과 친구들이 그 관심이 꺼지지 않도록 나에게 용기를 줬다. 항상 나와 함께 해 주었던 그들에게 깊은 감사를 드린다.

몇 년 전부터 나는 미국 내의 여러 한국역사학자들, 시카고 지역의 친구들, 노스웨스턴 대학 오셔 평생교육원(OLLI)의 창작문학 워크숍 동기들로부터 많은 격려와 비판, 제안 등을 받는 혜택을 누릴 수 있었다.

특히 일레인 폭스, 브루스 커밍스교수, 유진 박 교수의 소설에 대한 서평에 깊은 감사를 드리는 바이다. 그들은 여전히 초안 상태였던 소설에 대해 너그러운 평가와 진실어린 도움말을 전해주었다.

조지타운 대학의 캐롤 사전트 박사, OLLI 창작문학 워크샵 동기 게이 라이스보로, 조바바라 마이어 양에게도 심심한 감사를 전한다. 사전트 박사는 조지타운 대학 문학출판사무소에 근무하며 내 소설 프로젝트 초반 많은 힘을 주었다.

마이어 양은 오랜 기간 여전히 초고상태로 있다가 수업 중에 발표한 이 소설을 재발견 해 주고 나에게 본격적인 소설로 다듬도록 권유해 주었다. 라이스보로 양은 미국인 문학가가 가진 날카로운 시선으로 이 소설을 평가해 주면서 여러 가지 제안을 더해 주었다. 일리노이 윌멧에 거주하는 지니 노예스, 에반스턴에 살고 있는 에리카 그란찰렉 역시 솔직하고 가감 없는 평가로 나를 도왔다.

14명의 가족들—세 이이들과 그 아이들의 처와 남편, 여덟 명의 손자, 손녀들 역시 내가 쓴 소설에 대한 각각의 견해 등을 이야기 해줬고 제목을 짓는 데도 적지 않은 도움을 줬다. 그들이 내 곁에 있어 내 생각을 큰 목소리로 말할 기회를 주었던 점에 진심으로 감사하고 있다. 또한 펜실베니아의 김희숙, 김 국 박사에게도 감사를 전한다.

마지막으로 전문 에디터의 참 솜씨를 보여준 아마존 크리에이트 스페이스 편집자 로라 씨에게 고맙다고 인사하고 싶다. 이 책에 미숙한 점이 있다면 그것은 전적으로 나의 책임임을 밝히면서 독자들의 아량과 너그러움을 바라는 바이다.

2016년 여름

조봉완

한글판을 내며

뜻밖으로 '궁내의 살인' 한글판을 출판하게 되어 감개무량하며, 이일을 도와주신 계간 〈문화의식〉의 발행인, 소설가 안혜숙 님께 진심으로 감사드립니다. 안혜숙 님이 아니었다면 한글판의 발행이 불가능했음을 알려 드리고 싶습니다.

처음 영문판을 아마존 사(社)의 크리에이트 스페이스(Create Space, Amazon)에서 출판할 때는 한글로 번역할 생각이나 한글판을 출판하리라는 생각은 염두에 없었습니다. 그 이유는 이 책을 영문으로 쓴 계기가 애초에 타국인들, 특히 영어권 사람들에게 19세기말 제국주의 시절에 휘몰려 망국의 위기에 닥쳤던 조선 왕조의 일인 왕비가 그의 명석함과 재치로 국제적으로 일본제국의 침약을 막으려 시도 하다가, 거의 성공할 순간에 비참하게 살해당한 이야기를 알리기 원했기 때문입니다.

그러나 영어판을 읽으신 재미 한인, 특히 서울대 동문 여러분 들이 번역을 하고 한글판을 출판하라 격려 하셨습니다. 그중에서도 워싱턴 지역 한인 문인회 회장을 오랫동안 책임 지셨고, 그 지방의 중진으로 경기 중·고등학교 동문회, 서울대 동문회 등의 회장을 역임하신 이영묵 선생님께서 계속 재촉하시고, 격려해 주셨습니다. 선생님께서는 영문판 '궁내의 살인'을 제 3회 팔봉 문학상에 추천하셨고 지난 5월에 수상 하게 되었습니다. 심사를 맡으셨던 서울대 법대 후배 백순 박사께서 서평을 써 시상식에서 발표 하셨고, 북미 서울대 총 동문회 월보(275호, 2017년 7월호)에 게재하기도 했습니다. 더욱이 이 회장님은 안 작가님을 소개해 주셨고 그 인연으로 여기까지 오게 되었습니다. 지난 6월 말, 고려 대학에서 열렸던 미-아세아 하기 학회 참석 차 방한했을 때, 안 작가님을 강화도 자택에서 뵈었고 그분의 출판 전문가로서의 기품에 감탄해 협조 할 수 있겠다 느꼈습니다.

첫 번역을 해주신 워싱턴 소재 중앙일보 박세용 기자에게 힘든 일을 맡아 준 것에 대한 고마움을 표시하며, 안 작가님 회사의 편집원들에게도 다시 치밀하게 손보아 주신 것 감사드립니다. 임정호 편집디자이너의 손을 거쳐 책의 외적인 부분도 개선된 점에 각별히 고마운 뜻을 표합니다. 여러분께서 도와 주셔서 '궁내의 살인' 한글판이 햇빛을 보게 되었습니다만, 그 내용과 모든 과오는 필자 혼자만의 책임임을 말씀드립니다. 부족하나마 우리나라의 쓰라린 역사, 우리 민족의 인내심과 긍지를 이해하는데 이 책이 도움이 된다면, 그 이상 바랄 것이 없음을 진심으로 아룁니다.

2017년 8월 18일 에반스톤에서

조봉완

목차

이야기는 조선 왕실의 악몽이 닥치기 하루 전 날부터 시작된다. 고되면서도 유쾌했던 하루를 보낸 민비는 처소에 드나 침입자들로 벌어지는 소란 속에 깨어난다. 허둥지둥 변장을 하고, 상궁의 손에 이끌려 피해보지만 침입자들에게 쫓기다 결국에는 난도질 당하고 죽임을 당해 불태워지고 만다. 그녀가 마지막 숨을 내뱉기 전, 그녀는 30년간의 궁중에서의 시간이 눈앞에 빠르게 흐르는 광경을 본다. 너풀 날아 하늘로 오르며 한성의 고요한 아침의 정경을 보는 그녀는 혼백으로라도 영원히 이 땅을 지키겠노라고 다짐한다.

1화
시월의 밤

… 1894년 7월 23일의 아픈 일이 다시 떠올랐다.
그중 가장 사무치는 기억은 일본군대를 거느리고 궁을 습격해
조롱 섞인 눈으로 나를 바라보던 시아버님의 분노어린 얼굴이었다.

*

*

*

고됐으나 행복했던, 또 하루의 저녁 일과를 모두 마치고 나는 침상에 누웠다.

올 해는 단기 4228년, 서력으로는 1895년. 나는 지난 30년간, 조선의 임금으로 제위 33년을 맞는 고종 전하의 아내로 중전 노릇을 해오고 있었다. 자정은 벌써 지났고 연보라 빛 비단 누비이불은 더할 수 없이 아늑하기만 했다. 이제 잠에 들어야 한다. 내일도 바쁜 하루가 될 것이었다. 그것도 생사가 달린….

날카롭고 위엄 넘치는 기상을 유지해야 한다. 이불을 턱 끝까지 올렸다. 편안하지만 잠에 빠지지 못했다. 하루 종일 되뇌었던 기도가 머릿속에 맴돌았다. 그러나 내가 하고자 했던 말의 내용이 맞았는지 보다는 조선 왕에게 올바른 경어를 사용하고 있는지의 여부가 그 당시 내게는 더 신경이 쓰였다. 전능하신 천지신명이시여, 우리를 구하고 도와주시옵소서. 그리고 나는 나를 안심시키기 위해 읊조린다. '드디어 모든 일이 해결됐다. 괜찮아. 괜찮을 것이야. 정말로 괜찮을 거야. 암, 괜찮을 거야….'

심판의 날의 전야다. 이 날은 친일군사조직 훈련대의 해산이 명해진 날이다. 훈련대는 조선 왕실에 적대적이었다. 이 조직의 해산은 나와 종친들의 안전은 물론, 이 나라의 안위를 위해 넘어야 할 마지막 산이었다. 내일은 위한 준비는 모두 마쳤다. 자신감에 넘친 나는 아주 오랜만에 중국에서 돌아온 사랑하는 조카 민영익을 위한 만찬까지 직접 준비했다. 만찬의 날짜는 음력 8월19일이다. 지난해 7월 청일전쟁을 앞둔 일본 측이 우리를 궁에 억류했을 당시 민 씨 가문의 수장이었던 영익이는 안전을 위해 중국으로 도피해야 했다.

일본은 전쟁에서 승리했으나, 유럽 열강들의 곧 이은 여러 간섭에 위신을 잃었다. 일본이 굽실거리는 틈을 타 우리는 정부 내 친일 관리들을 차례로 제거했다. 이제 남은 눈엣가시는 훈련대뿐인 터였다. 이 나라와 왕실 조정은 14개월 전, 멸망의 자락에 매달려 있었다. 그러나 오늘 밤만 지나면 모든 일은 먼 기억 속의 악몽 따위로만 남게 될 터였다. 알뜰하고 푸근한 잔치를 거듭하며 그 치욕을 씻을 것이다. 오늘 밤이야말로 내 생애 30년간의 중전 노릇 중 가장 기억에 남는 밤이 아닐 수 없으니….

만찬은 향원정에서 열렸다. '향기롭고 멀리 놓은 정원'이라는 뜻의 이 정자는 궁궐 북쪽 끝자락에 세워졌다. 자연의 푸르름이 대기에 한가득하다. 인공 연못 한 가운데 선 아름다운 3층 육각정자. 폐하께서 1860년 건청궁 앞에 세워 주신 향원정의 정교한 나무 난간에는 두 층에 걸쳐 파도처럼 너울대는 문양이 정교하게 조각 됐으며 곱디고운 단청으로 칠해졌다. 정자 뒤편 숲에는 푸른 대나무, 진홍색 단풍나무, 황금색 은행나무가 우거졌다. 만개한 국화는 짙은 적색, 눈같이 흰 백색, 황금처럼 고운 노란색으로 눈부시게 펴 있었다. 건물의 외관은 남쪽을 바라보았다. 세 개의 가파른 화강암 계단을 오르면 웅장한 안채가 나온다. 또 다른 계단은 진홍색 취향교로 이어진다. 말 그대로 취할 만큼 향기로운 다리다. 별칭으로는 구름길이라고 불리기도 한다. 둥그렇게 구부러진 다리의 모양새가 하늘로 솟아오르는 모양이기 때문이다. 가을이 되면 고요한 연못이 거울처럼 향원정과 취향교의 모습을 비추었다.

그들을 감싸고 핀 화려한 꽃이 단풍과 함께 가을 색 유난히 도드라지던 석양 무렵, 전하와 나는 어린 왕세자와 세자비 종친들을 거느리고 취향교를 거닐었다. 나는 그만 가을의 절정이 전하는 아름다움과 그윽함에 매료됐다. 기분 탓인지 내일 모든 일이 잘 풀릴 것이라는 안도까지 느꼈다. 나는 잠시 하늘을 바라보며 천지신명께 내일이 끝날 때 까지 만이라도 이런 느낌이 계속 되도록 해 주십사 기도를 올렸다.

향원정에 들어서자 성찬이 풍기는 냄새에 침까지 고였다. 온돌에 앉는 궁내와 달리 향원정의 바닥은 마루로 이뤄졌다. 거대한 식탁과 의자들이 놓였고 그 가운데는 전하를 위한 황금색 용좌와 나를 위한 봉황좌가 마련돼 있었다. 폐하의 왼쪽에는 왕세자와 왕세자비가 앉았다. 내 오른쪽으로는 민용익과 그의 처가 자리 잡았다. 상 위에는 붉은 비단보가 깔려 있었다. 음식으로는 얼마간 보지 못했던 화려한 생선과 고기음식이 준비됐다. 커다란 넙치 찜에는 고추와 파, 생강, 마늘 따위가 향신료와 어울려 보기 좋게 올라가 있었다. 얇게 저민 쇠고기며 네모나게 썬 돼지고기 편육도 보였다. 여러 나물, 양념에 무친 냉 야채, 김치, 절임, 온갖 색의 떡 따위가 보기 좋게 차려져 있었다. 달군 숯이 가운데 들어간 네 개의 황동 신선로가 식탁 위에 놓여 은행, 버섯, 야채들과 함께 끓어오르는 고기국의 풍성한 냄새를 사방에 퍼뜨렸다. 전하께서도 만족해하시며 어주를 올리라 명하셨다. 모두가 정좌하고 전하는 옥색 빛 청자 잔을 드셨다.

"왕궁에서 일본 놈들에게 인질 신세가 된 말도 못할 치욕을 당한 지난 칠월부터 참으로 많은 일들이 있었소이다."

전하께서 잠시 목소리를 가다듬으셨다. 내 느낌일지도 모르지만 전하의 두 눈이 충혈 된 것 같았다. 목소리도 조금 갈라져 있었다.

"하지만 이제 다 잊읍시다. 그리고 오늘 밤을 경하합시다. 용익이가 무사히 돌아왔고 앞으로 왕실의 여러 일들을 맡게 돼 기쁩니다."

전하는 잔을 높이 드셨다.

"성은이 망극 하나이다."

모두가 함께 잔을 들며 머리를 조아렸다.

"위대했던 청나라가 머리 노랗고 빨간 바다 건너온 오랑캐들에게 멸망하는 것을 보았소이다. 서양인들을 흉내 내 힘을 키운 난쟁이 같은 왜놈들이 우리 내정을 쥐어흔드는 꼴을 몸서리치며 지켜봤소이다. 하지만, 그 모든 일들은 이제 과거의 일들이오. 이건 모두 중전이 영악하고 영특한 솜씨로 외교적 문제를 다스려 나갔기 때문입니다. 정녕 중전의 충고가 없었다면 어찌 사직을 이끌었을지 생각만 해도 아찔하오."

전하께서 나를 바라보셨다.

나는 전하께 고개 숙여 절하며 "전하. 참으로 친절하시고 너그러우신 말씀이옵니다. 허나 이것은 저의 덕이 아니옵니다. 다 전하께서 하례와도 같은 덕망으로 오늘날을 이끄신 것 이옵니다."라고 말씀을 올렸다.

"중전마마. 하례드리옵니다."

모두가 일제히 소리쳤다. 나는 진심으로 기뻐서 모두에게 머리 숙여 인사했다. 전하의 칭찬 때문만이 아니었다. 우리가 모두 살아남을 수 있어서였고 이 나라가 평안할 수 있어서였다. 만찬은 성대했고 아름다웠으나 나는 음식도 술도 삼킬 수 없었다. 단지 지아비, 아들, 며느리와 친척들이 기쁘게 즐기는 모습을 바라보며 만족했을 뿐이었다.

모두가 돌아간 궁에 또 다시 고요함이 찾아왔다. 시원한 가을밤이었다. 음력 8월 하순의 줄어가는 반달은 동녘으로 기울고 있었다. 처소로 돌아가며, 오늘 하루도 무사히 지나갔다는 생각에 한숨을 내쉬었다. 내일은 더 좋은 날이 되게 해주십사 기도했다.

전하께서 궁에 갇혔던 기억을 말씀하신 탓에 어쩔 수 없이 1894년 7월 23일의 아픈 일이 다시 떠올랐다. 그중 가장 사무치는 기억은 일본군대를 거느리고 궁을 습격해 조롱 섞인 눈으로 나를 바라보던 시아버님의 분노어린 얼굴이었다. 나는 악몽 같은 기억을 떨치기 위해 기도하고 또 기도했다.

"오늘밤과 내일이 아무 일 없이 지나가도록 해주십시오! 나와 이 나라, 왕조의 안위가 무사하도록 도와주십시오!"

시끄러운 소리가 들렸다. 나를 방해하는 이 소리가 무엇이더냐? 겨우 잠이 들려고 했는데 나를 제발 내버려 둬 다오. 조금이라도 쉬자꾸나. 나는 돌아누워 이불을 머리끝까지 올렸다. 홍상궁의 야단스런 목소리가 들린다.

"중전마마. 제발 일어나십시오. 제가 들어가겠습니다."

대답도 전에 홍 상궁이 내 어깨를 조심스레 흔든다.

"마마! 죄송하옵지만 이곳에 머무르실 수 없습니다. 중전마마, 정말로 송구스럽지만 이 옷으로 갈아입으셔야 하옵니다."

홍 상궁이 상궁들이 입는 저고리 치마를 나에게 건넸다. 나는 어리둥절해 홍상궁을 가만히 보았다. 나인 하나가 말참견을 했다.

"놈들이 중전마마를 잡겠다며 쳐들어 왔습니다. 마마를 한시라도 바삐 숨겨야합니다요!"

"나를 잡아? 어떤 놈들이?! 왜!"

"쉿!" 홍 상궁이 검지를 자기 입에 갖다 대며 조용하라 다그쳤다.

홍 상궁은 잔뜩 움츠러든 목소리로 말했다.

"왜놈 무사들입니다. 평민 복장을 한 훈련대원들과 조선인들도 섞여 있습니다."

"백성들이? 누구냐? 어떤 놈들이야?"

"쉬-이." 또 다른 상궁이 말했다.

"저희도 아직 잘 모르옵니다. 새로 온 미우라 공사와 그 무리들일 지도 모릅니다."

"정말이냐? 그러면 그에 동조한 조선인들은 누구냐? 혹시…?"

"모릅니다. 진실이 아니길 빌 뿐입니다. 여하튼 서둘러야 합니다. 마마! 제발!"

이번에는 계속 재촉해대는 홍 상궁이 말했다. 순간 대원군의 얼굴이 머릿속에서 번뜩였다.

"그럴 수는 없느니라. 그 분이라도 이러시진 않을게야!"나는 머리를 세차게 흔들었다.

"아버님……." 울음이 터져 나왔다.

"나를 얼마나 미워하시는 지 따위 상관없습니다. 하지만 아무리 그렇더라도 왜놈들과 짜고서 나를 몰아내려고 하시진 않을 겁니다. 혹시 그런 것입니까?"

"쉬! 중전마마. 제발, 조용히 빨리 나가셔야 합니다."

홍 상궁이 몇몇 상궁과 함께 나를 잡았다. 끌려가면서도 나는 스스로 되뇌었다.

'정말? 당신께서? 우리도 풍문은 들었습니다. 하지만 당신의 아들과 나는 결코 그 말을 믿지 않았습니다. 전하는 아버님께서 결코 그렇게 하실 리 없다고 몇 번이나 저를 안심시키셨습니다.' 나는 머리를 흔들며 중얼거렸다. 뜨거운 눈물이 분노와 슬픔을 타고 뺨으로 주룩 흘렀다. 눈물이 가득 차 뿌옇게 변한 시야에는 대원군 대감이 부릅뜬 눈으로 나를 응시하는 모습이 보였다.

날카롭고 타는 듯한 내 시아비의 눈빛. 그것은 아주 오래 전에 처음 마주 했던 무섭도록 선명한 결코 잊을 수 없이 내 뇌리에 박혀버린 눈빛이기도 했다.

2화
첫 만남

나는 용기를 내 대원군 대감의 얼굴을 바라봤다.
그것이 내가 그분의 날카로운 갈색 눈을 처음 본 순간이었다.
그 눈은 한 치 깜빡임도 없이 내 얼굴을 정면으로 향하고 있었다.

*

*

*

언제, 어디서 시아버지가 그 눈빛을 처음으로 내게 보냈는지 그 기억은 아직도 생생하다. 1866년 초, 추운 겨울날 운현궁에서였다. 먼 친척이 되는 부대부인께서는 내게 상감마마의 아버님 되시는 대원이 대감을 찾아뵈라 명하셨다.

말은 하지 않았지만 열네 살 상감마마를 모실 중전으로 간택될 여러 후보 중에 내가 들어 있다는 것쯤은 어렴풋이 짐작 할 수 있었다. 조만간 중전 간택을 위해 사대부들의 혼례를 중지시킬 것이라는 소문을 들었다. 중전에 간택 될 가능성이 있다는 사실은 반가웠지만, 실제로 뽑히게 된다는 것은 꿈만 같은 이야기였다.

조선이 들어서고 초창기 200년간 민 씨 가문에 중전이 여러 번 나왔다지만 먼 옛날 얘기고, 우리 가문은 이제 몰락한 것이나 다름없었다. 아버지는 오랜 기간 병으로 몸져누우셨다 돌아가신 지 오래다. 가문을 이을 아들조차 없는 것이 우리 집안의 처지였다.

운현궁 대문에 당도 하자 그 바뀐 위세가 실감났다. 칠이 벗겨져 낡았던 문짝이 말끔히 고쳐진 것은 물론이었고, 집안 곳곳이 반짝반짝 윤이 나는 것 같았다. 심지어 군졸들까지 대문을 호위하고 있었다. 얼마나 쇠퇴했었는지 아직도 기억이 생생한데 권세만큼 좋은 게 없구나. 돈만 있으면 낡은 집도 새것처럼 고치고… 어머니랑 나는 언제쯤이나 이 분처럼 살 수 있을까? 문에 다가가자 보초가 나를 세우면서 다짜고짜 소리를 질렀다.

“여기가 뉘 댁인지 아느냐? 상감마마의 부친 되시는 대원군 대감의 댁이다.”

그 위세에 깜짝 놀랐지만, 나도 지지 않고 어깨와 머리를 꼿꼿이 세웠다. “아! 물론 아다마다. 나의 친척 언니 되시는 이 곳 안주인께서 나를 부르셨다.”

안주인이 내 언니라는 소리에 보초는 몸 둘 바를 모르며 공손히 나를 들여보냈다. 부대부인은 밖에서 난 큰소리를 들으시고는 마당으로 나오셨다.

“웬 소란이냐?”

내 모습을 보시자 부대부인은 내게 다가오시며 내 두 손을 맞잡으셨다. 그러고는 나를 못 알아 본 하인들을 질책했다. 나는 크게 절하고 보위에 오르신 아드님에 대한 경하의 예를 다해 올렸다. 나는 부대부인과 함께 안방에 들었다.

마침 대원군 대감이 사랑채로 들어선 참이었다. 그 분께도 공손히 인사했다. 하지만 순간적으로나마 내 발끝에서 머리끝까지 살피는 그 분의 날카로운 눈빛을 느낄 수 있었다. 사이가 지나고 대원군이 말하셨다. “네가 민 씨 댁 여식이구나.”

대답도 하기 전에 대원군은 부대부인께 “부인 오라비 승호의 여동생 아니오?” 부대부인은 나를 알아본 대원군에게 기뻐했다.

대원군 대감이 비단 보료 한 가운데 좌정하고 부대부인은 그 옆 방석에 앉았다. 나는 그 옆 맨바닥에 앉아 공손하게 머리를 반쯤 숙인 채였다. 대원군 대감은 다시 한 번 예민한 표정으로 살피며 내 나이를 물었다.

“열다섯이옵니다.” 최대한 공손한 목소리로 대답했다.

"자영아, 그렇게 고개를 숙인채로 대답 올리면 대감께서 네 얼굴을 어찌 보겠니? 대감께서는 너를 제대로 보고 싶으실 게다. 고개를 들고 네 예쁜 얼굴을 보여 드리렴."

부대부인의 다정한 말이었지만 난 잠시 망설였다. 하지만 이런 기회를 날려버릴 수는 없었다.

나는 용기를 내 대원군 대감의 얼굴을 바라봤다. 그것이 내가 그분의 날카로운 갈색 눈을 처음 본 순간이었다. 그 눈은 한 치 깜빡임도 없이 내 얼굴을 정면으로 향하고 있었다. 나는 본능적으로 그만 움찔했지만 그 눈빛을 피하지는 않았다.

나중에 들은 이야기지만 대원군 대감은 당신의 시선을 피하지 않는 내 모습에 거부감을 느꼈다 한다. 그의 유약한 아들을 보필할 중전 감으로 경솔하다고 느꼈다는 것이다.

아무튼 부대부인께서 내 소매를 슬쩍 잡아당길 때 까지 나는 상감마마의 부친 되시는 대원군 대감을 멍하게 쳐다보고 있었던 것이다.

"열넷 하고 열다섯 흠…. 열넷하고 열다섯이라…."

대원군 대감이 혼잣말로 중얼거렸다. 나와 부대부인은 서로 쳐다보며 그게 무슨 뜻인지 궁금하다는 표정을 지었다. 조금 지나자 대원군 대감이 내게 물었다.

"글은 익혔느냐?"

"예, 대감마님. 제 아비께서 살아계실 때 가르쳐주셨고, 이후에는 오라버니께 배우고 있습니다."

나는 망설임 없이 대답했다. 그러자 대원군 대감은 여러 질문들을 쏟아내기 시작했다. 내게 제법 관심이 있었던 모양이었다. 나는 최대한 예의 바르고 또렷하게 질문 하나하나에 정성을 들여 대답했다.

"요즘 무슨 책을 읽고 있느냐?"

"좌전을 읽고 있사옵니다."

"그리 어려운 책을 읽는다고? 이해는 하고 읽는 게냐?"

"이해하지 못하는 부분도 있사오나, 대체로 알만 합니다."

부대부인이 대화에 황급히 끼어드셨다.

"공부만 잘하는 게 아니라 살림에도 워낙 재간이 있습니다. 홀어머니를 도와 집안 살림을 도맡고 있답니다."

"천애고아 처지인 게요?" 대원군 대감이 뚱하니 물었다.

"그러하옵니다. 대감. 자영이는 형제자매 없이 컸고 몇 년 전에 아버지도 여위어 갈데없는 처지로, 친척이라고는 입양된 오라비인 승호 뿐 입니다. 뼈대 있는 가문이오나 지금은 거지꼴이나 다름없죠."

대원군 대감이 갑자기 역정을 냈다.

"무슨 생각을 하신 것이요! 법도를 모르오? 부친을 여읜 자식은 중전 간택 후보로도 오를 수 없소. 큰 문제가 될 것이오."

"하지만 대감. 못 들으셨습니까? 대왕대비께서 추천하시는 아이 역시 아버지가 없답니다."

"그게 정말이오? 조 씨 가문에서 또다시 중전을 밀고 있다. 허 참…."

대원군 대감은 그 후 아무 말도 없었다.

나는 저녁을 먹고 운현궁을 나섰다. 집에 가는 도중 아버지가 안 계신 것이 문제가 되는 것인가 하고 낙담했다. 대원군 대감을 빤히 쳐다 본 것에 화라도 나신 게 아닐까도 걱정했다. 너무 대답을 직설적으로 한 게 아닌지 이런 저런 걱정이 한꺼번에 몰려왔다.

집에 돌아가자 어머니가 이런 저런 일을 꼬치꼬치 캐물었다. 내 걱정을 들키기 싫어 대답하기가 싫었다. 나는 그냥 다 잘 됐다고 간단히 말했다.

얼마 안 있어, 운현궁에서 전갈이 왔다. 내 영특함과 뻔뻔함에 대원군 대감이 크게 흡족했다는 소식이었다. 내 이런 면이 유약한 상감과 잘 어울릴 것이라고 하셨다고 했다. 약간의 무례함이 있었지만 장점이 많아 나를 대왕대비께 중전 감으로 추천했다고 했다.

30년 전. 그것이 나를 잡아먹을 듯 노려보는 무시무시한 갈색 눈을 처음 본 때였고 동시에 대원군 대감이 나를 중전으로 선택한 순간이었다. 그는 아버지를 여읜 여식을 중전으로 간택하지 않는다는 관습을 가볍게 무시하고 조 대비께 나를 중전으로 간택하라고 집요하게 설득했다.

하지만 이제 대원군은 나와 자신의 아들인 상감으로부터 권력을 뺏기 위해 나를 죽이려 한다. 우리의 철천지원수인 왜놈들과 한 편이 되면서까지 말이다. 또 그 빼앗은 권력을 죽을 때 까지 영위하기 위해…. 일본과의 합작이라. 혐오스러운 것 같으니!

도망을 치면서도 그의 이글거리는 두 눈은 나를 놓치지 않고 따라왔다. 그의 천둥 같은 목소리가 내 머릿속에 울렸다.

3화
나, 대원군, 돌아오다

중전의 종적을 찾을 수 없어
시신 없이 중전의 국상을 치르기로 결정했다.
빈 관에 내가 직접 못질을 했다.

*
*
*

"널 잡을 것이다. 나는 왕의 아비다. 그러나 넌 나를 쫓아냈다. 이번에는 용서치 않으리라."

300년의 폐허를 딛고 내가 다시 세운 경복궁에 들어서며 나는 이를 깨물었다. 나는 이십년 간 경복궁에 발을 딛는 것조차 금지 당해왔다. 내 아들의 뜻이 아니라 여우같이 교활한 며느리의 짓이었다.

"약속하마. 다시 돌아올 때, 너는 더 이상 없을 것이다. 왜놈들과 나를 억지로 합작하게 만든 것은 결국 다 너인 것이다."

나는 주먹을 다잡고 어금니를 깨물었다. 그 아이가 아니었다면 난 결코 이렇게까지 하진 않았을 것이다. 나를 이런 극한의 상황에 몰아넣은 그 아이가 밉다. 며느리의 탐욕과 야망이 없었더라면 나는 1873년에 권력을 놓지 않았을 것이고 결과적으로 일본 놈들과 손을 잡는 일도 없었을 것이다. 하지만 잠시 뿐이다. 왜놈들로부터 권력을 바로 빼앗아 올 테니까.

1873년은 상감이 성인이 되는 해였다. 하지만 상감은 스스로 나라를 다스릴 욕망이 전혀 없었다. 원하는 게 있어도 나타내질 않았다. 항상 나를 두려워했고, 섭정에 대한 불평도 없었다. 하지만 며느리는 달랐다. 섭정을 놓게 하기 위해 언제나 기회를 엿봤다. 상감이 혼자였었다면 내 섭정은 아마 내가 원하는 한 영원히 이뤄질 것이었다. 친정을 펼치겠다던 상감의 뜻이 며느리에 조종 됐으리라는 것쯤은 짐작하고 있었다.

내가 떠나자마자, 궁의 요직은 민 씨 가문의 종친들로 채워졌다. 3년 후인 1876년, 신정부는 왜놈들의 압력에 굴복해 강화도 조약을 체결했다. 이어질 수많은 불평등 조약 중 시초가 된 협정이었다. 민 씨 종친들의 폭정과 시장에 범람한 값싼 일본 공업제품의 영향으로 나라의 경제 사정은 형편없어졌다. 조선은 이미 반식민지 상태에 놓였고, 왕국은 몰락하고 있었다.

십년도 채 되기 전인 1882년, 민 씨 가문과 중전에 대한 민초들의 반감은 극에 달해 결국 임오군란이 벌어지고 말았다. 민 씨들이 조직한 신식군대에 밀려 찬밥이 된 군인들의 불만은 엄청났다. 쌀로 지급되는 급료도 항상 늦었고 그나마도 톱밥과 모래가 섞여있기 일쑤였다. 마침내 그들은 봉기해, 관리로 있던 민 씨 종친 중 한 놈의 집을 불살랐다. 나는 겸허히 그들이 원하는 바대로 내가 있던 자리로 복귀하는 것을 수락했다.

왕궁에 들자 중전은 이미 줄행랑을 친 뒤였다. 한 달이 지나도록 도망간 중전의 종적을 찾을 수 없어 시신 없이 중전의 국상을 치르기로 결정했다. 빈 관에 내가 직접 못질을 했다. 중전이 만에 하나 살아있어도 자신의 상(喪)을 보고서는 돌아오지 못하리라 생각했다.

표면적일 뿐이라도 내 아들인 상감은 군란을 해결한 내 수완에 무척이나 기뻐했다. 나는 관직에 앉아있던 대부분 민 씨 종친들을 내쫓았고, 그들이 치적으로 내세우는 소위 '개혁'들을 철폐해 내 지위를 공고히 했다.

그러나 몇 달도 채 지나지 않아 내 정적(政敵)인 중전은 의기양양하게 되돌아왔다. 내 크나큰 실망 앞에서도 상감은 티 나도록 크게 중전을 환영했다. 믿을 수 없었다. 중전이 돌아오기도 전에 나는 청나라 관리들에게 납치돼 이후 3년을 머나먼 이국에서 수인의 신세가 됐다.

그때부터 내 머릿속에는 영리하며 야망에 불타고 음흉스럽기 짝이 없는 며느리를 물리치는 것이 집착으로, 유일한 생의 목표로 굳어갔다. 10년간 나는 운현궁이나 시골 사저에 유폐된 채 철저히 고립돼, 왕궁으로의 복귀가 사실상 금지 됐다. 당할 만큼 당했다. 조선은 민 씨의 폭정에 너무 오랜 기간 시달려 왔다.

민가 놈들의 감시에서 벗어 난 것은 일본이라는 의외의 협력자들의 덕분이었다. 그들과의 협력 자체를 혐오했던 나였으나 그들의 제의를 물리칠 처지는 아니었다. 첫 번째 관문은 철통같은 민 씨의 감시체계를 뚫는 일이었다. 일본인들에게서 내 권위를 되찾는 것은 나중 일이었다. 시간이 지난다면 일본인들과의 협력을 물리치는 것 따위는 대수롭지 않을 것이라 생각했다. 그런 면에서 1895년 8월말 새로 부임한 조선 주재 일본 공사 미우라 고로는 적합한 인물이었다. 그의 명성은 일말 과장된 면이 없지 않았다. 신임 공사는 외교 경험은 거의 없는 무관이었다. 과묵하고 행동이 먼저인 열렬한 일본 민족주의자였다. 그는 조선에 부임하며 수많은 낭인들과 과거 사무라이였던 무리들을 이끌고 왔고 그들이 벌이는 갖가지 파렴치한 행동들을 눈감고 넘어가곤 했다.

미우라가 부임한 지 얼마 안 있어 직접 '여우사냥'을 위해 조선에 왔다는 말을 전해왔다. 나는 '여우사냥'이란 말을 듣자마자 그 뜻을 알 수 있었다. 나 스스로도 중전이 꼬리 아홉 달린 여우보다 악랄하다고 느끼던 터였다.

오카모토 류노스케는 일본 공사관 고문 겸 수행원으로서 나의 연락관 노릇을 했다. 나는 오카모토라는 사내가 마음에 들었다. 조선에 대한 지식도 해박했고, 나를 조선의 국부이자 큰 어른으로서 예를 다해 대했다. 오카모토는 과일 장사로 변장해 내 공덕리 시골집을 자주 들락거렸다. 장안에 위치한 운현궁 보다 시골집에 대한 감시는 상대적으로 덜했다. 우리는 중전이 훈련대를 해체하기 전에 끌어내려야 한다는 점에 같은 뜻을 갖고 있었다. 중전이 친일본 성향의 훈련대 해산에 성공한다면, 이 세상은 민 씨 손아귀에 영원히 농락당할 터였다. 그리고 나는 그 꼴을 두고 볼 수 없었다.

훈련대 해산일로 예정된 10월 7일 새벽 무렵으로 날짜와 시간을 정했다. 나는 그날 자정 공덕리 집을 나섰다. 50명의 일본 낭인들이 앞장서 나갔고 또 다른 50여명의 훈련대 대원들은 내 일행의 측면을 호위했다.

이들은 손쉽게 경복궁을 호위하던 무사들을 제압하고 건천궁의 후위 또한 점령했다. 중전의 처소를 찾는 일도 어렵지 않게 진행됐다. 얼마 안 있어 손에 넣은 일본계 상궁을 앞세워 중전을 찾아냈다는 전갈을 받았다. 중전을 죽이지는 말라고 명령했다. 그러나 사무라이로서 칼을 휘두르는 행위를 금지 당했던 일본 낭인들은 피에 굶주려 날뛰며 중전을 비롯한 궁녀들을 잔혹하게 참살했다. 며느리가 그처럼 잔혹한 죽음을 당하는 것을 어찌 원했으랴? 허나 그 같은 운명이 중전을 기다리고 있을 거라는 어렴풋한 느낌을 나는 오랜 기간 갖고 있었다.

4화
여우사냥

> "내 사람들은 어디 있느냐?
> 내 지아비, 전하와 세자는?
> 상궁들은, 내시들은 어디 있느냐?"

*

*

*

“중전마마. 서두르시옵소서. 저들이 따라붙고 있사옵니다!”

홍 상궁이 나를 잡아끌었다. 반쯤 나갔던 정신이 되돌아왔다.

왕비라지만 내 주위를 감싸고 있는 상궁과 전혀 다를 바 없는 차림이었다. 침전을 나와 상궁들의 처소 중 한 방에 모여서 웅크려 있었다. 다들 서로의 손을 꽉 붙잡고 있었다. 갑자기 지금껏 한 번도 그들과 손을 맞잡은 적이 없다는 사실이 생각났다. 낮과 밤을 가리지 않고 나를 위해 일해준 이들이었다. 몇몇은 덜덜 떨고 있었다. 말을 꺼내는 이는 아무도 없었다. 웅성거림이 가까워지고 있었다. 문이 열리고 닫히는 소리가 들렸다. 그리고 우리가 머무는 방문도 열렸다. 서로의 손을 바짝 쥐고 치마를 머리에 둘러썼다. 누가 들어오는지 몰래 살폈다. 천만다행히도 이경직 장군이었다. 하느님 감사합니다. 이제 살았습니다. 나는 맘속으로 감사 드렸다.

이 장군은 명이 없어서 제대로 된 대처를 하지 못하고 있다고 연신 사죄 하면서도 앞으로 자신의 지휘에 따라 달라고 부탁했다. 대답할 필요도 없이 우리는 이미 그의 지휘를 따르고 있었다. 우린 긴 복도를 따라 달리면서 마당이 훤히 보이는 한 가운데에 당도했다. 하지만 우리는 마당 따위는 살필 새도 없이 궁 밖 소나무 숲으로 통하는 비밀 문이 있는 복도 끝을 향해 쉴 새 없이 달렸다.

중간 쯤 지나사 세자의 모습이 모였다. 나는 세자에게로 향하려 했고 세자도 "어마 마마, 어마 마마!"하며 나에게로 다가오려 했다. 하지만 세자는 누군가에 의해 제지당했다. 아들아. 무슨 일이 있더라도 살아남아야 한다. 내가 너를 갖기 위해 얼마나 힘들었는지 아느냐. 너는 내 생명보다 중요하느니. 잘 살아다오 내 아들. 너는 슬기로운 임금이 될 것이다. 천지신명께 빌고 또 빌었다.

"여우는 어디 있나? 어떤 것이 여우인가? 꼭 잡아야 한다. 천황폐하의 명령이시니!" 침입자들이 거칠게 지껄이는 목소리가 건청궁 복도에 다다른 내 귀에까지 들렸다.

"여우라니? 무슨 소리냐? 우리 궁에 여우가 있더냐?"

나는 낮은 목소리로 홍상궁에게 물었다. 홍상궁은 나를 잠시 보더니 귀에 대고 속삭였다. "차마 말씀 올리기도 민망하오나, 중전마마를 가리키는 말인 것 같사옵니다…."

저자에 떠도는 풍문이 기억났으나 곧 지워졌다. 나는 유교가 가르치는 도덕을 숭상하는 일본이라는 나라가 예의범절에 대한 믿음을 갖고 있다고 믿었었다. 나는 순진하게도 그자들이 결코 이웃나라의 왕비를 시해하지는 않을 것이라고 믿고 있었던 것이다. 하지만 그들은 이 습격을 '여우사냥'이라고 부르고 있었다.

야만적이고 욕지거리가 나는구나. 지금 당장 놈들에게 맞서지는 못하나 꼭 처벌을 할 것이다. 나는 언젠가 오늘 이 난리를 일으킨 왜놈들과 권력을 탐하여 조국을 배신하고 덤비는 대원군에게 적법한 처단을 내릴 것을 희망했다. 하지만 지금은 이 장군과 상궁들을 따라 궁을 안전하게 빠져 나가는 일이 급했다. 이런 생각을 하는 찰나, 침입자 하나가 앞서 가던 상궁의 머리채를 잡아챘다. 상궁을 마당에 패대기친 왜놈이 새벽빛을 받아 더욱 퍼렇게 빛나는 칼을 들고 상궁을 향해 휘둘렀다. 피가 내 얼굴에 튀었다. 살아남은 상궁은 하나 뿐 이었다. 이상하게도 그 순간 목숨을 부지한 그 상궁이 일본에서 태어나 오랫동안 내 시중을 들었던 아이었다는 사실이 생각났다. 기생집에서 구해낸 이후 청도 많이 들어주고 많은 일도 맡기면서 꽤나 신임했던 아이었다.

칼을 든 낭인이 방을 오가면서 소리쳤다.

"누가 중전이냐!"

"여기 계신 이 분이십니다." 그 아이가 나를 손가락으로 가리켰다. 잘못 들은 것이었으면 좋았을 텐데. 그 아이를 위해 지금까지 몹시도 많은 청을 들어 줬는데, 나를 저런 놈들에게 넘기다니!

동시에 이 장군이 내 앞으로 달려 나오며 두 팔을 벌리고 낭인들을 막아섰다. 낭인은 칼로 장군의 팔을 내리치고 피투성이가 된 장군의 몸뚱이를 걷어차며 나에게로 달려왔다. 이 장군의 몸은 피를 뿜고 있었다. 아… 충성스러운 장군이여. 죽어서라도 당신의 충절을 기릴 것이오….

"네가 우리가 찾아 헤맨 여우인가?"

"무례하다 네 이놈! 감히 나를 무엇이라고!" 나는 소리쳤다.

놈들은 나를 조롱하며 서로 쳐다볼 뿐이었다. 몇 놈이 내 머리채를 잡아끌고 군복을 입은 사내들과 일본 옷을 입은 낭인들이 득실대는 마당에 팽개쳤다. 몇몇은 한복을 입고 서 있었다. 가슴에 훈장을 주렁주렁 매단 사내가 그들을 지휘하고 있었다. 새로 온 미우라 공사임에 틀림없었다. 놈을 보자 또 다른 일본 고관이 생각났다. 그런 옷을 차려 입었던 일본 사내를 알고 있었다. 이노우에 카오루 공사였다. 전하와 나는 그 남자는 조금 다르다고 생각했다. 그는 조선의 처지를 공감하고 있었다. 그는 지속적으로 우리에게 조선의 안보와 독립국으로서의 지위에 위해를 가할 뜻이 없다고 안심시켰다. 그렇게 약속했던 이노우에가 이 나라를 떠난 지가 단 두 달 전 이었다. 그는 떠나면서도 왕실의 안위를 일본 정부가 보상한다고 약속했었다. 그가 한 약속은 어디에 있단 말인가? 거짓말이었던 것인가? 우리를 일단 안심시키기 위해? 그를 믿은 게 잘못인가? 믿을 수 있는 일본인은 정녕 단 하나도 없단 말인가?

대 여섯 명의 군인들은 돌계단에 서 있었다. 나머지는 마당에 나를 에워싸고 있었다. 한 놈이 나를 밟자 다른 놈들이 따랐다. 나를 차고 내 몸을 밟아댔다. 가슴, 복부, 허벅지, 다리, 내 얼굴까지. 군화와 나막신이 주는 아픔은 무지막지 했다. 뼈가 부서지는 소리가 났다. 이를 앙다물었다. 비명 따위를 내지르지 않기 위해 버티고 또 버텼다. 정신을 잃지 않기 위해 집중했다. 날카로운 아픔이 여기저기서 느껴졌다. 긴 칼이 내 몸을 찌르고 있었다.

칼끝에 비추는 추운 새벽하늘이 눈에 시려 떨렸다. 그 순간 무언가 따뜻한 것이 내 몸을 감싸는 것이 느껴졌다. 내 빨간 피였다. 사방에 흐르는 내 붉은 피였다. 놈들이 웃고 떠드는 소리가 들렸다. 조선말도 섞여 있었다.

"죽었나보네. 아무리 대단하다고 해도 이러고 살아남지는 못하겠지."

'네 놈들이 한 짓을 세상에 알리기 전에는 눈을 감을 수 없다!'라고 소리치고 싶었다. 하지만 목소리는 나오지 않았다. 내 입술이 떨리고 있는지 따위에는 아무도 관심 있어 보이지 않았다. 차갑고 부드러운 천이 피로 적셔진 내 몸을 감쌌다. 잠시나마 그들이 내 상처를 치료하고 있다는 환상에 빠졌다.

또 다른 날카로운 고통이 덮쳐와 몸서리쳤다. 군인 몇 놈이 천 조각 위에서 내 몸을 굴리며 내 얼굴과 몸을 천으로 감싸 묶었다. 놈들은 나를 들어 어디론가 옮겼다. 하얀 천 사이로 파란 바탕에 분홍색과 주황색으로 그린 듯한 새벽하늘이 새어 들었다. 놈들은 언덕을 오르고 있었다. 아마도 내 궁 뒤에 선 소나무 숲이리라. 놈들은 나를 무덤 위로 던

졌다. 솔잎이 내 살을 찔렀고 놀란 나무에서 떨어진 차가운 이슬이 내 몸으로 후드득 떨어졌다. 그들은 차가운 물 같은 것을 뿌리기 시작했다.

내가 기억하는 냄새다. 궁 안에 등에 쓰던 석유 냄새임이 틀림없었다. 황 냄새와 탁탁 튀는 소리도 들렸다.

네 놈들이 나를 태우려 하는구나. 짐승 같은 것들. 나는 아직 죽지 않았느니라. 네 놈들을 난쟁이 오랑캐라 하는 이유를 제대로 알겠구나. 마른 장작이 타오르는 소리가 들렸다. 따뜻한 온기가 느껴지다가 참을 수 없는 열기로 변했다. 내 살이 타는 냄새가 코를 찔렀다. 검은 연기가 나를 휘감아 숨 쉴 수 없었다. 기침을 해대며 소리를 질렀다. 하지만 아무도 내 말을 듣지 못한다. 듣는다 해도 상관도 안할 것이었다. 기쁨에 겨운 웃음과 커다란 말소리, 발을 구르는 소리가 들렸다. 여우사냥의 성공을 자축하고 있는 것이냐. 하지만 나는 아직 살아있다. 내 영혼이나마 지킬 수 있도록 절박하게 참아내고 있었다.

열기는 내 통증을 잠시나마 무디게 했지만 이내 참을 수 없는 고통이 엄습했다. 비명을 질렀으나 목소리는 나오지 않았다. 나를 감싼 천에서 벗어나려 발버둥을 쳤으나 그럴수록 천은 오히려 내 몸을 옥죄었다.

"내 사람들은 어디 있느냐? 내 지아비, 전하와 세자는? 상궁들은, 내시들은 어디 있느냐?" 눈물이 뺨을 타고 흘러 내렸다. "나를 구해다오! 나를 빼내다오! 내 말이 들리지 않느냐?"

아무도 듣지 않았다. 하지만 멀리서 어떤 소리가 들렸다. 결코 잊을 수 없는 목소리!

"너를 꺾을 것이다. 이번엔 결코 도망 갈 수 없다."

맙소사 대원군 대감. 시아버님이 왕궁에 또 돌아오셨어. 이번에는 왜놈들의 우두머리로.

나는 어디에 있는 것일까? 이제 더 이상 고통은 없다. 새털처럼 가벼운 내 몸은 시원한 새벽 산들바람과 함께 유영한다.

모든 것들이 멀어져간다. 군인들의 소란도, 틱틱 튀며 타오르는 화톳불도 잦아든다. 참을 수 없던 불의 열기도 참을 만하다. 나는 마지막 힘을 모아 천지신명께 빌었다.

"하늘이시여. 저의 지아비와 아들을 보살펴주소서. 이 나라와 그의 선량한 백성들을 구해 주시고 내 아들을 보호하소서. 그 아이는 슬기로운 군주가 될 것이옵니다."

하늘을 날고 있었다. 어디로 가는 지 알 수 없었다. 위를 바라보지만 안개처럼 흐린 회색 구름뿐이다. 하늘을 볼 수 없다면 땅 밑은 내리 볼 수 있겠지. 저 아래 궁궐 어귀 솔 숲 에서는 작지만 맹렬한 불길이 치솟고 있었다. 뭐가 그리 맹렬히 타오르는 것인지는 알지 못했다.

시선을 돌려 남산 꼭대기를 보았다. 새벽 빛 속에 선 한양의 전경이 한 눈에 들어왔다. 왕궁을 향한 넓은 대로며 왕실 종친들과 사대부들이 사는 넓은 집들, 각종 관청들이 북악산의 우람한 모습과 함께 했다. 참으로 아름답구나.

새벽과 함께 한양도 잠에서 깨어나고 있었다. 물장사와 짐꾼들의 모습이 드문드문 보였다. 그리고 어가의 행렬이 눈에 띄었다.

"어머, 이런! 나의 혼례 행렬이 아닌가!"

내 혼례행차를 보면서 너무나도 많은 옛 생각이 한꺼번에 떠올랐다. 사람들, 사건들, 기쁘고 슬픈 일… 모든 것이 보였다. 참말로 모든 것들이 보였다.

땅 밑의 모든 것들은 사라져 간다. 하지만 내 인생의 찬란하고 장대했던 기억들은 내 몸이 떠오르는 동안 아련하면서도 생생한 궤적을 그리며 파란 하늘에 퍼져 나아갔다.

5화
혼례식

이 분은 남녀 사이 혼례의 의식에 관해 전혀 모르시는 것인가?
아니면 나에 대한 관심이 아예 없으시다는 말인가?
왜? 혹시 다른 이를 사랑하시고 계시는 것일까?

*

*

*

혼례식은 길고 피곤했다. 새벽부터 홍 상궁을 비롯한 상궁들은 혼례식을 위해 나를 꼼꼼히 챙겼다. 장미 잎이 뿌려진 욕탕에서 몸을 씻었고 향수를 뿌렸다. 정교하게 올려놓은 가체가 끔찍하게 무거웠다는 것을 빼놓고는 혼례식이 어떻게 흘러갔는지 제대로 기억이 나지 않는다. 시키는 대로, 이끄는 대로 그냥 움직였을 뿐이었다. 홍 상궁과 다른 하나가 나를 양 옆에서 거들어 여러 번 절을 했고, 일어났다 앉기를 반복했다. 고개를 들 수도 없었다. 그래서 혼례식이 치러지는 동안에는 전하의 용안을 쳐다 볼 수도 없었다. 그의 얼굴을 상상하려 해봤다. 하지만 마지막으로 그분을 뵈었던 기억은 그분이 열두 살 때 낡고 초라했던 운현궁 앞에서 놀고 있던 것이 전부였다.

혼례식은 날이 어두컴컴해져서야 끝났다. 전하와 나는 종친들과 고관대작들이 기다리고 있는 창덕궁으로 들었다. 우리는 맞절을 하고 술잔을 나누는 또 다른 식을 한 번 더 올렸다. 고개를 숙이고 전하를 뵙지 못하는 상황은 여전했다.

자정 무렵이 돼서야 우리는 대조전으로 들었다. 용과 봉황이 수놓아진 금 비단 이불 곁에 놓인 향초들은 환히 타오르고 있었다.

요는 두껍고 우아했다. 이불은 빛나고 부드러워 보였다. 어주와 다과가 놓인 반상은 붉은 술이 달린 은은한 분홍빛 덮개로 덮여 있었다. 나는 금침 옆에 고개를 숙이고 잠자코 앉아있었다. 고개를 생각보다 더 깊이 숙이고 있는 이유가 아직까지 머리장식을 여전히 쓴 채였기 때문이라는 사실이 떠올랐다. 갑자기 떠오른, 머리장식이 너무나도 무거워 머리를 짓누른다는 성가신 느낌에 사로 잡혔다. 나는 여전히 전하를 기다리고 있었다.

따뜻하고 온화한 기분이 내 몸에서 피어났다. 하지만 전하의 얼굴에는 미소가 없었다. 오히려 우울하고 슬퍼 보였다. 혼례 첫날밤에 그렇게 슬퍼 보이는 것이 이상했다. 아마도 무척이나 피곤하고 쑥스러워 그러실 것이라고 짐작할 뿐이었다. 하루 종일 열렸던 의식을 견뎌내기에 열다섯 나이는 아직 모자랐고, 오늘은 너무나도 긴 하루였다. 전하께서 일어서 걷자 촛불이 일렁거렸다. 나를 향해 오신다고 생각했으나 실은 반대쪽으로 가셔서 침대 모서리에 앉으시었다. 전하가 무엇을 하실까 심장이 두근거렸다. 나는 여전히 무거운 머리장식과 혼례복을 갖춘 채였고 머리장식은 시간이 갈수록 무거워져만 갔다. 한시라도 빨리 벗어버리고 싶었다. 하지만 전하는 나를 도와주실 기색이 전혀 없으셨다. 전하는 침대 모서리에 앉아 계시다가 마침내 심드렁히 내게 말하셨다. "늦었소. 이제 잡시다."

"지당하신 말씀이시옵니다. 전하." 나는 공손히 말하고 전하의 모습을 곁눈질 했다. 전하는 스스로 의복을 벗으실 뿐 나를 도울 생각은 하지 않으셨다. 그런 모습에 가슴이 아파왔다. 그때까지 나는 전하의 차가움을 단지 순수함과 부끄러움 정도로 간과했던 것이다. 하지만 그것은 완전한 무시였다. 어떻게 해야 할지 망설였다.

"상감마마. 소첩의 머리를 내려주시고 겉옷을 풀어주소서."

그런 용기가 어디서 나왔는지 몰랐지만, 말은 이미 터져 나온 후였다. 말도 못할 무례를 저질러 버린 것이었다.

"그렇구려. 미안하오. 거기 그렇게 앉아 계신지 몰랐소. 의복을 풀어 줘야 하는지도 몰랐소. 아무도 내게 그런 것을 가르쳐 주지 않았습니다."

믿을 수가 없었다. 이 분은 남녀 사이 혼례의 의식에 관해 전혀 모르시는 것인가? 아니면 나에 대한 관심이 아예 없으시다는 말인가? 왜? 혹시 다른 이를 사랑하시고 계시는 것일까? 과연 누굴까? 맞아, 궁 안에 여자들이라면 얼마든지 많다. 전하의 눈에 들기 위해 노력하는 수많은 아름다운 여자들이 말이다. 거기까지 생각이 이르자 배신감, 분노, 약간의 질투 따위가 섞이며 몸이 떨렸다.

"왜 떨고 계십니까? 걱정 마세요. 건들지 않을 겁니다."

소리치고 싶었다. 그래서 떠는 것이 아니옵니다. 나를 만져 주세요. 신랑이 신부에게 하듯 어루만져 주세요. 하지만 그런 말 따위 입 밖에 낼 수 없었다. 나는 중전이고 이곳은 궁궐이었다. 중전처럼 위엄 있게 굴어야 했다.

내가 무언가 말을 하기 전에 상감께서는 말씀하셨다.

"원하신다면 그 무거운 머리장식을 내려 드리겠소. 서두릅시다. 이제 자야하니까."

마침내 전하께서 내게로 다가오셨다. 하지만 손이 닿을락 말락 하는 거리 까지였다. 나는 그 손을 잡고 흔들어 '왜 이리 멀리 계십니까?'라고 묻고 싶었다. 나는 다시 한 번 스스로를 다잡고 전하께서 스스로 내 머리장식과 혼례복을 벗기실 수 있도록 두었다.

내 혼례복을 벗도록 도와주시고 전하께서는 바로 금침 속으로 들어가셨다. 이불을 머리채까지 끌어 올리시고는 내게서 등을 돌렸다.

너무 놀라 할 말이 없었다. 하루 종일 계속된 의식에 말할 수 없이 지친 상태였던 나는 여느 신혼부부처럼 전하와 단 둘만의 달콤한 첫날밤만을 기다리고 있었다. 하지만 전하는 그런 생각은 전혀 없으셨다. 거기에다 난 그런 전하에게 아무런 투정도 대꾸도 할 수 없는 입장이었다. 만약에 그랬다가는 칠거지악 중 세 가지 투기, 분노, 투정을 범하는 죄인이 돼 궁에서 쫓겨날 것이 분명했다. 아직은 때가 아니었다. 참고 삭이며 이런 상황을 버텨 나가야 했다.

슬프고 화가 나 소리치고 싶은 것은 사실이었다. 하지만 입술을 깨물고 스스로를 다잡았다. 나는 "안녕히 주무시옵소서, 전하. 매우 피곤한 하루셨을 겁니다."라고 말했다. 전하께서 무언가 답해주길 바랐지만 아무 말씀도 들리지 않았다. 나는 용기를 짜내 잠자리에 들며 이렇게 말했다.

"전하, 저는 조강지처이옵니다. 저를 결코 버리시지 않겠다고 약속해 주소서."

전하는 깜짝 놀란 듯 돌아누우시고는 말했다.

"중전을 버려? 그런 생각은 어디서 난 것입니까? 방금 혼례를 올렸는데 버려요? 중전은 말대로 나의 조강지처입니다. 결코 버리지 않겠습니다." 옳기도 하고 내가 듣고 싶은 말씀이셨지만, 내게 더 이상 다가오시지는 않았다.

나는 조용히 이불 속으로 파묻혔다. 전하와 나 사이에는 한 명이 누울 만큼의 공간이 벌어져 있었지만, 깊은 계곡처럼만 느껴졌다. 우리 사이는 멀고도 먼 것이었다.

아무리 노력해도 잠이 오지 않았다. 지난 수개월의 일과 오늘의 의식들이 주마등처럼 지나갔다. 그리고 수많은 생각들이 머릿속을 휘저었다. 중전은 됐지만 첫날밤에 무시당하는 이 현실이 정녕 내가 원하는 것이었나? 적당히 행복하고 사랑받는 여염집 아낙의 삶이 더 나았던 것이 아닐까? 스스로가 너무나도 불쌍하고 비참해져 견딜 수 없어 한숨을 쉬었다. 그때였다. 전하께서도 세상이 꺼질 듯 한숨을 내쉬었다. 그것은 깊고도 비통한 신음과 같았다. 전하께서 주무시고 계신다고 생각했던 나는 깜짝 놀랐다.

"전하! 무슨 일이십니까? 괜찮으시옵니까?"

"아니, 아니오. 왜 아직도 안자고 있는 게요?"

간신히 들릴 만큼 작은 목소리였지만 분명히 짜증 섞인 음성이었다. 전하는 내게서 더 멀리 몸을 움직이셨다. 죽음처럼 긴 침묵이 이어졌다. 어둠이 우리를 집어삼켰다. 이 밤의 어둠이 나를 담아 영원히 사라지도록 했으면 좋겠다는 데까지 내 생각은 흐르고 또 흘렀다. 내일 아침 전하를 어찌 본단 말인가? 합방도 하지 않았다는 사실이 알려지면 어떻게 될까? 아니, 전하께서 나를 만지지도 않았다는 일을 다른 사람이 알 필요는 없지. 나는 이런 생각으로 스스로 위안을 삼았다. 깜빡 잠이 들었다 깨었을 때 전하께서는 일어나 문 쪽으로 걷고 계셨다. 나는 벌떡 일어나 작게 소리쳤다.

"전하. 이 밤중에 어디로 행차하십니까? 바깥 공기가 차옵니다. 감기라도 드시면 어쩝니까?"

"주무시라고 하지 않았소. 바람을 좀 쐬어야겠소!"

퉁명스러운 목소리였다. 전하는 나가시며 세차게 문을 닫았다. 너무나도 세게 닫힌 문은 튕겨 다시 열려 버렸다. 찬 밤바람이 방 안으로 쏟아져 들어왔다. 졸다가 깜짝 깬 상궁들이 열린 문을 황급히 다시 닫았다. 나는 텅 비고 어두운 방에 홀로 앉았다. 쓸쓸했다. 버려진 기분이었다. 배신당한 느낌이었다. 어디로 가셨단 말인가? 뻔하지. 어딘가 정인이 있는 곳으로 가신 것이겠지. 그 여인에게 첫날밤이라도 괘념치 않고 찾아 가겠다 약속하신 것이겠지. 이런 생각을 하는 스스로를 참을 수 없어 열이 끓어올랐다. 하지만 내 몸은 여전히 암흑 같은 밤에 시체처럼 누워있을 뿐이었다. 필요 없다, 다 필요 없다. 모든 이들이 결국 전하께서 첫날밤에 나를 버리고 다른 곳으로 행차하셔 밤을 보냈다는 사실을 알게 될 것이다. 첫날밤에 소박맞은 신부라는 수치를 어찌 견뎌야 한단 말인가? 나는 천지신명과 돌아가신 아버님께 빌었다. 잠시 후, 아버지의 음성이 귓가에 들렸다.

"자영아. 걱정 말거라. 참고 견뎌내면 분명히 길이 있을 것이다. 너는 현명한 아이니 괜찮을 게다." 아버지는 나를 타이르셨고 나는 애타게 아버지를 불렀다.

"아버님. 아버님. 제게 와서 안아주소서. 너무나도 그립습니다. 저를 데려가 주시어요. 너무나도 외롭습니다. 도와주세요, 제발." 하지만 아버지는 점점 더 멀어지기만 했다. 달리고 싶었지만 두 발은 땅에 고정 돼 움직이지 않았다. 눈물이 뺨을 타고 흘러 저고리를 적셨다.

얼마나 잠들었는지 모르겠다. 잠이 들 수 있었다는 육체적 필요성에 감사함을 느꼈다. 그 같은 치욕 속에서도 잠든 것이다. 눈을 떴을 때는 새벽이었다. 홍 상궁이 근심어린 눈으로 나를 바라봤다.

"홍 상궁, 걱정하지 말게. 아버지가 말했어. 나는 괜찮을 것이야."

그 말을 할 때, 전하께서 황급히 당황스러운 표정으로 방 안으로 들어오셨다. 나는 최대한 예의바른 목소리로 말했다.

"상감마마. 이제 오십니까? 밖이 춥사옵니다. 고뿔이라도 걸리시기 전에 이불 속으로 들어오셔서 몸을 녹이시옵소서."

난 새벽 추위에 당황하신 전하를 이불 속으로 눕혀 드리고는 홍 상궁에게 나가라고 명했다.

한 시각 쯤 지나 전하와 나는 일어나 의복을 입고 대비마마의 처소로 문안인사를 드리러 향했다. 최대한 정상적으로, 행복해 보이기 위해 노력했다. 하지만 모두가 나를 불쌍하게 쳐다보고만 있는 것 같았다. 아마도 지나친 생각일 수도 있었다. 나는 아무런 신경도 쓰지 않기로 했다. 지금은 경멸당하고 무시당할지언정 언젠가는 이런 상황을 역전시킬 것이었다.

혼례일의 치욕은 결코 잊지 않을 것이다. 전하께 복수할 방법을 찾을 것이다. 악한 방도가 아니라, 그저 전하가 나에게 애원하고 매달리도록 하는 그런 복수 말이다. 언젠가 그 분은 내게 제발 떠나지 말라고 애원하시겠지. 나는 꼭 그렇게 만들 것이라 스스로에게 다짐했다. 일단 이렇게 생각하자 더 이상 슬프지도, 불행하지도 않았다. 나는 행동하기 전에 너무 많은 생각을 하는 경향이 있었다. 나 혼자 어떻게 생각하던지 간에 소문은, 특히 나쁜 소문은 결국 퍼져 나가는 법이다. 하루가 지나기도 전에 아이들은 이상한 노래를 부르고 다녔다. 노래는 전하께서 첫날밤에 나를 버린 행동을 정당화 시켜주는 것이었다.

처녀 왕비 다리는 개구리 다리.
처녀 왕비 살결은 뱀 껍질 같아.
처녀 왕비, 처녀 왕비.
봉사도 도망가는 처녀 왕비.
왕이 돼서 그런 못난 신부를 맞아야 되나?

이 노래 가사를 직접 들으시기라도 한 것처럼, 전하는 매일 밤 대전을 빠져나가 이 상궁의 처소를 찾으셨다. 나는 시부모님께 더 이상 전하께서 이 씨의 처소를 찾지 않도록 부탁해 주십사 말씀을 올렸다. 그러나 놀랍게도 그 분들은 얼굴에 미소를 띠우시며 전하께서 다른 아녀자를 거느리시는 것은 당연한 일이며 나에게 투기를 하지 마라 이르셨다.

세상이 무너지는 기분이었다. 그리고 점점 더 시부모님, 특히 시아버지께서 내 권력이 커지는 것을 막기 위해 일부러 나를 고립시키려는 것이 아닐까 하는 생각이 들었다.

첫 날 밤에 벌어진 일은 그로써 끝난 것이 아니었다. 그 같은 일은 첫 3년간 계속 진행됐다. 3년간 전하와 나는 합궁하지 못했다. 전하께서는 이 상궁의 치맛자락에 빠져 계셨다. 아니, 이제 숙원으로 내명부의 품계에도 올라 있었다. 단지 전하와 살을 섞었다는 이유로 말이다.

전하께서는 열두 살 나이에 갑작스레 권좌에 오르셨다. 그 전까지 전하께서는 저자에서 다른 아이들과 어울려 놀곤 하셨다. 그런 전하께 궁궐에서의 삶은 외롭고 고독한 것이었다. 철종 대왕과 마찬가지로 전하께서는 이런 삶을 무척이나 고단해 하셨다. 철종 대왕은 그 분의 모든 일거수일투족이 갖가지 해석을 낳고 소동을 부르는 것을 특히 힘들어 하셨다. 그런 고민을 이야기 할 그 누구도 그 분 주변에는 없었다. 학습에 나가고 대신들과 만나고 여러 연회와 갖가지 관습과 예절을 배우는 등 매일같이 해야 할 일들이 많았다.

하지만 전하께는 혼자의 시간도 있었다. 대원군께서 전하께서 하셔야 할 모든 정사를 섭정으로 돌보고 있었기 때문이었다. 정력적이고 야심찬 대원군께서는 왕좌의 권위를 누릴 수 있는 섭정을 진정으로 즐기시고 있었다.

나와 혼례를 치렀을 때, 전하의 심정은 그와 같았다. 나는 그 분의 첫사랑에 크나 큰 걸림돌이었다. 나는 그날 이후 그 상대가 누군지 알아내도록 명했다. 그 상대가 이 숙원이라는 사실을 알아내는 것은 어렵지 않았다. 그는 전하보다 세 살 많은 여자로서 가장 빛나는 아름다움을 뽐내는 나이였다. 이 숙원의 피부는 희고, 도자기처럼 고왔다. 그녀 스스로도 자기가 아름답다는 사실을 잘 알고 있었으며 그 사용법 또한 아는 듯 했다.

이 숙원은 어느 해 여름 아직 미령하셨던 전하께서 그 아름다움에 완전히 매료될 때 까지 몇 번이나 숨바꼭질 놀이를 벌였다. 그리고 마침내 숨어있던 이 숙원을 찾아낸 전하께서는 더 이상 참지 못하시고 이 숙원의 처소로 드셨다고 한다.

나는 즉시 이 숙원을 들라 명했다. 내 앞에서 그 모든 일을 하나도 빠짐없이 고하라고 했다. 만약 전하와 사랑을 나눈 일, 나와 혼례를 치른 후 전하와 이어진 모든 일들에 대해 거짓을 말한다면 죽음으로 죄를 물을 것이라고 했다.

그날 이 숙원을 부르고 들기를 기다리면서 느꼈던 고통과 번뇌는 아직도 생생하다. 나는 알아야만 했다….

6화
나는 이 숙원, 전하의 첫사랑

중전이 내가 전하와 나눈 사랑 이야기를
참고 듣기란 분명히 어려웠을 것이다.
나는 이야기의 끝이 다가올수록 중전이
심하게 떨고 있다는 것을 알 수 있었다.

*
*
*

중전마마와의 약속 시간이 다가올 때, 나는 두려웠다. 중전이 내가 사실을 고하지 않는다면 죽이겠다고 위협하지만 않았어도 결코 가지 않았을 자리였다. 이것은 내가 중전에 직접 이야기 한 사실이었다.

나는 전하께서 나를 처음 택한 첫 날 밤의 이야기부터 시작했다. 며칠 동안 머리를 짜 술래자리 놀이를 하면서 내 처소로 전하를 데려간 그날 밤의 이야기 말이다.

방으로 들어서자마자 전하는 나를 바닥에 눕히고 온몸에 입 맞추셨다. 우리 둘 다 숨을 쉴 수 없었다. 몇 차례 입맞춤이 오가고 전하는 바르게 앉아 내 얼굴을 보며 떨듯 이야기 했다.

"하늘에서 온 선녀 같은 녀석이, 지금까지 어디 숨어 있었던 게냐?" 전하는 내 저고리 고름을 천천히 풀었다. 내 맨 어깨를 보자 가볍게 빨고 물었다. 간지러운 전율이 온 몸을 탔다. 나는 내 입술을 그의 뺨에 댔다. 혀로 천천히 애무했다.

여기까지 이야기를 하다가 나는 중전을 얼굴을 몰래 살폈다. 중전은 탁자 뒤 호사스러운 자수 베개에 기대 꼼짝 않고 앉아있었다. 하지만 입술은 마르고 주먹은 움켜 쥔 채였다. 나는 아는 척 않고 이야기에 집중했다.

그 밤이 어이 샜는지 알 수 없었다. 어스름이 걷힐 때 쯤 내 두 다리가 전하의 그것과 얽혀 있는 것을 보았다. 나는 조심스레 발을 빼 일어나 옷을 입었다. 그리고 조용히 전하를 깨워 돌아가시라 아뢰었다. 하루 종일 그 분 생각뿐이었다. 오늘 밤에도 돌아오실까 궁금했다. 저녁을 먹고 나는 머리를 빗고 내 방에서 전하를 기다렸다. 전하가 오실까 오시지 않을까라는 생각만으로 내 온 몸은 떨렸다. 땅거미가 지기도 전에 밖으로 나와 전하를 맞으라는 목소리가 들렸다. 나는 버선발로 서둘러 나가 전하 앞에 엎드렸다. 심장이 너무 뛰어 터져버릴 것 같았다. 숨이 막혔다. 전하는 내 손을 잡으셨다. 계단을 올라 처소에 들었다. 입으로 후 불어 촛불을 껐고 다시 한 번 아찔한 밤을 보냈다.

그 후, 전하는 거의 매일 밤 나를 찾아 오셨다. 아직 어린 전하가 조금이라도 늦으실 때면 나는 내 손톱을 깨물며 그 분이 다시는 오지 않을까 가슴 졸였다. 하지만 전하는 시계처럼 어김없이 나를 찾아 오셨다. 전하와 함께 있을 때나, 내 앞에서 절대 다른 여인은 보지 않으시겠다고 맹세 할 때조차도, 그 분이 언젠가는 양반 댁 규수를 중전으로 맞으실 것이고 그것은 시간문제라 생각했다. 전하와 내가 연인이 되고 얼마 지나지 않아 중전간택이 시작된다는 이야기가 돌았다.

중전간택령이 내려진 것은 우리가 만난 지 채 일 년도 지나지 않아서였다. 사대부 가문의 혼인 금지령이 내려진 것은 1865년 말이었다. 그리고 전하의 어머님의 성인 민 씨 가문에서 중전이 간택될 것이라는 소문을 들었다. 어느 날, 전하께서 내 처소로 오셨을 때 나는 민 씨 댁 규수를 알고 있는지 전하께 물었다.

"오, 민자영이라는 아이 말이구나. 그 규수는 어머니의 먼 친척뻘이다. 나에게는 이모뻘이지."

전하는 아무렇지 않다는 듯이 대답하셨다.

"어여쁩니까?" 나는 물었다.

“2년 전 쯤 본 기억으로는 그나지 이여쁜 것 같지 않다. 설마 너만큼 하겠느냐? 못난 것은 아니다만 어여쁜 것도 아니다.”

곁눈질을 통해 중전의 흥분한 모습을 볼 수 있었다. 나는 전하가 그날 내게 말한 중전의 모습을 더욱 상세히 이야기 했다.

“똑똑하다더구나. 하지만 너처럼 아름다운 것은 아니야. 네가 몇 배는 더 나을 것이다. 걱정하지 말거라. 너를 떠나지 않을 게다. 아버님께서 어전에서 한 말씀을 기억 못하느냐? 나는 혼례 후에도 원하기만 하면 모든 궁녀들을 취할 수 있다고 하셨다. 너를 계속 찾을 것이다. 약속 하마.” 전하는 말씀 하셨다.

중전이 내가 전하와 나눈 사랑 이야기를 참고 듣기란 분명히 어려웠을 것이다. 나는 이야기의 끝이 다가올수록 중전이 심하게 떨고 있다는 것을 알 수 있었다. 나도 떨었다. 하지만 그 떨림의 반 정도는 이야기를 하며 느끼는 생동감과 쾌감 때문이기도 했다. 전하와의 정사에 대한 이야기는 내가 떠벌이면서도 자랑처럼 느껴졌다. 중전마마는 창백해져서 떠나는 내게 잘 가라는 말도 하지 않으셨다.

7화
전하의 첫 아들

딸이었기를 바랬다. 그러나 하늘이 나를 버리셨는지,

이 귀인은 왕자를 생산했다.

궁전은 왕자가 태어난 소식으로 들끓었다.

*

*

*

이 숙원의 이야기는 내가 지금 느끼고 있는 것과 같은 날카로운 고통을 안겼다.

아, 아픔이 다시 도지는 구나… 이전처럼 다시 사라지면 좋으련만… 천지신명이시여, 이 고통에서 나를 구해 주시고, 이 아픔을 견뎌내도록 도와 주시오소서!

내 몸은 깃털처럼 가볍다. 공중에 다시 한 번 붕 떠 궁궐을 내려다본다. 지난 30년 동안 거닐었던 동궁과 중궁전, 편전을 바라봤다. 내시와 상궁, 무수리들이 살던 많은 처소들. 아, 궁궐의 여인네들이여! 너무나도 아리따웠던 여인네들, 특히 내가 처음 궁에 들어 온 그때, 너무나도 큰 슬픔과 좌절을 안겨주었던 그 여인이여. 내가 느꼈던 좌절과 슬픔은 결코 전하가 그 여인에게 몰두하여 계셨기 때문만이 아니었다. 무엇보다도 그 여인이 나의 자리를 위협했기 때문이었다.

내가 살아있는 한, 결코 잊을 수 없는 그 날은 평소와 다름없이 시작됐다. 전하는 편전에 납시었고 나는 여러 어른들께 문안을 올리고 내 처소로 돌아왔다. 우리는 사랑스러운 어린 부부의 모습을 최대한 유지했다. 점심 까지는 따로 인 채였다. 나는 조용해진 그 시간동안 독서에 집중했다. 그날 나는 춘추와 사기를 읽고 있었다. 정치에 대한 감각을 출중히 키우기 위해서는 사기 이상의 책이 없어서였다. 그렇게 한산했던 아침은 전하의 내시 중 하나가 나와 이야기를 하겠다며 찾아오면서 깨어졌다. 나는 들어오라 했다. 내시는 들어오자마자 평상시처럼 내 앞에 바짝 조아렸다. 그가 긴장하고 있었다는 것을 단번에 느낄 수 있었다. 그는 다시 한 번 큰절을 하고 떨리는 목소리로 말했다.

"중전마마. 편전에 같이 드시옵자고 청하려 이렇게 왔습니다. 그 전에 정말로 이런 말씀 드리기 송구스럽지만 해야 할 말이 있습니다." 나는 호기심이 동해 조급해졌다.

"무슨 일이냐? 내게 무슨 말을 하고 싶어서 왔다면 당장 아뢰거라."

내시는 다시 고개를 숙이더니 울기 시작했다.

"가엾으신 중전마마! 이런 소식을 전하러 온 소인을 용서 하십시오. 마마께서 소인을 찢어죽이고 채찍질 하더라도 소인에게는 할 말이 없사옵니다."

내시가 내게 하려는 말이 의심의 여지없이, 불쾌한 소식이리라 짐작할 수 있었다. 하지만 어느 정도 충격적인 것인지는 알 수 없었기에 다시 한 번 다그쳤다.

"중전마마! 이숙원이 회임했사옵니다."

"뭣이라?"

소리를 지르려 해도 목소리가 나오지 않았다. 갑자기 방이 빙글빙글 돌았다. 나는 머리를 흔들며 스스로 중심을 잡고자 했다. 내시의 이야기는 계속됐다.

"그리고 대원군 대감께서 중전마마를 상감마마와 함께 계시는 편전으로 모셔오라 하셨습니다. 기쁜 소식을 함께 나누시고자 한답니다. 미천한 소인에게도 이것은 너무나도 잔인한 처사인 듯 느껴집니다."

그 심정은 같았으나 나는 감히 대원군을 비난한 내시를 질책하지 않을 수 없었다. 겁에 질린 내시는 대원군에게 이 같은 사실을 아뢰지 말아

달라고 용서를 빌었다. 나는 그를 달래면서 이야기를 이어가라 했다. 내시는 잠시 주저 하였지만 내 뜻대로 그는 이야기를 시작했다. "중전마마께서 이런 소식에 스스로를 준비하실 시간을 조금이라도 드려야 한다고 생각했습니다요. 더 이상은 아무런 드릴 말이 없사옵니다, 마마."

내시는 다시 엎드려 나를 가련하게 여기며 소매로 흘린 눈물을 훔쳤다. 잠시 동안이지만 나는 천장이 무너지는 느낌이 들었다. 큰 방 전체가 무너져 내리며 내 몸을 덮는 기분이었다. 천지신명이시여, 왜 이다지도 저에게 잔인하신 겁니까? 독수공방 한 지가 3년이 다 돼갑니다. 그럼에도 저는 조용하고 공손하게 처신해왔지 않습니까? 그 정도면 벌 받을 것 다 받은 게 아닙니까?

나는 돌아가신 아버지를 불렀다. "아버님. 이제 어찌 한답니까? 아들이라도 덜컥 낳아버리면 어쩐답니까?"

다시 한 번 아버지의 음성이 멀리서 들려왔다.

"자영아. 정신을 차리거라. 지금은 힘들지만 언젠가 모든 일이 풀릴 것이다. 어떻게 시작하느냐 보다는 어떻게 끝나는가 하는 것이 중요하다. 보통 처음 시작이 힘들면 끝이 좋은 법이니라."

문 앞에서 나를 떨면서 기다리던 내시가 내게 서둘러야 한다고 말하고 나서야, 나는 정신을 차릴 수 있었다.

나는 일부러 목소리를 높여 대답했다. "늙은 내시 놈이 뭣 때문에 떨고 있느냐! 전하께서 후사를 보시게 됐는데 기쁘고도 기쁜 소식 아니더냐? 왕실에는 자고로 상감의 핏줄을 이을 수 있는 많은 자손이 생산돼야 하는 법 아니더냐? 어서 편전으로 가자. 전하와 대원군 대감께서 내가 왜 이리 늦는지 궁금해 하실 것이다. 가자!"

늙은 내시는 나의 침착함에 놀란 모양이었다. 그는 다시 머리를 깊이 숙이고 말했다. "중전께서는 역시 범상치 않으십니다. 그런 까닭에 많은 이들이 존경해 마지않는 것이지요. 중전마마의 용기와 인내심은 저자의 평범한 백성들에게까지 퍼져 숭상 받고 있습니다."

평범한 백성들이 나를 존경하고 내 처지를 안타까워 한다는 이야기는 처음 들었다. 개구리 다리를 한 처녀 왕비라고 놀리던 백성들이었다. 그런 그들이 이제 나를 존경하고 있다니 너무나도 기분이 좋았다. 나의 평판이 그렇게 좋다면 상감께서 친정을 펼치실 때 도움이 될 것이 틀림없었다. 편전에 들어섰다. 전하와 아버님은 정다운 부자지간처럼 함께 웃고 있었다. 전하가 대원군 앞에서 편안히 빙그레 웃으시는 모습은 좀처럼 보기 힘든 것이었다. 나를 보자 전하는 황급히 웃음을 거뒀다.

아니나 다를까, 대원군은 세손을 보게 된 사실을 경하드린다고 전하께 말씀하고 있었다. 전하께서는 나를 어색한 표정으로 슬쩍 보셨다. 시아버님은 평소처럼 자신감에 넘친 모습이었다. 나에게는 전하의 왼편에 앉으라 말하셨다. 나는 대원군께 큰 절을 올렸다.

"저를 부르셨습니까, 아버님?"

"그렇습니다. 며느님. 기쁜 소식이 있습니다. 너무나도 중요한 이야기라 이 시애비가 직접 전하고 싶었습니다." 그는 마치 그 이야기가 내게 어떤 고통을 안길 것인지는 안중에도 없는 양, 태연히 행동하고 있었다.

전하의 용안은 일그러졌다. 당혹스러운 그의 얼굴은 내 시선을 피했다. 전하의 그런 모습을 한 치도 놓치지 않은 아버님은 "아드님, 부끄러워하지 마세요. 스스로 아비가 됐다는 사실을 자랑스러워하셔야 합니다. 왕실의 경사에요. 이 숙원에게 건강한 사내아이를 생산하라 말씀하세요." 대원군은 내게도 말했다.

"이 일 만큼은 며느님께 스스로 직접 말하고 싶었습니다. 경사가 아닙니까? 태어날 세손이 아들이기만 하면 왕실은 무사할 겁니다."

대원군은 세상이라도 얻은 양 두 팔을 번쩍 들었다. 나는 그가 한 말에 적잖이 놀랐다. 낯 두껍게 중전인 나에게 숙원 따위가 전하의 아이를 잉태하고 있다는 사실을 태연히 말하고 있을 뿐만이 아니라, 태어나는 아이가 사내라면 왕실을 이을 태자가 될 원자로 삼을 것이라는 소리였다. 양반 가문에서 서자 따위는 과거에 나가는 것은 물론, 아버지의 지위나 재산조차 받을 수도 없는 것이 법도였다. 대원군은 지금 그런 법도를 왕실에 적용하지 않으려 하거나, 그 오랜 관습을 무너뜨릴 모양이었다.

하지만 나는 왕가의 혈통이 그 어미의 혈통보다 중요하다는 사실을 기억해냈다. 전하 역시 무수리에게서 난 영조의 직계혈통이 아니었던가?

대원군의 속셈을 헤아리는 것은 어렵지 않았다. 왕조를 이을 세자가 숙원에게서 태어난다면 그의 권력을 유지하는 것이 한층 수월할 것이었다. 중전인 내가 세자를 생산하고 나와 세자라는 강력한 권력의 조합이 완성되면 대원군이 그것을 극복하기는 너무나도 힘든 일이기 때문이었다. 그런 생각들이 머리를 스치는 동안 시아버지의 힘을 억제하고, 곧 귀인에 오를 이 숙원에 대처할 전략을 마련해야 한다는 사실 또한 깨달았다. 그렇게, 그날 나에게는 대원군을 향한 또 다른 분노의 씨앗이 심어졌다. 편전에 들어서자마자 들렸던 대원군과 전하의 호탕한 웃음소리를 결코 잊을 수 없었다. 그 방의 공기와 지나치게 명랑하던 시아버지의 표정 따위들…. 하지만 나는 시아버지에게 될 수 있는 한 밝게 억지 웃음을 지으며 정중히 이야기 했다.

"전하께서 곧 세손을 얻게 된다니, 아버님, 참으로 경하 드리옵니다. 이 같은 일을 진작 헤아리지 못해 송구스럽습니다. 앞으로 중전으로서 이 숙원을 잘 보살피겠습니다. 아버님, 아무 걱정 마시옵소서. 제가 할 일은 다 잘 할 것입니다." 이렇게 말한 나는 다시 한 번 절을 올렸다.

대원군은 어색해 했으나 안심한 모습이었다. 내 정직한 기분대로 소리지르거나 머리를 쥐어뜯지 않아서였을 것이다. 나는 내 감정을 다 잡았다. 대원군은 부드러운 감정 따위를 내비치는 분이 아니었다. 그는 평소대로의 쾌활하지만 약간은 거만한 태도로 내게 말했다.

"당연한 말씀입니다. 내명부의 최고 어른인 중전으로서 상감의 아이를 잉태한 후궁을 보살피는 소임은 중요하고도, 중요한 일입니다. 저자에서도 당연하고 후사가 무엇보다도 중요한 왕실에서는 더 이상 강조할 필요도 없는 법도입니다." 그는 이미 내가 아들을 낳을 가능성 따위는 없다는 듯 말했다. 하지만 그런 대원군의 무심함에 대꾸할 말은 없었다. 나는 고개를 끄덕이며 터져 나오려는 눈물을 참고 기분 좋은 표정을 유지하는 일에만 집중했다.

다음 몇 달 동안, 나는 말 그대로 두 가지 삶을 살았다. 안으로는 지옥 같았지만 겉으로는 아무것도 일어나지 않은 것 같은 태연한 일상이었다. 그동안 내게 더해진 임무는 전하의 아이를 잉태한 이 숙원을 돌보는 것이었다. 이 숙원은 이제 한층 더 호사스러운 처소에 기거하며, 더 많은 상궁의 보살핌을 받으며, 좋은 옷을 입고 때때로 의원들의 진맥을 받으며 편안한 생활을 누리는 것 이외에는 아무런 할 일이 없었다.

그 나날들은 담근 쇠를 두드리며 철로 만드는 마지막 과정과 같았다. 나의 결심이 굳어지는 만큼 얼굴은 점점 더 태연해져 가고 있었다. 이상한 소리 같지만, 이 나라에 대한 걱정에 눈뜬 것도 그 시기였다. 아마도 전년도의 소란이 이 나라의 위기에 대한 내 의식을 일깨웠는지 모른다. 혹은 내 스스로가 전하에게 사랑받는 중전이 되는 길을 포기한 지도 모른다. 아마도 승호 오라버니와 함께 공부하고 논쟁하면서 늘어난 지식이 나를 일깨운 것일 수도 있다.

오라버니는 먼 친척들을 모아 민 씨 가문을 규합했다. 그들 대부분은 과거에 급제했으나 안동김씨의 폭정에 십 수 년 째 한직에 머물렀던 학자들이었다. 아버지의 죽음 이후 대를 잇기 위해 승호 오라버니가 입적되고, 나 또한 중전에 오르게 되자, 마침내 민 씨 가문의 인재들이 조정에서 귀하게 쓰일 기회가 다시 찾아 온 것이었다.

승호 오라버니가 궁을 정기적으로 방문하기 시작하면서부터, 오라버니는 전하가 친정을 펼치실 때 도울 수 있는 같은 생각을 가진 친척들과 학자들을 준비하자는 뜻을 이야기 했다. 이들은 조선이 처한 무서운 상황을 직시하고 앞으로의 일을 논의할 예정이었다.

차분한 얼굴로 중전의 품위를 지키며, 전하의 아이를 뱃속에서 키우고 있는 이 귀인을 돌보고, 공부도 하면서 시간은 지나갔다. 1868년 어느 아름다운 여름날, 나의 바람과는 다른 또 다른 소식이 전해졌다. 딸이었기를 바랬다. 그러나 하늘이 나를 버리셨는지, 이 귀인은 왕자를 생산했다. 궁전은 왕자가 태어난 소식으로 들끓었다.

지난 수 개 월의 기다림 동안, 나는 내 자신이 최악의 상황에도 완벽히 대비했을 것이라고 생각했다. 하지만 그 소식이 전해졌을 때, 내 속은 말 그대로 울렁거리며 뒤집혔고 중전으로서의 나날은 이제 끝나버렸다고 생각했다.

사흘이 지난 후, 나는 가마를 대령하라 명했다. 이 귀인의 처소로 가서 왕자를 만나기 위함이었다. 처소 앞에 도착하자마자 들리는 것은 방안에서 흘러나오는 전하와 이귀인, 시부모님들의 시끌벅적한 웃음소리였다. 내가 당도했다는 기별이 전해지자 웃음소리는 뚝 멈췄다. 전하는 놀라시면서 내가 이렇게 빨리 찾아오리라 생각지 못했다고 말씀하셨다. 이 귀인은 왕자를 보모상궁에게 맡기고는 서서 내게 고개를 숙였다. 나는 앉으라 말했다. 나는 전하와 시부모님께 살짝 고개 숙여서 인사 하고는 전하와 이 귀인 가운데 앉아 버렸다. 이 귀인에게 아기를 위한 저고리와 산모를 위한 약재를 선물로 주며 축하를 전했다.

전하는 나의 관대함을 예상치 못한 듯 지나치게 놀라워 하셨다. 하지만 전하가 진정 놓치시고 만 것은 내 안에 흘러넘치는 피 눈물이었다. 서방님이시어. 제가 이리도 고통 받고 있는 것을 아시고 계십니까? 당신이 정녕 나의 남편이시라면 제 감정을 아주 조금쯤은 아셔야합니다.

나는 왕자를 어르면서 간절한 눈빛으로 전하를 바라보았다. 그 순간, 지난 3년간 내가 보지 못했던 반짝임 같은 것이 눈에 들어왔다. 전하는 나에게 정녕 미안함을 담은 듯한 눈빛으로 나를 바라보고 계셨다. 천지신명이시여 앞으로도 계속, 전하께서 나를 이렇게 바라볼 수 있도록 도와주소서.

우리가 이렇게 첫 번째 왕자의 탄생을 축하하고 있는 동안, 동해 건너 일본 땅에서는 큰 변고가 벌어지고 있었다. 도쿠가와의 군사정권을 전복시키고 일왕의 권력을 되찾아 주기 위해 4개 번의 사무라이 군사들이 난을 일으킨 것이다. 그들은 이 난을 명치유신이라 칭했다. 일왕의 나이는 불과 열 두 살이었다. 그러나 현명하고 애국심이 투철한 서쪽 4개 번의 신하들이 그를 지켜주고 있었다. 한편 바다 건너 일본의 명치유신이 이 나라에 어떤 충격을 가할 지 이해하는 이들은 아직까지 소수에 불과했다.

나는 그 당시 내 자신이 느꼈던 갈등을 기억한다. 한 쪽으로는 내 모든 시간을 국정에 쏟고 싶었고, 다른 한 편으로는 내 지위를 확고히 해야 하는 생각뿐이었다. 그러나 일단은 전하를 내 편으로 만드는 일이 급선무였다.

8화
나의 진짜 첫날밤

> 나는 내 두 팔로 내 자신을 스스로 안았다.
> 깨우면 아니 된다.
> 그분은 내가 평생 모실 나의 군주이시니.

*

*

*

이 귀인이 완화군을 낳으면서, 내 처지는 당장 중전의 자리에서 물러나도 아무런 이의를 제기하지 못하게끔 됐다. 이 귀인의 문안을 살피러 행차했던 일은 내 인생에 있어서 가장 큰 치욕 중의 하나로 남았다.

혼례를 치른 지 3년이 거의 됐지만 아직까지 나는 전하와 진정한 의미의 첫날밤을 치르지 못한 상태였다. 그런데 다른 여인이 전하의 아들을 낳아 버렸다. 그와 함께 궁에는 대원군이 왕자를 왕실을 이을 원자로 정할 것이라는 소문이 퍼졌다. 소문을 듣고 나는 충격을 받지 않을 수 없었다. 전하와 나는 여전히 젊었고 많은 아이를 낳을 수 있었다. 시부모와 서방님에게서 버림받을 짓을 한 것이 도대체 무엇이란 말인가?

시어머니는 나의 친척이기도 했다. 그리고 그 분의 남동생은 나의 수양 오라버니였다. 말이 안 되는 일이었다. 화는 슬픔으로, 이내 낙담으로 이어졌다. 자애로운 얼굴을 하고 중전으로서의 임무를 수행하면서도 속으로는 분하고 억울했다. 그러나 내명부의 수장으로서 시부모와 전하, 왕자에 둘러싸인 이 귀인의 처소를 방문 할 의무가 있었다.

내 인생 가장 어두운 순간에서도 나는 필사적으로 빛줄기를 찾아야 했다. 그리고 결국 스스로를 가다듬고 아들을 낳은 이 귀인을 경하하는 찰나, 지금까지 보지 못한 전하의 표정을 보았던 것이다.

전하는 나를 바라 보셨다. 오랜만에, 너무나도 오랜만에 우리는 두 눈길을 맞추었다. 나는 전하의 눈에서 부드러움을 봤고 그 부드러움을 머금고 살포시 번지는 입가의 웃음도 보았다. 그날 이후 혹시나 전하께서 나를 찾지 않을까 마음 졸이며 기다렸다. 며칠이 아무 소식 없이 흘러가자 나는 그 때 느꼈던 직감이 틀렸다고 생각하게 됐다.

나는 지난 2년 반 동안 그랬던 것처럼 일과를 보내고 저녁에는 책을 읽으며 지냈다. 늦게까지 책을 읽고 있던 어느 날 밤 갑자기 문 밖에서 소란스런 소리가 들렸다. 나를 섬기는 내시의 목소리였다.

"전하. 중전마마께 아뢰오리까?"

"아니다. 그냥 들 것이다. 내가 남편이 아니더냐? 남편이 부인에게 찾아왔다고 일일이 고하는 것이 법도더냐? 비켜라! 들어가서 너무 공부에만 몰두하지 말라고 일러야겠다."

온 몸이 떨려왔다. 서방님이 마침내 나를 찾아오셨다. 오셨다, 오셨구나. 나는 당황했다. 그 분을 위한 준비가 되지 않았다.

문이 열리고 전하께서 비틀대며 들어 오셨다. 어주를 꽤 드셨음이 분명했다. 시각은 벌써 해시(亥時, 약 오후 10시)를 지나고 있었다. 몸이 얼어붙은 듯 입술도 떼지 못했다. 혼례를 치른 첫날밤에 슬며시 이 숙원의 처소로 도망가 버린 이후로 한 번도 찾지 않으셨던 전하를 나는 그저 바라볼 뿐이었다.

전하는 방을 한번 훑어보더니 낮은 목소리로 "오랜만이구나. 이 방이 이렇게 아름다운지 몰랐다. 좋구나…" 하시더니 나를 보며 "중전처럼 우아합니다."라 말씀하셨다.

"날 봐서 기쁘지 않소? 책을 읽고 싶으십니까? 그럼 가겠소."

마지막 말씀에 나는 화들짝 놀랐다. 아닙니다. 아닙니다. 이렇게 보낼 수 없습니다. 거의 3년 동안이나 이 순간을 기다렸습니다.

"물론 아니옵니다. 전하, 계속해서 전하를 기다려 왔사오나 단지 너무 급작스러워서… 좌정 하시옵소서."

나는 전하가 앉을 수 있도록 평상시 앉는 아랫목에서 물러나려 했다. 그러나 전하는 내가 피하기도 전에 내 앞에 털썩 앉으시더니 손을 뻗어 나를 잡았다. 눈물이 전하의 뺨을 타고 조용히 흘러 내렸다.

"중전. 내가 미안하오. 너무 미안하오. 기다릴 줄만 아는 가녀린 나의 진정한 조강지처, 당신에게 너무나도 큰 잘못을 했소이다. 나를 부디 용서하시오. 내가 성숙치 못했음이오. 당신의 아름다움과 영리함을 보지 못했소. 너무나도 어리석었소이다!"

나는 터져 나오려는 울음을 참고 말했다.

"서방님. 전하! 제발 미안하다는 말 거두시옵소서. 왕이시옵니다. 전하의 뜻대로 하시지 못할 일은 결코 없습니다. 소첩에게 중요한 것은… 다만… 지금 여기에, 전하께서 계시다는 것이옵니다."

참았던 울음이 터지고 목은 메여버려 내가 한 말을 전하께서 들었는지도 알 수 없었다. 전하는 나를 안으셨다. 손으로 내 등을 어루만져 주셨다. 그리고는 내 귀에 부드럽게 속삭이셨다.

"울지 마시오. 약속 하겠소. 이제부터 당신을 울리는 짓은 결단코 하지 않을 게요. 맹세하지요. 무슨 일이 있어도 당신을 보살피겠소. 누구도 당신을 결코 무시하지 못할 겁니다."

"이런 날이 올 줄 알았습니다. 전하께서 저의 영원한 천생배필이 되실 줄 믿었습니다."

새벽까지 우리는 궁궐에서의 생활, 중전으로서의 책임, 내가 읽은 서책들에 관해 이야기 하고 또 이야기 했다. 금침 속에 몸을 눕혔을 때는 새벽이 벌써 다가오고 있었다. 전하는 나를 꼭 끌어 안으셨다. 아, 얼마나 많은 시간동안 이 순간을 기다렸던가? 참으로도 행복한 순간, 이 밤과 우리가 함께 나눈 감정이 영원히 기억되기를! 그의 몸짓을 받아들이고 하나가 되는 순간에도 나는 기도했다. 나는 마치 다른 세계에 와 있는 것만 같았다.

전하는 잠에 드셨다. 그러나 나는 너무나도 농밀한 행복함에 잠을 이룰 수 없었다. 합궁이 이렇게 이뤄지리라고는 꿈에도 생각하지 못했다. 나는 몸을 일으켜 저고리를 입고 전하의 옆에 앉아 용안을 바라보았다. 그의 얼굴에 희미한 미소가 번져 있었다. 전하는 졸린 눈을 뜨시고 웃으면서 말하셨다.

"아직도 자지 않고 계시오? 나를 그렇게 보고 있으면 잘 수가 없잖소?" 그러고는 곧바로 잠 속으로 빠져 드셨다.

내가 바라보는 얼굴이 바로, 꿈에 그리며 어루만지고 싶었던 내 남편의 얼굴이었다. 온화하고 자상하며 평온하기 그지없는 얼굴. 지난 3년 동안 이렇게 자세히 전하의 얼굴을 바라 볼 기회는 없었다. 그 기간 동안 성숙해 지셨고 더 잘생겨 지셨다. 입술 주변과 턱에는 제법 많은 수염이 자랐다. 전하가 상냥하고 좋은 이라는 사실은 의심의 여지가 없었다. 갑자기 그가 더욱 사랑스러워졌다. 꼭 안아주고 싶었지만, 혹시라도 단잠에서 깨실까봐 그리 하지 않았다. 대신에 나는 내 두 팔로 내 자신을 스스로 안았다. 깨우면 아니 된다. 그분은 내가 평생 모실 나의 군주이시니.

나는 조용히 일어나 의복을 갖추고 밖으로 나갔다. 나만을 바라보는 충성스런 내 사람, 홍 상궁이 뒤따랐다. 내 상기된 두 뺨을 시원한 새벽 산들바람과 회색빛 감도는 어스름한 푸른 하늘이 어루만졌다. 상쾌했다. 세상이 달라 보였다. 사랑 받는 사람만이 느끼는 신비로운 기분이랄까? 새로운 기운이 내 몸 한가득 했다.

경회루 못 주변을 걸었다. 상쾌한 공기를 마시며 기도를 올리고 싶었다. 떨어진 나뭇가지를 들고 나뭇잎을 하나씩 떼어내 연못에 던지며 기도했다. 나뭇잎 하나를 던지고는 전하께서 현명한 군주로 성장하시어선정을 베푸시고 다시는 나를 버리지 않으시길 기도했다. 두 번째 나뭇잎을 던지면서는 대원군 대감께서 나를 중전으로 선택하셨을 때처럼 다시 어여삐 여기시기를 기도했다.

나는 크게 심호흡을 하며 새벽공기를 마셨다. 온 정성을 다해 크게 합장하며 허리를 숙였다. 천지신명께 아들을 점지 해주십사 기도했다.

"누구를 위해 그리 기원을 올리는 것이오? 혹시 그 중에 나도 끼워져 있는 건가?"

갑작스런 목소리에 깜짝 놀란 내가 주위를 두리번거렸다. 그리 멀지 않은 곳에 전하가 서 계셨다.

"남이 혼자서 올리는 기도를 엿듣는 것은 공평치 않사옵니다." 나는 투정 부리듯 말했다.

"하지만 우리는 남이 아니잖소? 부부입니다. 부부는 하늘이 맺어준 인연이오. 어떤 것도, 그 누구도, 이 어리석은 나조차도 이런 인연인 우리 사이를 갈라놓지 못할 것이오." 전하는 나에게 다가오며 함박웃음을 지으시며 말했다.

"나는 중전이 무슨 기도를 올렸는지 알 것 같소."

"아신다고요?" 내가 물었다.

"물론이요. 우리는 꼬투리 속에 있는 완두콩 두 알과 같소. 내가 당신이 무슨 생각을 하는지, 또 중전은 내가 무슨 생각을 하는 지 당연지사 알 것 아니오? 하하! 중전이 아들을 낳게 해 달라고 기도했다는 데 내기를 걸겠소."

얼굴이 붉어져 땅바닥으로 고개를 숙이고 전하를 흘겨봤다. 전하는 나를 바라보고 있었다. 삼 년이 지나서야 우리는 마침내 갓 혼례를 치른 새 신랑 새 신부가 되었다. 눈이 마주치자 전하는 크게 웃으셨다. 그 웃음에 내 몸까지 따뜻해졌다.

하늘이 도우셨는지 나는 회임했다. 전하도 매우 흡족해 하셨고 모두가 나를 축하해 줬다. 아마 전하의 첫사랑이자 첫 왕자의 생모인 이 귀인은 아니었겠지만 대원군께서도 나에게 산삼을 보내며 축하인사를 전하셨다. 대원군과 부대부인께서는 내게 건강한 왕자 아기씨를 생산하기를 바란다고 말하셨다. 나는 진심으로 감사했다. 그러나 몇 주가 지나고 심한 하혈 끝에 내 뱃속의 아이는 죽고 말았다. 억장이 무너졌다. 전하도 크게 실망하셨다. 하지만 대원군 대감은 괘념치 않는 듯 했다. 그것이 손주를 유산한 며느리에 대해 시아버지가 보여야 할 본래 모습인지는 알 길이 없었다. 하지만 아이를 유산한 이유가 그 분이 보냈던 산삼 탓이라는 이상한 소문이 은밀히 번졌다. 태아의 발육에 산삼이 독이 됐다는 것이었고, 그럴 듯한 이야기였다. 하지만 나는 그 소문을 믿지 않았다. 예로부터 내려오는 산삼의 전설적인 효능, 특히 원기를 북돋는 데 그만한 명약이 없다는 사실을 익히 알고 있었기 때문이었다. 하지만 일단 그런 소문을 들은 이상 마음 한편에 피어나는 의구심은 어쩔 수 없었다.

대원군 대감은 이런 소문에 격노하며 그 근원을 민 씨 문중으로 생각했다. 시아버님은 승호 오라버니를 수원관찰사로, 그 동생 태호를 황해도 관찰사로 내보냈다. 이렇게 대원군과 나의 사이는 다시 냉랭해지고 말았다.

나는 결코 그분으로부터 멀어지고 싶지 않았다. 하지만 너무 많은 이유로, 내가 어찌할 수 없는 여러 일들 때문에 시아버님과의 관계는 멀어져만 갔고, 결국 그것이 이 나라와 내 자신에게 심각한 결과를 초래하게 된 것이다.

9화
나의 가련한 왕자

… 1894년 7월 23일의 아픈 일이 다시 떠올랐다.
그중 가장 사무치는 기억은 일본군대를 거느리고 궁을 습격해
조롱 섞인 눈으로 나를 바라보던 시아버님의 분노어린 얼굴이었다.

*

*

*

대원군과의 관계가 점점 더 냉랭해지고 있다는 사실 따위는 중요치 않았다. 이제 전하께 충분한 관심과 애정을 받고 있기 때문이었다. 전하는 거의 모든 시간을 나와 함께 보내고 계신 터였다.

낮이면 전하께서 각종 경연에서 학습하신 내용과 내가 읽은 서책의 내용을 논의 하였고, 국정과 나라 밖 소식들을 이야기 했다. 저녁이 되면 전하와 나는 뜨거운 사랑을 나눴다. 오라버니께서 언제가 농처럼 던진 '님을 봐야 별을 딴다'는 속된 이야기를 어렵지 않게 실천하고 있었다.

몇 개월 만에 나는 다시 회임했다. 세 번째 아이였다. 둘째 아이는 유난히 창백한 공주였다. 아무 산고 없이 낳았고 태어난 지 삼일 만에 아기는 세상을 떠났다.

품 안에 안고 제대로 볼 수 있는 기회조차 없이 그 아이는 떠났지만 '사람에게는 삼 세 번의 기회가 있다'는 속담처럼 이번에는 기필코 제대로 건강한 아이를 낳아야 한다는 생각 뿐 이었다.

모두들 예민했고 지나칠 정도의 관심을 보였다. 대원군조차도 다시 회임한 나를 진정으로 축하해 주셨다. 부대부인께서는 대원군 대감이 내가 건강한 아이를 낳을 수 있도록 할 수 있는 모든 조치를 취하라고 명하셨다는 이야기를 전해주셨다. 대원군께서는 주기적으로 가장 진귀한 산삼들을 보내왔다. 첫 유산이 산삼을 잘못 먹어서였다는 옛 소문이 떠올라 주저했지만, 산삼의 가치를 내 스스로 잘 알았고 산삼을 거부함으로서 벌어질 대원군 대감과의 사이에 대한 걱정이 먼저였다. 더군다나 내 유산이 산삼 탓이라는 결정적 증거는 존재하지 않았다. 동시에 나는 전설적인 산삼의 효능에 매료된 상태였다. 그래서 나는 전보다 용량과 용법에 주의를 더욱 기울이면서 산삼을 달여 먹기로 했다.

내 회임소식을 자신의 딸의 일처럼 기뻐했던 늙은 상궁은 산삼을 대령하는 일을 자기만이 할 수 있도록 해달라고 청을 올렸다. 나는 주저 없이 허락했다. 상궁은 보석이라도 다루는 듯 산삼을 대했다. 나는 옥으로 빚은 사발에 올린 산삼 탕약을 아침저녁으로 마셨다.

나는 내 배 속 태아가 무사히 자랄 수 있도록 모든 주의를 기울였다. 아침 전과 저녁 후 상궁은 어김없이 산삼 달인 물을 들고 내 앞에 나타났다. 나는 산삼의 그윽한 향에 미력하게나마 남아 있을 효능 한 자락도 놓치지 않으려고 서둘러 마셨다. 상궁은 그런 나를 대견스럽게 바라봤다. 그런 후 늙은 상궁은 언제나 나의 순산과 왕실을 이을 건강한 왕자님이 태어나기 위해 모든 노력을 다 하겠다고 다짐했다. 나는 현명한 어미가 되는 법에 관한 책들을 읽으며 순수한 마음과 바른 생각을 갖도록 노력했다.

1871년 11월 7일 밤 진통이 시작됐다. 수 시간의 극심한 고통 끝에 다음날 새벽, 왕자 아가가 태어났다. 첫 아들을 본 내 기쁨을 어찌 다 표현할 수 있을까? 왕자가 자라 용상에 앉은 모습의 순간을 그리며 왕이 된 왕자 앞에 온 나라 방방곡곡 수많은 이들이 무릎 꿇고 배알하는 모습을 상상했다. 상궁들은 그런 백일몽에 빠진 나에게서 왕자를 데려가 정성스레 씻기기 시작했다. 나는 왕자가 나의 품에 돌아오기만을 기다렸으나 수 시간에 걸친 산고로 지친 내 정신은 스르르 깊은 수면 속으로 빨려 들어가 버렸다.

영원할 것만 같았던 깊은 잠에서 깨어났을 때, 내 앞에 서성이는 사람들의 표정은 어딘가 모르게 진지하고 침울해 있었다. 확실히 왕자가 태어난 기쁨에 겨운 모습이 아니었다. 나는 반쯤 몸을 일으켜 곁에 있던 어머니에게 왕자의 용태를 물었다.

왕자는 무사하다고 모두 한 결 같이 말했다. 모든 것이 정상이라고, 문제 될 것은 전혀 없다고, 그래서 문제라고. 그것이 무슨 뜻일까? 정상이기 때문에 문제라는 것이? 알 수 없는 불안감이 내 마음을 엄습했다.

“무엇이냐! 뭔가 문제가 있는 것 아니냐?!” 눈이 뒤집혀 소리쳤다.

“아닙니다. 아니옵니다. 아무런 이상은 없습니다요.” 연습이라도 한 것처럼 상궁들은 동시에 외쳤다. 나는 몸을 일으켜 소리쳤다.

“왕자에게 무슨 일이 있는지 당장 고하여라! 왕자를 데려와라! 내게 데리고 오라니까! 내가 직접 두 눈으로 보아야겠다!”

어머니는 보모상궁에게서 받은 왕자를 품안에 안고 계셨다. 왕자의 얼굴을 바라보던 어머니는 자신의 볼을 그 작은 아가의 얼굴에 부비면서 울기 시작했다.

순간 ‘무엇인가 잘못됐구나!’하는 말 할 수 없는 공포가 전해졌다. 나는 아이를 어머니의 품에서 빼앗아 안았다. 어린 왕자의 온기가 느껴졌다. 내 배 속에서 아홉 달을 함께 살았던 왕자였다. 나는 내 젖가슴에 아기를 갖다 대며 그 얼굴을 쳐다봤다. 잘 생겼다. 조금 창백했으나 참으로 어여뻤다. 왕자는 커다란 두 눈망울을 깜빡였다. 나는 왕자를 감싼 천을 벗기기 시작했다. 그 순간 어머니는 왕자를 나에게서 다시 뺏으며 기저귀를 갈아야 한다고 말했다. 그리고는 나에게 좀 더 쉬라고 말씀하셨다. 어머니의 그 행동으로 왕자에게 무언가 문제가 있음이 보다 명확해져 버렸다. 나는 어머니에게 사실을 말해 달라고 말했다. 한참동안 어머니는 망설였다. 그 순간이 영원처럼 느껴져 견딜 수 없었다. 나는 얼굴이 시뻘겋게 되도록 소리치며 울었다. 어머니도 떨면서 따라 목 놓아 울었다.

"중전마마… 면목이 없습니다. 어떻게 감히 아뢰올런지…."

"사실대로 알려 주세요. 있는 그대로 똑바로 말씀해 주세요."

소리치며 말하는 내 모습이 어머니에게 크나큰 상처를 안길 것을 알면서도 왕자에 대한 걱정 때문에 격해진 감정을 도저히 추스를 수 없었다.

"…왕자에게 항문이 없사옵니다."

잠시 무슨 소린지 알아듣지 못했다. 잘못 들은 것이 아닌가 싶었다. 겨우 말의 뜻을 이해했을 때, 거대한 검은 천이 내 머리를 덮은 것 같은 느낌이 전해져 혼절 할 것만 같았다. 나는 고개를 저으며 정신을 가다듬었다.

"무엇이라고요? 항문이 없다 하셨습니까? 그런 얼토당토 한 것은 들어본 적도 없습니다. 항문이 없다고요? 어찌 이런 일이 내 왕자에게 있을 수 있답니까? 그게 없이 왕자가 어찌 살아간다는 말씀이십니까!" 나는 당장 어의를 불러 어떻게 조치해야 하는지 고하라고 명했다.

이미 왕자를 본 어의는 현재의 의술, 조선 왕실에 전해지는 치료법과 규칙으로는 도저히 어찌 할 방도가 없다고 전했다. 어의는 서양의술을 행하는 의원이 수술로서 그 같은 증상을 고쳐냈다는 풍문을 들은 적이 있다며 불러 보는 것이 어떻겠냐고 청했다. 그것이 정녕 유일한 방도인지 어머니께 물었다. 어머니는 우울하게 그런 것 같다고 대답했다.

"그것이 방도라면 당장 그 자를 데려오라. 양인이든 어떤 해괴한 곳에서 온 자이든 관계없다. 이곳에 불러들여 왕자를 고치라 명하라." 모두가 그런 나에게 합창하듯 말했다.

"중전마마. 황공하나 그럴 수는 없사옵니다. 왕자 아기씨의 몸에 칼을 댈 수는 없사옵니다."

"무엇이 문제라는 말이냐! 제대로 된 치료도 못 받는다면 왕실에서 태어난 것이 무슨 소용이더냐! 양의를 당장 부르라. 내게 중요한 것은 왕자의 생명이다!"

나는 핏발서린 눈으로 소리쳤다. 하지만 허공 속의 외침 같은 헛된 분풀이였다.

잠시 후 대왕대비께서 내 처소로 행차하셨다. 그리고는 왕자의 몸에 감히 칼을 대는 것은 결코 용납할 수 없다고 엄하게 명령했다. 어떤 중신도 그 추상같은 명령에 대꾸할 엄두를 내지 못했다.

태어난 지 이틀이 되자 왕자의 피부가 점차 검어졌다. 사흘째에는 퍼렇게 변했다. 나흘 째, 보랏빛으로 변한 왕자의 피부는 닷새가 되자 진갈색 빛을 띠었다. 나의 절망감도 그 끝을 알 수 없도록 짙어져만 갔다. 말로 하지 않았지만 이 모든 책임이 누구에게 있는 지는 본능적으로 알고 있었다. 시아버지다. 내게 지나치게 많은 산삼을 보내고 섭취하게 했다. 그리고 그것은 태아의 발달에 결정적인 해가 되었던 것이다.

전하를 포함한 그 누구도 나를 위로 할 수 없었다. 나는 이성을 잃었고 그 무엇도 나의 죄책감과 분노를 달랠 수 없었다. 나는 무당들을 불러 내 품을 떠난 세 아이의 영혼을 달래는 굿판을 벌였다. 태어나지도 못하고 죽은 첫째, 난 지 사흘 만에 세상을 뜬 공주, 관습이라는 덫 때문에 서양식 수술을 받지 못해 고통 속에서 죽어버린 가엾은 내 왕자! 몇 명의 무당들로는 내 슬픔의 깊이를 감당해 내지 못했다. 무당의 수를 수백으로 늘렸다. 그래도 모자랐다. 금강산과 지리산의 수 천 명 중들에게 밤낮으로 제를 올리고 며칠이고 기도를 올리라 명했다. 이 같은 유례없는 조치에 대한 불만이 들려왔다. 일부는 내가 왕실의 재산을 탕진한다고 말했다.

사실일 지도 몰랐다. 하지만 그런 소리가 내 귀에 들어 올 리 만무했다. 세상은 내게 잔혹하기만 했다. 그리고 그런 잔혹함이 내 아이들에게까지 미쳤던 것이다. 그 같은 처절한 고통을 겪은 내게, 적어도 천지신명께서 내 아이들의 영혼을 달래주시도록 기원할 수 있는 권리 정도는 있어야 했다. 하지만 그 모든 행위가 끝난 후에도 내 속은 텅 빈 채였다. 나는 스스로를 닫아버린 채 방 안에 쳐 박혔다. 심부름 하는 상궁 하나만 두고 아무도 들지 말라 명했다.

전하께서 낙담하시고 걱정하고 계신다는 사실을 전해 들었다. 하지만 내 왕자가 그렇게 닷새만 살고 가엾게 세상을 떠난 지 얼마 되지도 않아 전하를 뵙고 새로운 왕손을 보려 드는 행위는 스스로도 용납할 수 없었다. 나는 떠나간 왕자를 기려야 했다.

내 아가. 그때 내가 얼마나 고통스러워했는지 아직도 기억한다. 내가 너의 아비를 쫓아내려 한 것은 아니었단다. 단지 혼자 있을 시간이 필요했던 것이니….

10화
조선과 일본

> 나는 시아버지와 내가 직면했던 운명의 역(逆),
> 그 시작점을 상기했다.

*

*

*

중전으로서 내 지위를 다지는 데 집중하고 있는 동안 대원군 대감은 섭정을 통해 쇄국정책을 추구하고 있었다. 반면에 바다 건너 일본은 명치유신으로 정치적 변혁을 완수하고 서양의 방식과 정책을 본받아 내정의 현대화를 진행하고 있었다.

그런 일본은 우리에게 항구를 개방하고 교역, 문화교류, 외교관계 회복에 나서라고 요구해왔다. 하지만 대원군은 쇄국정책을 고수했다. 일본의 그 같은 요구에 눈을 감고 귀를 막았다. 돌이켜보면 이런 처사는 대원군 스스로의 권력을 약화시키는 결정적인 실수였다.

나는 예전부터 내려오는 음양의 이치를 생각했다. 달이 차면 기운다는 피할 수 없는 섭리 말이다. 하지만 사람이란 간사한 동물이다. 산꼭대기에 오르면 언젠가는 내려와야 한다는 사실을 잊기 마련이다. 앞서 말한 바와 같이 시아버지와 나는 그 당시 정반대의 상황을 겪고 있었다. 그리고 내가 진창에서 벗어날 때 쯤 대원군 역시 그 정점에서 벗어나고 있었다. 나는 시아버지와 내가 직면했던 운명의 역(逆), 그 시작점을 상기했다.

시아버지가 권력의 정점을 즐기고 계셨다면 얼마 되지 않아 그 권세가 점차 하락하고 있음 또한 감지했을 것이었다. 사실 그 위세가 줄어든 것은 바로 그 분 스스로가 택한 여러 가지 악수 탓이었다. 대원군의 정책에 대한 각종 반감은 온 사방에서 감지돼 왔다. 양반들은 그들이 누리던 부와 특권이 감소하고 있음을 느끼고 분노를 키웠고, 평민들은 날이 갈수록 늘어가는 고된 부역과 군역, 각종 세금으로 지친 상태였다.

가장 심각한 오류는 쇄국정책에 대한 그의 고집이었다. 그 당시 조선에서 이와 같은 문제점을 인지하고 있는 이는 전하를 포함한 내 주변의 몇 명 이외에는 극히 드물었다. 그의 정책이 틀렸음에도 아무도 감히 그 문제점을 지적하지 못했다. 무시무시한 불란서와 미국 군함들의 침입을 연달아 저지한 대원군의 정책을 믿고 따를 뿐이었다.

그러나 나와 오라버니는 대원군이 미래를 바라보고 백성들을 복된 미래로 인도하는 선견지명적인 정치와 외교를 펼쳐나가야만 한다고 생각했다. 조선인들은 누구나 고대부터 지속된 일본과의 복잡한 관계에 대해 잘 알고 있었다. 일본이 아직 움막에 살고 돌을 깎으며 생활하던 때, 바다 건너 조선은 이미 문명국을 이루고 있었다. 우리는 기꺼이 중국의 문명을 일본에 전하는 교두보 역할을 수행해 일본이 제대로 된 나라로 서도록 도왔다. 그러나 배은망덕한 그들은 조선 땅을 대륙 침략의 발판으로 삼으려 했다. 조선은 유교와 예에 있어 일본과 비교할 수 없는 우위에 서있다. 특히 도자기 제작과 문화에 있어서는 그들도 인정하는 바였다. 때문에 조선인들이 일본인들을 왜구, 왜놈으로 부르며 우스꽝스럽게 여겨 멸시하는 일은 당연한 일이었다.

일본인들은 그런 조선인들에게 분개했을 것이다. 왜국의 해적들은 이백여 년 전까지만 하더라도 조선의 해안가 마을에 몰려와 노략질을 일삼았다. 그리고 16세기 말엽, 일본을 통일한 도요토미 히데요시(豐臣秀吉)라는 과대망상 증세가 다분했던 권력자는 명나라를 정벌하기 위해 조선 땅을 지나겠다며 길을 비키라고 조선에 요구했다. 이런 말도 안 되는 요구를 묵살한 사실을 빌미로 일본은 조선을 침략했다.

임진왜란은 5년간 지속됐고 조선 땅에 지울 수 없는 상처를 안겼다.

조선, 명, 일본의 군대가 진퇴를 거듭하며 조선 땅을 세 차례 짓밟으며 오갔다. 피해는 참담했고 백성들이 겪은 고통은 형용할 수 없었다. 수군을 지휘했던 이순신 장군의 독창성, 용기, 희생과 애국심이 없었다면 이 나라는 아마도 왜군에게 멸망당했을 지도 몰랐다.

일본은 군사 수와 장비 면에서 조선군을 압도했다. 하지만 이순신 장군은 세계 최초의 철갑선인 거북선을 앞세워 적들을 유린했다. 조선반도를 일본에게 넘겨 줄 수 없었던 명나라도 최선을 다해 조선을 도왔다. 그러나 명나라의 대규모 출병은 명 제국의 쇄락을 재촉한 그 시발점이기도 했다.

전쟁 중에 수많은 조선의 도예공들이 일본에 끌려갔다는 사실을 알고 있는 조선인들은 흔치 않다. 세계적으로 유명한 일본의 사츠마 자기(磁器)를 생산해낸 장인들은 사실 조선 도예공들 이었다. 강항과 같은 유명한 유학자들 역시 일본으로 끌려갔다. 이들은 일본에 성리학을 최초로 전수하는 역할을 했다. 교토 지방에 봉안된 조선인들의 귀 무덤에 대한 이야기는 전설이 돼, 수대에 걸쳐 전해져 내려왔다. 조선에서도 왜란에 대한 수많은 이야기와 노래들이 사람들의 입을 타고 전설처럼 계승돼 왔다. 조선인들이라면 누구나 아는 아리랑도 이 시기에 지어진 것으로 알려졌다.

도요토미가 사망한 후 도쿠가와 이에야스(德川家康)가 일본의 새로운 주인이 됐다. 1600년 일본을 다시 통일한 그는 조선과 통신사 교환 등 외교재개를 위한 협상을 시작한다. 그리고 선조 40년(1607년) 조정은 도쿠가와 막부로 제 1차 회답 겸 쇄환사를 파견하며 조-일 국교를 사실상 재개했다. 국교를 재개했지만 조선은 부산포만을 개방했다. 한 나라가 모든 항구도시를 외국에 개방하지 않고 한 두 곳만을 여는 방식은 그 당시 조선, 중국, 일본의 기본적인 관습이자 법규였다.

임진왜란 후의 험악한 분위기 탓에 조선의 통신사들만이 일본의 수도인 에도를 방문한다는 것도 조약 중 일부였다. 통신사의 모든 경비는 일본 측에서 부담한다는 조항도 포함됐다. 반면에 부산에 건너오는 일본 사신들은 모두 왜관에만 머물어야 했다.

이후 200년 동안 조선은 18차례 일본으로 통신사 일행을 파견했다. 그 같은 편향된 교류방식은 서양의 문물을 받아들여 상호간의 국제교류를 추구하기 시작한 새로운 일본정부에게는 상당히 불만족스러운 것이었다.

승호 오라버니는 내게 100년 전 일본의 수도인 에도를 방문한 조선통신사 행렬을 그린 목판화를 가져와 보여 준 적이 있다. 수 백 명의 에도 백성들이 길거리로 몰려나와 조선 통신사들을 환영하는 그림이었다. 그 같은 통신사들의 방문은 60년 전 쯤 중단됐다. 1860년 후반에 다시 시작되기까지 조선과 일본과의 교류는 사실상 전무했다.

1868년 명치유신이라는 정치적 변혁을 통해 일본 왕이 권력을 다시 회복한 이후 새로운 일본은 조선과의 관계를 정립하고자 했다. 1869년 명치 정부는 대마도 소씨 영주를 조선정부로 보내 일본의 변화를 알리고 관계회복을 요청했다. 당연하게도 대원군 대감은 이를 거부했다. 허나 대원군이 요청에 대한 답변을 거부한 공식적인 이유는 일본 측이 요구문서에 정확한 한자를 사용하지 않았기 때문이었다. 대원군은 동래부사에게 일본 측 사신을 돌려보내고 더 이상 문서를 접수하지 말도록 명하였다. 그러나 일본정부는 끈질기게 관계회복을 요구해왔다. 그들은 거절당할 것을 알면서도 4년간 지속적으로 사신을 파견했다.

그리고 1873년 임시적으로 내각을 맡고 있던 일본 정부 관료는 정한론에 대한 논의를 기습적으로 시작했다. 당시 많은 정치인들과 관료들은 미국과 유럽으로 신사유람을 떠난 중이었다. 정부의 관리를 맡고 있던 임시 관료들은 되풀이 되는 조선 측의 무시를 국가적 수치라고 판단하고 파병에 대한 계획을 진지하게 논의했다. 조선에 파병할 군대는 막부에 종사했던, 현 정부에 반감을 갖고 있는 무사들로 주로 구성한다는 구체적인 안건까지 짜여졌다. 이 같은 정한론은 서둘러 귀국한 고위 관리들이 시기상조라고 폐기하면서 무위에 그쳤다.

이로써 조선은 당장의 위기에서 벗어났다. 하지만 일본의 본격적인 침략은 곧 진행될 것임이 틀림없었다. 나는 정한론을 거뒀던 그 당시 일본정부의 결정이 조선에 대한 야욕을 거둔 것이 아님을 당연히 짐작하고 있었다. 일본은 칼을 숭상하는 사무라이들의 나라였다. 반면에 조선은 예를 숭상하는 동방예의지국으로 불리고 있었다.

나는 새로운 시대로 접어든 일본과 달리 대원군 대감의 고집으로 은둔의 왕국으로 남아있는 조선의 현실이 실로 유감스러웠다. 대원군의 섭정이 계속되는 한, 그의 고립정책은 이 나라의 철학이자 성격, 그리고 백성들의 삶의 방식으로 지속될 것이었다. 나는 전하가 이 같은 현실을 바로 잡도록 헌신을 다해 돕겠다고 스스로 맹세했다.

시아버님은 쇄국정책을 완강히 지켜나갔다. 이는 일본의 침략을 부추기는 셈이 됐다. 그 분이 펼친 국내 정책 역시 조선의 현실을 근본적으로 변화시키는 데는 실패하고 있었다. 조선사회의 썩은 곳을 도려낸다던 대원군의 개혁에도 구습과 악행은 여전히 펼쳐졌다. 수년 전부터 들리기 시작한 대원군에 대한 반감은 이제 제법 커져 그가 섭정에서 물러나기를 원하는 목소리들은 여론으로 뭉쳐 나가기 시작했다. 이제 전하께서도 스물 한 살의 성인으로 장성하신 터였다. 며느리 된 도리로서 나에게는 대원군 대감의 섭정에 대해 비난할 자격도, 뜻도, 그럴 필요 또한 없었다. 내가 유순하고 순종하는 며느리로 남아있는 동안 다른 이들이 대원군을 비난하고 나섰던 것이다. 귀양에 처해졌던 최익현은 대원군의 섭정을 비판하는 장문의 상소를 보내왔다.

나는 대원군의 독재에 대담하게 맞섰던 최익현에게 향했던 가슴 설렘을 아직도 또렷이 기억하고 있다.

11화
최익현

나는 이미 모든 것들을 빼앗긴 채 낙향한 상태였다.
더 이상 잃을 것은 내 목숨 뿐 이었다.

*

*

*

1868년, 나는 대원군의 정책을 비판하는 상소를 올려 하루아침에 큰 명성을 얻었다. 선비가 명성을 탐하는 행위는 천박한 것이다. 하지만 나는 단지 선비이자 학자로서, 나의 책임과 의무를 다 하기 위해 그 같은 상소를 올렸을 뿐이었다. 상소를 올린 일로 치러야하는 대가는 컸다. 나는 그 일로 돈녕부 도정직에서 파면됐다.

나는 1855년, 스물 둘의 나이에 과거급제 했으나 13년간 영남 지방의 일개 유학자로 소일했다. 평생 종사품 직에 머물며 경복궁의 중건 같은 허드렛일이나 하는 관료로 남을 바에는 일찌감치 사직해 낙향하는 것이 낫겠다 싶었다. 대원군의 실정이 눈에 들어온 것은 그때였다. 왕궁의 재건이라는 사치스러운 욕망을 위해 백성들의 고혈로 짜낸 어마어마한 재화가 탕진되고 있었다. 돈이 부족하자 대원군은 당백전을 발행했다. 세금을 올리고 백성들에게 가혹한 부역을 강요했다. 백성들의 삶은 대원군의 섭정이 시작되기 이전보다 퇴보했다.

무고한 백성들이 겪는 고통을 묵과할 수는 없었다. 그래서 나는 대원군의 정책을 비판하는 상소를 지어 올렸다. 대원군의 권세가 너무나도 막강한 탓에 나의 이 같은 상소는 유례없이 대담한 짓으로 간주됐다. 닥쳐올 일이 두렵지 않은 것은 아니었다. 허나 이항로 선생을 스승으로 둔 자로서 바른 언도로 위정자를 깨우치는 일을 게을리 할 수는 없는 터였다.

처음 대원군이 권력을 잡았을 때부터 실시한, 수십 년 계속된 안동 김씨의 세력에 철퇴를 가하는 그의 강력한 정책을 모두와 함께 나는 지지했었다. 그의 마지막 목표는 왕실의 권위를 강화하고 백성들의 살림을 보살핀다는 것이었다. 그러나 몇 년이 지나자 그의 정책이 왕실을 지나치게 강화시킨 반면 백성들의 구난에는 소홀했다는 사실이 드러났다. 그의 실질적인 목표는 만백성이 왕실에 목을 매도록 하는 것이었다. 대원군은 서원을 철폐하고 세금을 부과해 양반들의 권력을 약화시켰다. 양반들은 자신들이 그때까지 누려왔던 혜택들이 사라져가자 당연히 들고 일어났다. 나와 내 가문 또한 그 같은 정책의 피해자였다. 하지만 내가 상소를 올린 이유는 평범한 백성들의 삶이 피폐해져 가는 모습이 확연해졌기 때문이다.

많은 이들이 암묵적으로 나의 상소를 지지했다. 그러나 대부분은 상소가 내 자신의 이익을 위해 성급하고 독선적인 시각으로 쓰여 졌다고 나를 비난했다. 내 삶은 고단해졌으나 후회는 없었다. 어찌 본다면 시골집에서 홀로 평범히 살아가는 삶도 나쁘지 않았다. 그러면서 자연히 혼자 생각하고, 책을 읽고, 글을 쓰는 시간도 부쩍 많아졌다. 그런 가운데서도 이 나라의 상황에 예의주시함을 게을리 하지는 않았다. 1869년부터 삼년 간 서양의 배들이 이 나라의 해안을 침범했다. 그들은 지난 수년 간 고통스럽게 죽어갔던 서양인들에 대한 보상을 요구했다. 허나 대원군은 그가 택한 고립주의를 철회할 생각이 없었다. 일본이 조선을 정벌하려 한다는 이야기를 들었을 때에도 꿈쩍이지 않았다. 나 역시 이 나라의 개항에는 찬성하지 않았다. 그들에게 문호를 열었을 경우, 이 나라의 풍습과 문화는 서양 오랑캐들에게 오염될 것이 자명했다. 그러나 대원군은 권좌에 너무 오래 머물러 있었으며 그의 고집이 결국은 조선의 안위를 위협할 것이라고 믿었다.

시골에서 나라가 돌아가는 것을 지켜보니 임금께서 성년이 되셨음에도 대원군이 스스로 섭정을 포기하지는 않을 것이라는 믿음이 자명해졌다. 그런 상태로 10년이 흘렀다. 이 나라에는 새로운 왕이 필요했다. 나라 걱정을 할수록 이 상황을 타개하기 위해 내가 무엇인가 하지 않으면 안 되겠다 싶었다. 하지만 유학자로서 내가 당장 할 수 있는 일은 붓을 들어 최대한 날카롭게 현실을 고발하는 상소를 짓는 것뿐이었다. 자신에게 닥쳐 올 고난을 무릅쓰고 이 같은 상소를 지을 수 있는 이는 내가 아는 한 존재하지 않았다. 임금께서도 이런 일을 아버지인 대원군에게 직접 말할 수 없을 것이었다. 그러나 나는 이미 모든 것들을 빼앗긴 채 낙향한 상태였다. 더 이상 잃을 것은 내 목숨 뿐 이었다. 대원군께서 그렇게까지 가혹하지는 않으실 것이라는 실낱같은 희망도 존재했다. 상소에서 나는 조정 관료들이 대원군을 두려워하는 까닭에 바른 말을 올리길 꺼려한다고 짚어 말했다. 또 임금께서 직접적인 통치로 나라를 다스려야 할 때이므로 그 누군가가 스스로 책임을 지고 물러 날 때라고 적었다. 내가 말한 그 누군가의 신원에 대해 나는 직접적으로 거론하지 않았다.

대원군은 섭정의 자리에 있었으므로 내 상소를 미리 볼 것이 자명했고 상소를 묵살하거나 상소를 올린 나를 벌할 수 있었다. 그러나 대원군은 상소를 그대로 주상전하께 올렸다. 임금께서 이 상소를 직접 보고 어찌 판단할지보고 싶었던 것이 분명했다. 자신의 아비를 섭정의 자리에서 물러나게 할 것인지 아닌지를 결정해야 하는 상소를 읽으신 주상전하께서는 모두의 생각과 정반대로 나를 찾았다. 유학의 전통적인 법도와 예를 따르셨다면 전하는 내가 올린 상소를 찢으시고 자신의 아버지를 욕한 나를 엄히 다스려야 할 터였다. 그러나 전하께서는 그러지 아니하셨다. 전하께서는 은밀히 나를 부르셨고 물러나야 할 자가 누구인지 물으셨다. 이에 나는 "그분이 누구이신지 이미 아실 터입니다."라고 답했다.

"아버님을 이르는 게 아닌가?"라고 말하신 전하는 "용기가 가상하오. 내 아버지께 반하는 행동을 하다니, 아무도 못한 일을 해내셨구려." 전하께서는 나를 그윽하게 바라보셨다.

"나는 그대를 칭찬하기 위해 이 자리에 불렀소."

"전하의 칭찬을 바라옵고 올린 상소가 아니옵니다. 유생으로써의 도리를 했을 뿐입니다. 공자께서는 학자란 무릇 잘못된 통치에 바른 소리를 올려야한다 강조하셨습니다."

전하께서는 환관에게 무언가를 갖고 오라고 명하셨다.

"내가 이 궁을 자유롭게 오고 갈 수 있는 명소를 내리겠다. 이 반쪽은 내가 지니고, 다른 반쪽은 그대에게 내리니 아뢸 것이 있다면 언제든지 입궐하도록 하라."

명소는 임금께서 관원을 부르는 가장 긴급하고 강력한 방식이었다. 이 나라에 단 10개뿐인 명소는 영의정, 좌의정, 우의정, 3대신과 포도대장 병조판서 등 중요 직책의 관원들에게만 내린다. 쪼갠 명소의 오른편은 관원에게 주고 왼쪽은 대전 안에 보관해 두 쪽을 맞춰 서로 맞아야 관원이 궁궐에 들어와 임금을 뵙게 된다. 그 같은 보물을 하사하신 전하의 크신 은혜에 나는 그저 놀라고 감복할 따름이었다. 아직 미령하신 전하의 당당한 모습이 얼마나 자랑스러웠는지 아직까지도 눈에 선하다. 섭정을 펼치는 대원군 밑에서 솔직하고 효심 깊은 아들로서의 모습만을 보아왔던 나는 권력을 휘두르며 나라를 원하는 바대로 이끄는, 준비된 젊은 군주의 모습을 그때 새롭게 확인한 것이었다.

12화
내가 진정한 조선의 국왕이다

다음날 아침 조정은 텅 빈 채 시작됐다.

사실상 나의 신하는 없었다.

좌의정, 우의정 등 모든 관료들은 아버지의 심복이었다.

*

*

*

내가 조선 왕국의 재위에 오른 지 10여년이 흘렀지만 그저 이름 뿐이었다. 실질적인 이 나라의 임금은 아버지였다. 아버지는 내가 첫사랑 이귀인의 치마폭에 빠져 있는 것을 방관하시고 장려 하셨다. 국사를 논하는 것을 제외하고 아버지는 내가 원하고자 하는 것은 그 무엇이든 내 마음대로 할 수 있도록 내버려 두셨다. 국무에 관해 가르쳐 주시는 일은 드물었다. 아버지는 당신이 살펴본 문서들을 내게 올려 격식에 따라 국새를 찍도록 했다. 내가 상소나 문서에 대해 가부를 결정하는 일은 없었고 또 그럴 생각도 하지 않았다.

처음 몇 년 동안은 그런 방식이 좋았다. 하지만 나이가 들수록 언제까지 아버지가 내 이름으로 정사를 펼칠 것인지 궁금해졌다. 내가 스스로 이 나라를 꾸려나가는 상상을 하는 일이 잦아진 것은 중전을 맞은 후부터였다. 중전과 함께 서책과 나라 안 밖의 이야기를 논하면서 그런 생각이 점차 깊어졌다.

중전은 무지하고 게을렀던 나를 깨웠다. 그에 반해 아버지는 당신의 권력을 유지하고자 나를 그런 상태로 놔뒀던 것이었다. 그런 생각에 이르자 난 점차 조급해졌고, 아버지가 나를 어린아이로 취급하시는 것이 아닐까 하는 생각까지 들었다. 아버지와의 권력싸움은 복잡한 문제였다. 조선은 유교를 숭상하는 나라다. 태조대왕께서 이 나라를 세우시고 성리학을 모든 가치의 근본으로 삼으신 후, 이 나라에서의 유교 영향력은 중국에서의 그것을 초월했다. 그리고 조선인들은 그 점을 높은 긍지로 생각해 왔다.

유교의 근본은 삼강오륜(三綱五倫)이다. 그 중 삼강은 군위신강(君爲臣綱) 신하는 임금을 섬기는 것이 근본이고, 부위자강(父爲子綱) 자식은 아비를 섬기는 것이 근본이며, 부위부강(夫爲婦綱) 지어미는 지아비를 섬기는 것이 근본이라는 내용이다. 지아비는 지어미의 벼리가 되어야 한다는 내용이다.

나와 아버지의 관계에는 군위신강과 부위자강이라는 내용이 복합적으로 존재한다. 아들로써는 아비를 섬기는 것이 당연한 도리이나, 아버지 역시 나를 군주로 섬겨야 함이 이치인 것이다. 여기에는 또 하나의 중요한 요소가 엮여 있었는데, 그것은 나를 임금의 자리에 앉힌 분이 바로 아버지라는 사실이다.

나는 내 자신을 온순한 사람이라고 여겨왔다. 그렇게 믿었고 다른 이들이 그리 말하는 것도 들었다. 나는 누군가와의 대립을 좋아하지 않았다. 특히 아버지와의 대립은 상상만으로도 끔찍했다. 나는 항상 그 분이 무서웠다. 심지어 지금도 아버지와 단 둘이 있을 때는 공포심에 사로잡혀 오금이 저려온다. 내 스스로 임금 노릇을 하고는 싶었지만, 아버지로부터 권력을 빼앗아 와야 한다는 사실은 두려웠다. 아버지는 만인지상의 위치에서 휘두르는 권력의 단맛을 지극히도 즐기고 계셨기 때문이었다. 임금이 배은망덕하게 스스로의 아비로부터 권력을 빼앗는 모습이 어찌 비칠지도 걱정이었다. 그런 까닭에 나는 결정을 미뤄왔다. 하지만 중전은 내가 성인이 되자, 이제는 스스로 국사를 돌보라고 이야기하기 시작해왔다. 이는 나의 자식을 위해서도 중요한 일이었다. 나는 진심으로 이제는 때가 됐다고 느꼈다. 섭정을 거두고 진짜 임금으로써 친정을 펼칠 시기가 무르익었다. 나는 그렇게 말하며 내 맘 속의 거리낌을 숨기지 않고 중전에게 이야기 했다.

우리는 오랜 시간에 걸쳐 이 문제를 상의했다. 그런 과정을 통해 중전과 나의 사이는 더욱 돈독해져갔다. 나는 중전의 총명함, 정치적 통찰력, 대담함이 내 수준보다 훨씬 뛰어남에 놀랐다. 나는 중전의 이야기들을 찬찬히 듣고 되새기며 그가 마련해준 방법에 대해 깊게 고민한 후 마침내 명을 내렸다.

그 첫 번째로, 아버지의 명으로 강등돼 지난 일 년 간 수원에 부임해 있던 처남, 민승호를 불러들였다. 또 대담하기 그지없는 학자 최익현으로 하여금 나의 친정을 촉구하는 상소를 올리도록 했다. 최익현은 아버지의 정책을 비난하는 상소로 현재 벼슬에서 쫓겨나 고향땅에 머무르고 있었다. 그는 내가 찾는다는 말을 듣고 그 은혜에 감격했다고 한다. 나에게 목숨을 건 충성을 맹세한 것은 물론이었다. 그에게 궁을 자유롭게 출입할 수 있도록 명소 반쪽을 내렸다.

최익현이 감읍해 몸을 떨며 고개를 바닥에 닿도록 절하며 말했다.

"상감마마! 내리신 말씀 잘 새겨들었나이다. 이토록 총명하시고 강녕하신 주상께서 친히 이 나라를 다스리시지 못하시고 시간을 허비해야 할 이유가 무엇입니까? 이제 오십을 바라보시는 대원군 대감께서 계속 섭정을 펼칠 명분은 더 이상 없사옵니다. 상감마마의 친정을 주청하는 상소를 지어 올리는 광영을 제 어찌 마다할 수 있겠사옵니까!"

나는 그에게 가까이 다가가 물었다.

"지난 번 같은 일을 겪고도 정녕 하실 수 있겠소?"

"물론이옵니다. 전하! 부자지례(父子之禮)가 군(君), 사(士)의 충(忠)을 넘어설 수는 없는 법. 이 나라는 지금 심히 위중한 상태이라고 사료되옵니다."

이 나라에서 가장 정직하고 바른 학자가 나의 친정을 주청하겠다는 말에 나는 기뻤다. 하지만 나는 그와 그의 가족의 안위를 보장할 수 없다는 이야기를 또한 덧붙여야 했다.

“아버지께서 자네를 해하지 못하도록 내가 방법을 찾겠소. 허나 아시다시피 장담은 못하오.”

그때까지 고개를 숙이고 있던 최익현이 머리를 들고 내 두 눈을 정면으로 바라봤다. 법도에 어긋나는 결례였다. 하지만 나는 그를 책망하지 않고 오히려 인자하게 마주 바라보며 그가 무어라 말할 지 궁금하다는 표정을 지었다.

“상감마마. 결례를 무릅쓰고 한마디 여쭙겠사옵니다. 소신은 평생을 제 양심에 거리끼지 않도록 살아왔으며, 제 안위나 이득을 쫓지도 않았습니다. 소신을 믿으시옵소서. 제가 올릴 상소가 이 조선 땅에 크나큰 변혁을 가져 올 것을 약속드리옵니다.”

그렇게 말하고 최익현은 다시 한 번 나에게 조아렸다. 며칠이 지나 약속대로 최익현이 상소를 올렸다. 상소는 아버지를 거쳐서 나에게로 전해졌다. 평소라면 상소의 내용을 검토하고 그 처분의 결정을 내리신 후, 내게 형식적인 재가를 맡기는 것이 아버님의 방식이었다. 상소를 묵살하셨을 수도, 최익현을 잡아들여 처벌을 내릴 수도 있었다. 혹은 나의 효성을 시험하시려는 것일 수도 있었다. 한 가지 확실한 것은, 내게는 섭정을 물리치겠다고 밝힐 용기 따위는 없다고 그분이 믿는다는 사실이었다. 그것이 최익현의 상소를 이렇게 대수롭지 않게 처리한 것을 설명해 주었다. 그러나 상소가 나에게까지 전달된 한 식경이라는 시간은 나에게 마치 영원과도 같았다. 상소가 올려 지자 나는 망설이지 않고 이를 수용하겠다고 밝혔다. 최익현의 상소에 대한 반발은 격렬했다. 아버님을 따르는 무리가 얼마나 많은지도 똑똑히 목격했다. 몇몇은 충성스런 대원군을 욕보인 최익현을 사사(賜死)하라고 읍소했다. 익현을 보호하기 위해서 그를 제주로 귀양 보내야 했다. 그러나 나는 그들의 압력에 끝까지 굴복하지 않았다.

1873년 11월 4일, 나는 친정을 발표했다. 12세의 나이로 즉위해 아버지께서 섭정을 시작하신 지 정확히 10년이 되는 때였다. 관료들은 동요했으나 나는 내 스스로의 결정에 만족했다. 무거운 짐을 덜어내 홀가분했다. 마침내 어른이 된 기분이었다.

친정을 발표했지만 지난 10년간 다져놓은 아버지의 권력 기반은 하루아침에 무너져 내리지 않았다. 다음날 아침 조정은 텅 빈 채 시작됐다. 사실상 나의 신하는 없었다. 좌의정, 우의정 등 모든 관료들은 아버지의 심복이었다. 친정을 발표하자 모두들 사직을 청했고 사직한 이들은 도성을 떠났다. 성균관 유생들은 친정에 반대하는 합동 상소문을 올렸다. 그들의 반격을 예상하지 못한 것은 아니었지만 막상 당하니 갑작스러웠다. 소리라도 지르고 싶었다. 모두가 나를 버렸다. 다들 겁쟁이다. 그 자들은 모두 내가 어리고 약해빠져 아버지의 손아귀에서 벗어날 수 없다고 생각했다. 그들을 놀라게 해 주겠다 생각했다. 하지만 어떻게 해야 한다는 말인가? 어찌 그들 모두를 교체할 수 있단 말인가? 내 밑에서 일할 자가 과연 있기나 한단 말인가?

이같이 망설이고 있을 때 중전이 내 방으로 들어왔다. 조정 관료들의 사직 소식을 들었던 것이다. 나는 일어난 사실들을 설명했다. 중전은 이같은 상황을 미리 짐작했다고 말했다. 동요한 나와는 달리 중전은 평온했다. 내 손등을 어루만지며 조용히 말했다.

"전하. 미리 짐작하신 듯 당연하게 받아들이셔야 하옵니다. 관리들이란 항시 기회를 엿보는 자들입니다. 그자들은 아버님이 두려워 사직한 것입니다. 하지만 가장 처음 사직의 뜻을 올린 자들이야말로 전하께서 의

연하신 모습으로 당당히 나라를 다스리는 모습을 보이신다면, 역시 가장 먼저 돌아올 자들이옵니다. 그들은 분명히 바닥에 머리를 조아리며 자기들을 다시 써 주십사 청할 것입니다."

나는 중전의 평정심과 지혜로움에 놀라움을 금치 못했다. "그들에게 무얼 보여줘야 한단 말입니까? 신하들이 모두 떠나버려 조정이 텅 빈 채입니다."

"우선 중요한 자리에 믿을 수 있는 자들로 채워 넣으소서. 그런 후에 사직한 대신들 중에 전하께 정녕 충성할 이들을 다시 중용하겠다고 알리는 것입니다. 이 나라에는 아버님을 반대했다는 이유로 전하의 신하로 쓰이지 못 한 총명한 선비들이 넘쳐나고 있답니다."

"그들이 누구요?"

"이유원, 박규수, 조용하 같은 이들이옵니다. 또 제 피붙이들 중에 승호, 규호 오라버니도 있사옵니다." 중전이 계속 말을 이어갔다.

"이유원, 박규수 대감은 과거 관료로 재직해서 신망과 경험이 특히 두텁사옵니다. 조용하는 대비마마의 조카입니다. 모두들 아버님의 쇄국정책에 반대하고 있습니다. 이 분들이 조정에 들어온다면 이 나라의 항구를 양인들에게 열 수 있습니다."

"열다마다요. 하지만 양인들에 대한 정책은 차근차근히 살펴야 합니다. 너무 빠른 변화는 아버님에 대한 모욕일 수 있습니다."

나의 말에 중전이 조급해 했다.

"서양은 물론 일본에조차 너무나도 뒤쳐져 있는 것이 이 나라의 현실입니다. 그것이 전하께서 친정을 펼치시고 저자들을 거두어 수족으로 삼으셔야 하는 가장 큰 이유인 것이옵니다."

나는 고개를 끄덕였다.

"전하. 이 나라의 장래를 걱정하며 전하께서 부르시기만을 학수고대하던 이들입니다. 이 순간만을 기다리던 자들입니다."

중전의 말에 일리가 있다고 생각했다.

"그렇다면 그자들 중 누구를 영의정으로 앉혀야겠소?"

"이유원이 어떻겠나이까?"

중전의 천거였다. 그 자에 대해서는 좋은 소리를 들어 익히 알고 있었다. 쉰아홉의 나이로 조정에서 오랜 기간 재직했으나 아버지의 섭정이 시작되자 물러났다고 했다.

"화통한 성격으로 유명하신 그분이야 말로 영의정에 제격입니다. 아무도 그 선택에 이의를 나타내지 못할 것입니다. 그 밑의 직책에는 아까 말씀드린 자들과 제 친척들을 등용하옵소서. 아시다시피 능력이 있어 관직에는 올랐으나 한직에만 머물고 있는 사람들입니다."

나는 중전의 지식과 해박함에 놀랍도록 매료됐다. 나는 중전에게 생각할 시간을 달라고 말했다. 그 후 2주 동안 고민에 잠겼다. 수 만 가지 생각이 머릿속에 오갔다. 그 동안 어머니께서 몇 차례나 나를 찾으셔서 아버지를 섭정에서 끌어내린 내가 백성들에게 좋은 본보기를 보일 수 있겠냐며 한탄하셨다. 친정을 선언한 나는 불효자라는 뜻이었다. 어머니는 내가 스스로 나라를 다스리면 백성들이 나를 따르지 않을 것이라 말하셨다.

반면 중전은 나를 잠자코 내버려 두었다. 의도적으로 고민하는 나를 귀찮게 하지 않으려는 것도 같았으나 실제로 새로 짓고 있는 처소 때문에 바쁜 탓도 있었다. 중전이 기거하던 중궁전이 의심스러운 화재 사고로 불에 타버렸다. 화재가 난 밤, 중전은 뱃속의 아이가 배를 심하게 차는 바람에 잠에서 깨어 밤중산책에 나섰다. 불은 그 직후 시작됐다. 침실 옆에서 시작된 푸른 불은 우레 같은 소리를 내며 번져 처소 전체를 삼켰다. 중전은 사고 당시 처소 안에 머물러 있었다면 분명히 변을 당했을 것이라고 말했다. 남은 이들은 화재가 아버지의 명을 받은 사람의 소행이었을 것이라고 수군거렸다. 내게 친정을 부추긴 이가 중전이고 그 분노가 중전에게로 향했다는 것이었다.

좋든 싫든 간에 아버님은 나의 효심을 믿었다. 하지만 그 분은 내 속에 스스로 친정을 펼치고 싶다는 야심이 끓어오르고 있었다는 사실을 채 짐작 못 하셨다. 중전이 쓸데없는 오해를 받고 있어서 미안하기 짝이 없었다. 그러나 아버지가 갖고 있는 믿음, 나는 선하고 내 아내는 악하다는 그 생각을 고칠 길은 막막하기만 했다.

화재로 놀란 중전이 그을음과 진흙 범벅이 된 모습을 본 순간 나는 확실하게 범인을 찾아내야 한다고 생각했다. 또 나의 계획을 빠르고 신속하게 밀고 나가야 한다고 다짐했다. 어찌됐든 중전은 내게 친정을 펼치라고 독촉하지 않았다. 중전을 겨냥한 화재사건은 오히려 역효과를 냈다. 사건은 내 뜻을 굽히지 않겠다는 결심을 더욱 굳히는 계기가 된 것이다. 하지만 동시에 생각을 하면 할수록 혼란만 커질 뿐 확실한 결정을 내릴 수 없는 문제이기도 했다. 직접적인 통치를 원하고 더 이상 애 취급을 받지 않으려면 결심을 밀고 나가야 했다.

일단 아버지의 섭정의 자취를 완전히 물리치기 위해 이유원을 영의정에 제수했다. 이유원은 처음엔 사양했지만 결국 종사하겠다고 아뢨다. 그런 후, 큰아버지인 흥인군 대감을 좌의정으로 삼았다. 큰아버지는 착하고 유쾌한 분이셨으나 그다지 총명하지는 못했다. 아버지는 그분의 호방한 성품을 못 마땅히 여겨 아무런 관직도 내리지 않으셨다. 나의 제안에 흥인군은 말 그대로 춤을 추며 기뻐하셨다. 마침내 기회가 왔다며 좌의정 직을 그 자리에서 수락하시고는 나의 통치를 돕겠다고 약속하셨다.

형조판서에는 박규수를 임명해 외국과의 교섭을 맡겼다. 오랫동안 아버님의 쇄국정책을 반대했던 박규수는 오랜 경험을 쌓은 관리이며 존경받는 학자였다. 또 그는 제너럴셔먼 호(號) 사건 당시 평양감사로 그 배를 불태웠으나 훗날 대원군의 지시를 무조건 따라 미국의 선박을 불태웠던 자신의 결정을 후회한다고 밝힐 만큼 현실감각이 뛰어난 영리한 자이기도 했다. 내가 두 명의 전직 대신들과 종친을 조정의 영의정, 좌의정, 우의정으로 삼았고 빈자리를 채울 인물들을 찾고 있다는 소문은 빠르게 퍼졌다. 이런 소식에 사직을 청하고 도성을 떠났던 많은 신하들이 다시 돌아왔다. 공백상태까지 됐던 조정은 다시 활기를 띄었다. 아버지는 격노했고 나를 보고 싶다고 청해왔다.

아버지의 불같은 성정은 내게는 여전히 두려운 것이었다. 중전은 내가 결국 아버지의 위협과 회유에 굴복할 것이라는 사실을 간파하고 아버지를 궁에 들이지 말라고 간청했다. 중전은 내가 아버지와 단둘이 대면했을 때 대적하지 못하고 쉽게 위압당할 것이라고 두려워했다. 그러나 궁에 들겠다는 아버지를 막는 일을 할 수는 없었다. 잠 잘 때를 빼놓고는 항시 궁에 계셨던 분이셨다. 그러나 중전의 말은 옳았다. 나는 결국 궁문을 모두 폐쇄하라고 명했다. 특히 아버지가 즐겨 드나드시던 전용 출입문인 금호문은 더욱 철저히.

며칠이 채 지나지 않은 저녁, 아버님께서 억수처럼 내리는 비에도 불구하고 금호문으로 행차하신다는 소식이 전해져 왔다. 아버지의 수하들은 대원군 대감께서 아드님을 뵈러 오셨으니 문을 열라고 고래고래 고함을 치며 수문장들을 압박했다. 그러나 수문장들은 죽어도 아버님, 대원군을 특히 들이지 말라는 어명을 지켜야 한다며 맞서 꿈쩍도 하지 않았다. 문을 열기 전에는 결코 돌아가지 않겠다며 버티셨던 아버님도 결국 그칠 줄 모르는 억센 비에 가마를 돌려 운현궁으로 돌아가셨다.

그 시간 내내 나는 안절부절 해야만 했다. 중전이 함께 있지 않았더라면 내 스스로 나가 문을 열고 아버님을 들였을 것이었다. 그러나 중전은 그런 내 손을 잡고 용기와 자신감을 심어줬다. 여기서 굴복한다면 더 이상 돌이킬 수 없이 나는 영원히 이름뿐인 임금으로 남게 된다며, 내가 지키려는 소신이 옳은 것이라고 중전은 강조했다. 또 중전은 그리 한다면 나뿐만이 아니라 내 아이들 역시 아버님의 손에 놀아나는 꼭두각시가 될 거라고 덧붙였다. 나는 중전의 뜻에 따르기로 했다. 허나 그 밤은 마치 영원처럼 길기만 했다.

훗날 사람들은 억수처럼 내리던 비에 아버님의 옷과 상투가 너덜거릴 정도로 젖었다고 말했다. 늙으신 대원군께서 말할 수 없을 정도로 처참한 표정을 짓고 계셨다고 전했다. 그 말에 내 가슴은 정녕 찢어지도록 아파왔다. 그 분에게서 권력을 빼앗는 날이 오지 않기를 바랐다. 그러나 아버지의 효성 깊은 아들로만 영원히 남고 싶지는 않았다. 결국엔 내 야망을 펼치면서 아버지께 거역하고 깊은 슬픔을 안기게 된 것이었다.

나는 아버지가 나에게 주셨던 자애로움이 과연 진심이었을까 하는 의문까지 품고 말았다. 또 그 분이 나를 임금으로 앉히신 건 결국 자신이 왕이 되고 싶으셨기 때문이 아니었을까 믿게 됐다. 그 지경에까지 이르자 나는 결국 내 스스로 친정을 펼치는 것 빼고는 달리 길이 없다고 믿게 된 것이었다.

*

전하께서 친정에 나서게 된 이유와 경과를 기억하며 눈물이 차올랐다. "주상전하, 내 지아비시여. 당신이 더할 나위 없이 자랑스럽습니다. 제가 없더라도 부디 강건 하옵소서." 나는 기도했다.

13화
세손이 태어나다

겁먹은 듯 큰 아이의 눈망울은 내가 회임한 지 6개월 쯤 생긴
화재사건 때 크게 놀랐던 까닭에 그리 된 듯 했다.
전하와 나는 너무도 행복했다.

*

*

*

아이가 1871년 11월 세상을 떠난 후, 몇 달 간 나는 전하를 대면하길 거부했다. 그 같은 아이를 낳았던 것은 너무나 큰 죄였기 때문이다. 하지만 정치적인 문제가 연이어 불거지자 나는 전하를 뵙고 미래를 위한 전략을 세우도록 조언할 수밖에 없었다. 그러나 나는 여전히 침소에서 폐하를 모시지 않았다. 나는 궁의 여인들에게 전하를 기쁘게 해 드리라고 이르면서도 누가 언제 전하를 모셨는지는 내게 결코 고하지 말라고 엄하게 명했다.

하지만 그네들은 매일같이 나를 찾아와 전하께서 다른 여인들은 한사코 찾으시지 않는다고 전했다. 전하는 가엾게도 고독하신 상태로 잠도 잘 못 이루신다고 말했다.

1871년부터 72년까지의 긴 겨울 동안 우리는 첫 아들의 예기치 않은 죽음을 길게 애도했다. 허나 겨울 삭풍이 잦아들고 훈훈한 춘풍이 찾아오며 내 마음도 조금씩 녹는 것을 느꼈다. 그리고 전하를 거부하던 내 방식도 거두기로 마음먹었다. 곧이어 또 다른 아이를 잉태했다. 지난 세 번의 아픈 기억에 아이를 가졌다는 말을 꺼내기조차 두려웠다. 이 나라 여인네들이 입는 의복의 장점 중 하나는 임신 사실을 거의 완벽히 가릴 수 있다는 것인데, 나는 회임 사실을 숨기며 먹는 음식과 활동 등에 조심을 기울였다. 좋은 생각만 하고 선행만을 베풀도록 노력했고 전국 사찰의 승려들에게 순산을 기원하는 기도를 올리도록 명했다. 그러기 위해서는 많은 금전이 필요했다. 기도가 끊이지 않게 이뤄지기 위해서는 많은 승려들의 헌신이 필요했고 효험을 보기 위해서는 그런 정성에 대한 물질적인 보상 또한 이뤄져야 했기 때문이다.

태아가 자라며 그 움직임이 느껴지기 시작했다. 가끔씩 밤중에 아이가 내 배를 힘껏 차는 통에 잠에서 깨곤 했다. 하지만 상관없었다. 아이가 내 뱃속에 존재하고 나와의 교감을 이루고 사실에 기쁘고 감사했다. 아들의 발길질이 틀림없었다. 또 아이의 발길질이야 말로 나를 화재로 인한 죽음에서 구해준 기적이었을 지도 몰랐다. 그 사건 이후 나는 아이와 더욱 큰 교감을 느끼고 있었다.

1874년의 춘분이 지나고 이틀 후 아들이 태어났다. 전하께서 친정을 선언하신 지 4개월 만의 경사였다. 좋은 징조이며 기적과도 같은 일이었다. 네 번의 임신과 유산 끝에 비로소 건강한 아들을 생산해 낸 것이었다. 지난 아이들의 죽음은 새로운 아가의 탄생을 열기 위한 희생과 고난이라고 생각됐다. 어쩌면 그 아이들은 죽음을 통해서 이 아이를 향한 나의 사랑과 염려를 최대한 끌어 높이려 했는지도 몰랐다. 나는 마음속으로 그 아이들에게 감사를 전했다. 그리고 아이들의 짧고도 짧았던 삶의 나날들에 대한 극심한 미안함을 포함해, 함께 회임 기간 중 함께했던 무당의 전언대로 나는 아가와 나를 이은 탯줄을 성급히 자르지 말라고 일렀다. 그 때문에 태어난 아이를 받아 들었을 때 아이와 나는 여전히 탯줄로 연결된 채였다. 참으로 기이하면서도 기적 같은 순간이었다. 믿기 힘든 감정이 내 온몸의 피와 함께 아가의 몸속을 휘돌며 그 조그마한 심장을 뛰게 하고 있었다. 우리는 두 개의 몸이지만 여전히 하나인 채였다. 마침내 탯줄은 잘리고 아가와 나는 분리됐다. 나는 그 아이를 목숨을 바쳐서라도 지켜 내리라 맹세했다. 내 아들을 위해서라면 무슨 일이라도 할 수 있었다.

그토록 바라던 아들을 얻은 전하와 나는 아이의 이름을 척(坧)이라고 지었다. 척은 흙 토(土) 변에 돌 석(石) 자를 합친 형성자였다. 스스로 돌덩이를 모아 흙 위에 성을 쌓듯 강하고 훌륭한 군주가 되라는 어진 뜻이었다. 아이의 피부는 말갛고 뽀송했다. 무엇보다 감사했던 점은 아이의 모든 것이 정상이라는 점이었다. 겁먹은 듯 큰 아이의 눈망울은 내가 회임한 지 6개월 쯤 생긴 화재사건 때 크게 놀랐던 까닭에 그리 된 듯 했다. 전하와 나는 너무도 행복했다. 중전인 내가 원자를 생산해 낸 것이었다. 주상전하 역시 비로소 군주로서의 위엄을 세우게 되신 거였다. 내 인생 거의 최초로, 원하던 바가 제대로 이뤄지고 있었다.

이 나라의 왕위를 계승할 자가 누구일지 더 이상 이견이 있을 수 없었다. 나는 원자가 세자로 책봉 되도록, 무슨 일이라도 할 것이었다. 아무도 나를 막을 수 없다. 또 세자의 책봉은 전하가 펼치실 친정의 반석이 되는 동시에 중전으로서의 나의 지위도 확고히 할 터였다.

그러나 불행하게도, 전하와 내가 원한다고 원자가 세자로 책봉되는 것은 아니었다. 조선은 청국의 조공국이었다. 그것은 청나라에 세자의 책봉을 고하고 청나라가 이를 윤허해야 한다는 것을 의미한다. 세자책봉뿐만 아니라 조선은 군왕의 죽음, 탄생, 세손의 이름 하나하나까지 청나라에 보고하고 청 황제의 윤허를 받아야 했다.

청국으로부터 세자책봉을 윤허 받는다면 그 어떤 누구도 무엄한 말을 내뱉지 못할 것이었다. 그런 생각에 이르자 나는 세자책봉사의 파견을 위한 준비를 서둘렀다. 승호 오라버니가 적임자일 것이라고 나는 생각했다. 승호 오라버니는 나만큼이나 원자의 탄생을 기뻐했고 세자책봉 역시 바라고 있었다. 그런 와중에 전하의 국정능력은 하루가 다르게 발전하고 있었다. 원자 역시 무럭무럭 자라났다. 나는 두 남정네 사이에 여인으로서 모처럼의 평안하고 달콤한 삶을 누리며 즐거웠다. 한 남자의 부인이자 아들을 둔 엄마인 나는 천지신명께 이 행복이 영원할 수 있기를 빌고 또 빌었다. 지금의 행복의 많은 부분은 민승호 오라버님이 있었기에 가능했다. 나는 감사했다. 전하는 승호 오라버니를 청국으로 파견할 세자책봉사로 임명했다. 그는 청나라에 나의 아들, 척이 조선의 왕위를 승계할 세자임을 알릴 것이었다.

불쌍한 승호 오라버님. 우리는 그와 그 가족에게 닥칠 크나 큰 비극이 행복의 정점이던 그 때 그 시절로부터 얼마 남지 않았다는 사실을 까맣게 모르고 있었다.

14화
희생양

행복하고 평안한 나날들이었다.

중전의 오라비로 나는 큰 권력도 누리고 있었다.

사람들은 나에게 당치도 않은 선물을 갖다 바쳤다.

*

*

*

누이가 이 나라의 중전이 된 지 8년만인 1874년 봄, 나 민승호는 비로소 안도를 느꼈다. 중전이 된 후 참으로 오랜만에 중전마마의 궁에서의 상황은 안정되었던 것이다. 대원군은 섭정의 자리에서 물러났고, 상감마마의 친정이 비로소 시작 되었다. 무엇보다 중전마마께서 무사히 건강한 원자 아기씨를 생산하셨다는 사실은 크나큰 경사였다. 이 귀인이 낳은 완화군에 대한 대원군의 애정을 잘 알고 있는 나는 중전께 새로 태어난 원자를 세자로 책봉하기 위해 되도록 빠른 시간 안에 청나라에 세자책봉사를 파견 하셔야 한다고 재촉했다. 원자 아기씨께서 일단 무탈하신 것을 확인하기 위해 우리는 원자마마의 백일을 조마조마 해하며 손꼽아 기다렸다.

원자마마는 무사히 백일을 보셨다. 상감마마와 중전께서는 몹시도 기뻐하시며 잔치를 여셨다. 모든 관료들과 종친들이 초대됐다. 물론 국태공께서는 모습을 비추지 못했다. 모두가 원자마마의 모습을 직접 보기 간절히 원했으나 건강을 염려해서 단 몇 대신들에게만 원자마마를 직접 안아 보는 것이 허락됐다. 잔치에 모인 모든 이들은 원자 마마의 건강과 무사안위를 한 마음으로 기원했다.

전하 내외분의 기뻐하는 모습은 무척이나 눈물겨웠다. 덩달아 기쁜 나머지 나는 잔치에서 덩실덩실 춤이라도 출 기세였다. 나는 어찌하면 청나라 황제에게 세자 책봉을 윤허 받을 수 있을까 고민했다. 가장 좋은 방법은 원자 마마가 완화군과는 달리 중전에게서 태어나 전하의 적통을 제대로 승계하신 분임을 조리 있게 설명하는 것이었다. 또 섭정인 국태공에게는 완화군을 세자로 책봉할 아무런 권리와 정당성을 갖고 있지 않다는 점을 밝혀야 했다.

하루하루가 지나며 날씨도 점차 온기를 띄고 있었다. 내 마음도 훈훈했다. 중전께서 궁에서 행복하신 하루하루를 보내고 계신 이상 민 씨 일족도 영원할 것이었다. 나는 민 씨 일족의 수령 역할과 함께 조정에서는 국세의 집행 등을 관리하며 하루하루를 보냈다. 행복하고 평안한 나날들이었다. 중전의 오라비로 나는 큰 권력도 누리고 있었다. 사람들은 나에게 당치도 않은 선물을 갖다 바쳤다. 하지만 모르는 이들이 가져 온 선물은 돌려보냈다. 그러나 그렇게 선물을 돌려보내면 사람들은 두렵고 황망한 마음에 더 많은 선물을 다시 보내곤 했다. 들어오는 선물이 너무나도 많고 다양해 하인들은 나에게 보고도 하지 않고 받은 선물들을 곳간에 쌓아 두었다. 그 중에서도 가장 큰 기쁨은 내 외아들이 무럭무럭 자라나는 모습을 보는 것이었다. 똑똑하고 총명한 아들은 키가 나와 거의 같을 정도로 빠르게 성장했다. 청국 북경으로 떠날 날이 가까워 오자 아들은 청나라와 세계 여러 나라들에 대한 질문들을 끊임없이 나에게 퍼부었다. 나는 최선을 다해 대답했다. 아들은 언젠가 조선 땅을 떠나 세계를 돌아보고 싶다고 말했다. 나는 그에게 열심히 공부하고 다방면의 지식을 쌓아야 한다고 강조했다. 또 전통적인 유교서적도 중요하지만 서양의 문물도 최대한 접하라고 일렀다. 나는 세계의 지도를 보여주며 내가 조선을 떠나 북경까지 가는 여정을 손으로 짚어 보여줬다. 그걸 바라보는 아들의 눈은 밝게 빛나며 희망과 야망으로 이글대는 듯 했다. 그런 아들이 자랑스러웠다. 좋은 집안에 태어나, 좋은 아들을 둔 나의 복을 조상님께 두고두고 감사했다. 며칠 후, 사월 초파일이

다가왔다. 나는 근처 사찰에 들러 기도를 올리며 가문, 중전, 왕실의 안녕과 세자 책봉사로 떠나는 먼 여행이 무사히 이뤄지도록 기원했다. 기도를 올리면서 모든 일이 잘 풀릴 것이라는 느낌이 들어 상쾌했다.

며칠 후 저녁이었다. 사랑채에 모인 객들과 술잔을 기울이며 유쾌하게 이야기 하고 있었다. 그때 하인 놈 하나가 뛰어오며 비단으로 정성스레 쌓인 나무상자를 건넸다. 내가 자주 가는 사찰에서 심부름 하는 아이가 전해주고 갔다고 했다. 초파일 날 갔을 때, 그곳 주지가 아무런 언질을 주지 않았기에 갑작스런 선물이 괴이하게 여겨졌다. 아마도 얘기하는 것을 잊었나 싶었다. 요즘 들어 사람들은 시도 때도 없이 내게 선물 보따리를 건넸다. 나는 종놈에게 선물 보따리를 안방에 놓아두라고 말했다.

객들이 모두 돌아가고 나는 방으로 돌아갔다. 어머님과 부인 아들이 모여 있었다. 그 앞에는 선물 보따리가 있었다. 보따리가 궁금해 풀어보고 싶어 모두들 나를 기다리는 중이었다. 모두 다 빨리 나에게 그 보따리를 열어 보라고 보챘다.

우리는 보따리를 가운데 두고 빙 둘러 앉았다. 나는 보자기를 조심스레 풀었다. 보자기를 풀자 고급스러워 보이는 나무상자가 있었다. 상자를 덮은 뚜껑에는 학과 구름 따위의 십장생이 새겨져 있었다. 한쪽에는 은으로 된 자물쇠가 채워져 있었다. 열 두 살 난 내 아들이 빨리 열어보라고 재촉했다. 나는 상자를 다시 한 번 봤다. 문방사우를 담은 상자라고 보기에는 조금 큰 듯 했다. 아들이 또 보채며 말했다.

"아버님. 궁금합니다. 빨리 열어보셔요."

은 자물쇠를 풀었다. 똑딱 소리가 났다. 동시에 우레와 같은 소리와 화염이 뒤엉킨 폭발이 일었다. 폭발에 내 몸이 붕 떴다. 검은 연기가 방안을 뒤덮었다. 다른 식구들도 사방으로 날아갔다. 그들의 몸은 갈가리

찢긴 채였다. 고통에 비명을 지를 틈도 없는 것은 불행 중 다행이었을까? 움직일 수 없었다. 숨도 쉴 수 없었다. 공기가 너무도 탁했고 숨도 쉬어지지 않았다. 내 몸이 붕 떠서 천정보다 높이 떠 있다는 사실을 깨달았다. 찰나의 순간순간이 그림처럼 생생했다.

찢겨진 내 몸의 일부는 방바닥에 뒹굴고 있었다. 가족들의 찢긴 몸뚱이도 군데군데 퍼져 있었다. 문짝은 날아갔고 집 안 사람들은 놀라 뛰어오고 있었다. 그들은 하나같이 소리 지르고 울부짖고 있었다. 그들의 목소리가 메아리처럼 잔상을 남기며 흘렀다.

"어떤 놈이냐! 누가 감히 이 같은 천인공로 할 일을 나와 내 가족에게 저질렀단 말이냐? 그토록 아름다운 상자에 맹수 같은 폭약을 심어 놓는 솜씨를 부린 자가 이 조선 땅에 그 누구란 말인가!"

길게 생각할 필요도 없었다. 내가 세자 책봉사로 중국 땅을 밟기 원치 않는 무리들 중 하나일 것이 자명했다. 그 중에서도 대원군의 짓임이 뻔한 노릇이었다. 그는 완화군이 세자로 봉해지기를 원했다. 완화군을 세자로 봉하겠다는 태도를 보인 것이 벌써 오래전 일이다. 그는 중전마마가 그나마 쥐고 있던 얼마 안 되는 권력을 무력화시키기 위해 별 짓을 다했고, 심지어는 중궁전에 불을 내 마마를 해하려 들었다. 그 같은 시도가 무위에 그치자 대원군은 중전마마를 평민으로 강등시키기 위한 계략을 꾸미기 시작했다. 그러나 그 같은 와중에 생긴 중전마마의 회임과 원자 아기씨 생산은 대원군의 뒤통수를 보기 좋게 후려치는 속 시원한 일이었다.

나무 상자에 든 폭탄처럼 강력하고 값비싼 비밀 무기는 청나라에서 흘러들어 오는 것이 대부분이다. 이런 무기를 손에 넣을 수 있는 자는 조선 땅에 얼마 되지 않는다. 나는 모두를 불러 누가 이런 짓을 꾸몄는지 외치고 싶었다. 하지만 내 목에서 더 이상 목소리가 새어 나올 리는 없었다. 이 같은 생각을 하면서 나는 내 몸이 깃털처럼 가볍게 하늘로 날아오르고 있다는 사실을 알아챘다. 나는 하늘로 솟아오르고 있었으나, 아무도 그런 나를 알아차리지 못했다. 하늘은 검고 푸르렀으며 반짝이는 별들로 가득했다. 하늘로 오르고 오르면서도 아쉬워 땅 밑을 내려보았다. 집과 사람들이 개미처럼 작았다. 어느 순간 모든 것이 적막처럼 어두워졌다. 더 이상 아무 소리도 들리지 않았다.

*

오라비가 겪었던 경험을 지금 내가 겪고 있구나. 무한한 우주로 흘러가는 이 내 몸이여. 그러나 지금 같은 상황에서도 오라버님의 처참한 죽음을, 그 가족의 원통한 죽음을 기억하는 내 온 몸 곳곳에는 다시금 소름이 솟아나고 있다. 그 때, 모든 이들이 이같이 악랄한 계략을 꾸민 자가 누구인지 속삭였다. 그러나 아무도 감히 나서 속 시원히 그 자의 죄를 묻지는 못했던 것이다.

15화
수단 방법 가리지 않고

… 1894년 7월 23일의 아픈 일이 다시 떠올랐다.
그중 가장 사무치는 기억은 일본군대를 거느리고 궁을 습격해
조롱 섞인 눈으로 나를 바라보던 시아버님의 분노어린 얼굴이었다.

*

*

*

민승호의 폭사 소식이 당도했을 때, 나는 경기도 양주의 직동 별장에서 한가로이 낚시질을 하고 있었다. 자의 반, 타의 반으로 권좌에서 물러난 이후, 나는 한성을 떠나 이 작은 시골집에 머물고 있는 상태였다. 이곳에서 나는 며느리와 그 일가, 아니 민 씨 문중 전체에 반격할 기회를 엿보는 중이었다. 그들의 힘은 나날이 커지고 있었다. 세어보니 조정 40여개 요직을 민 씨 일족이 차지한 상황이었다. 더 이상 이들의 위험한 발호(跋扈)를 묵인할 수는 없었다.

민 씨 도당들은 아마도 나를 이번 사건의 수괴(首魁)로 생각하고 있을 것이었다. 그러나 그들에게는 증좌(證左)가 없었다. 거기에다가 감히 나를 죄인으로 몰 수 있는 자 또한 존재할 수 없었다. 권좌에서 물러나긴 했으나 나는 여전히 임금의 어버이, '국태공'인 것이다.

사실 나는 천하장안*에게 사주해 민 씨 도당의 우두머리 민승호를 제거하라 명했다. 그 녀석은 나의 처남이었으나 결코 그를 좋아한 적은 없었다. 똑똑해도 너무 특출나게 영리했던 것이다. 그를 경멸하기 시작한 것은 그가 중전의 오라비 노릇을 하면서부터였다. 처음에는 주상을 포함한 내 다른 자식들보다 빼어났다는 점을 빼고는 그를 시기할 이유가 없었다. 그러나 적어도 그 아이가 나에게 이득을 안겨줄 만 한 자가 아니라는 점은 본능적으로 느끼고 있었다.

내가 이 귀인을 어여삐 여기며 며느리의 일상을 고단하게 하자 민승호는 득달같이 나와 부인을 찾아와 중전에 대한 불공정한 처우를 멈춰달라고 청했다. 또 하루는, 난(蘭)을 치던 내 화실에 제지하는 하인들을 밀치며 들어와서는 사나운 기세로 중전을 타박하지 말라고 윽박질렀다. 나는 불같이 화내며 그를 꾸짖어 돌려보냈다. 그의 무례함에 분노했다. 의심할 여지없이, 그는 중전인 그의 누이동생을 의지하고 있었다. 그러나 그 누구도 감히 내 앞에서 그런 무례한 모습을 보일 수는 없는 것이었다. 민승호는 나에게 있어 분명히 목에 걸린 가시와도 같은 존재로 커 버렸다.

그 후, 나는 민승호가 새로 태어난 척을 세자로 책봉하기 위한 책봉사로 청나라에 파견된다는 소문을 들었다. 그것으로 나의 인내심은 한계점에 도달했다. 나는 중전이 낳은 원자가 주상을 이을 세자로 책봉되는 것을 두고 볼 수 없는 터였다. 며느리가 네 번의 시도 끝에 가까스로 생산한 원자를 미워해서가 결코 아니었다. 원자는 건강한 아이가 아니었다. 병이 있는 것은 아니었지만 여섯 살이 된 완화군처럼 튼튼하지 못했다. 또 그다지 총명한 모습이 보이지도 않았다. 척처럼 허약한 아이가 이 나라의 국왕이 된다면 이 나라의 사직은 흔들리고 말 것이 분명했다.

여러 나라들이 조선에 침입하려 호시탐탐 노리는 작금의 정세에 비실대는 아이를 이 나라를 승계할 세자로 앉힌다는 것은 적합하지 못했다. 거기에다 세자의 친모가 되면 중전에게 더 큰 권력이 집중될 것이 두렵기도 한 것도 사실이었다. 이런 상황을 종합해 나는 민승호가 결코 중국 땅에 발을 들여서는 안 된다고 결론지었다.

민승호를 제거하기 위한 구체적인 지시는 따로 내릴 필요가 없었다. 이미 믿을만한 이들에게 민승호가 사라져야 한다는 나의 뜻을 전한 것으로 모든 일은 이뤄진 것과 다름없었다. 자원과 물품을 건네고, 중좌가 남아서는 안 된다는 뜻만을 전하면 되는 것이었다. 또 그들은 만약 거사가 실패한다면 스스로 결코 살아남아서는 아니 된다는 사실 역시 잘 알고 있었다. 나는 그들의 실력은 물론, 나에 대한 충성심도 잘 알고 있었기에 아무런 걱정이 없었다.

유월의 따뜻한 볕을 쬐면서, 나는 이제 곧 소식이 당도하겠거니 생각했다. 아니나 다를까, 두 명의 하인이 급한 발걸음으로 나를 향해 뛰어오고 있었다. 나는 거사가 성공했다는 사실을 직감적으로 알아차렸다.

"대감마님. 거사가 성공했습니다."

나는 그들의 말에 희미한 미소를 지으며 고개를 살짝 끄덕였다. 낚싯대를 여전히 쥔 채 그들에게 물러가라는 손짓을 했다. 그들이 떠나자 나는 미동도 않고 여전히 낚싯대를 응시했다.

멀리서 새가 우짖고 산들바람은 내 머리칼을 쓸었다. 아주 오랜만에, 내가 운현궁이 아닌 이 시골 땅에 머물고 있어 다행이라는 생각이 들었다. 중전 오라비 가족들의 폭사 소식에 발칵 뒤집혔을 도성 공기를 생각하니, 먼 곳에 앉아있는 내 신세가 너무나도 다행스러웠다.

"며느님. 오라비가 어떻게 죽었는지 똑똑히 기억하세요."

나는 혼자 중얼거렸다.

"단지 시작일 뿐입니다. 궁으로 돌아가 며느님과 그 수족들을 남김없이 처단할 때 까지 멈추지 않을 겁니다. 스스로 도마 위에 오른 물고기 신세인 것을 명심하세요."

잠깐이지만 도마 위를 구르는 중전의 잘린 모가지가 내 머리를 스쳤다. 나는 그 흉한 상상을 떨치기 위해 머리를 흔들었다. 바로 그때, 입질이 왔다.

"잡았구나!"

멀찌감치 떨어져 서 있던 하인이 내 소리에 뛰어왔다. 뻔뻔스러운 중전. 똑똑한 줄 알았더니 그게 아니었어. 총명했다면 나에게 기어오르지 않았을 것이야. 너는 이제 미끼를 덥석 문 물고기와 다름없단 말이다. 나는 낚싯대를 잡아 당겼다. 분홍색 머리를 가진 조그마한 물고기가 매달려 있었다. 어린 잉어였으나 괘념치 않았다. 나는 하인에게 잡은 물고기를 내밀었다. 집에 돌아가 그 잉어의 목을 자르는 것을 지켜 볼 생각에 왠지 설레었다.

"아니지. 이번에는 직접 한번 해볼까?"

물고기를 건네면서 또다시 중얼거렸다. 집으로 가는 내내 물고기 머리의 잔상이 중전의 그것과 겹쳤다. 기분 나쁘지 않은 소름이 온 몸을 휘감았다.

• 흥선대원군의 시중을 들던 사람들로 천희연, 하정일, 장순규, 안필주 네 명의 성을 따서 '천하장안'으로 불렸다(편집자 註)

16화
복수

풀 수 없는 문제가 있다면
인간의 생명을 수단으로 사용해 쉽게 해결할 수 있다는 사실을
시아버님이 내게 친히 일러 준 것이었다.

*

*

*

어머니와 오라버니 그리고 그 피붙이들의 죽음에 대한 소식이 내게 당도했다. 피가 얼어붙을 지경이었다. 불쌍하신 어머님! 평생을 고생만 하시다가 마침내 중전이 된 딸을 보고 느꼈던 행복도 잠시, 쉴 틈 없이 힘겨워 하는 딸의 모습에 눈물로 지내셨던 그분은 마침내 어렴풋한 행복이 찾아오자 그 기쁨도 얼마 누리시지 못하고 그렇게 허망하게 떠나 버리셨다.

어머니는 내가 중전이 될 때까지 평생을 삯바느질로 사셨다. 그 후 승호 오라버니를 양자로 들이시고, 그 가족과 함께 살면서야 긴 긴 고독에서 벗어나셨다. 연세가 많지 않아 천수를 누린다면 손자를 어르고 세자가 자라는 것을 보면서 아직도 수십 년을 더 사실 수 있으셨는데….
승호 오라버니는 비록 양자로 입적되시긴 했어도 어엿한 내 유일한 형제였다. 그는 현명하고 신중했으며 매사 자신감과 활력으로 충만하셨던 기품 있는 사내였다. 나는 내가 접한 거의 모든 문제를 오라버니와 상의했다. 그분이 아니 계신 나의 미래는 상상조차 할 수 없었다. 그 누구도 오라버니의 빈자리를 메울 수 없는 일이었다.

어린 조카의 죽음 역시 비현실적으로 느껴질 만큼 허망했다. 아직 12살 밖에 되지 않은 소년이었던 내 조카는 벌써부터 미남자의 풍모를 비추는 활발하고 재능 넘치는 동량(棟梁)이었다. 그들의 죽음은 내게 비통함이 무엇인지 다시 한 번 뼈저리게 느끼게 해 주었다. 며칠 동안이

나 먹지도 자지도 못했다. 전하 역시 슬퍼하시며 나를 위로 하셨으나 소용없는 일이었다.

이런 일을 꾸미고 태연히 실행할 수 있는 자는 조선 천지에 대원군 밖에 없다고 단정 지었다. 나는 오래 전부터 내 시아버지라는 자가 무지막지하고 독선적인 인간인 것을 사실상 인정하고 있었다. 그는 자기만의 정의를 내세워 무언가를 결심하면 무서울 정도의 신념을 갖고 반드시 행하고 마는 인물이었다. 그러나 그가 사돈 관계인 내 어머니, 오라버니를 끔찍한 방식으로 무참히 살해할 만큼 무도한 자라는 사실은 미처 상상하지 못했다. 나는 그분들의 죽음에 대한 복수를 반드시 결행하고 말 것이라고 다짐했다. 결코 그 자가 다시 권력을 잡도록 내버려 두지 않을 것이었다. 이 결심은 나의 평생 목숨을 걸고서라도 반드시 실행하리라 거듭 맹세했다. 전하와 세손을 뺀 나와 가장 가까운 가족 네 명을 앗아간 그였다. 앞으로 내 목숨을 빼앗지 않으리라 누가 장담할 수 있겠는가?

며칠 후, 나는 다시 평온함을 되찾았다. 뭔지 모를 자유로움이 몸 안에서 느껴졌다. 이제 대원군이 행했던 것처럼 거리낌 없이 궁극적인 해결책을 사용할 수 있다는 깨달음을 얻어서였을까? 풀 수 없는 문제가 있다면 인간의 생명을 수단으로 사용해 쉽게 해결할 수 있다는 사실을 시아버님이 내게 친히 일러 준 것이었다. 나는 이 같은 나의 깨달음을 하루빨리 대원군에게 되 보여 주고 싶어 가슴이 벅찰 지경이었다. 나는 청국으로 세자 책봉사를 파견할 차비를 다시 시작했다. 이번에는 좀 더 세심하고 비밀리에 계획을 진행했다. 돌아가신 승호 오라버니의 사촌 민태호를 책봉사로 결정했다. 그의 공식적인 청나라 파견 목적은 황실 행사의 축하를 위해서였다. 허나 사실상의 목적은 세자 책봉을 윤허 받기 위해서였다. 대원군이 아끼는 완화군의 처우 역시 생각하기 시작했다. 대원군이 그 아이를 세자로 만들고자 이런 저런 계략을 짤 것이 자명했기 때문에 그 아이가 존재하는 한 원자의 안위는 항상 위험할 수밖에 없었다. 나는 이제 종친들이 완화군의 이름을 내 앞에서 거론하는 꼴조차 두고 볼 수 없을 지경이었다. 그 이름만 들어도 분노가 치밀었다. 그 아이가 원자보다 건강히, 굳센 모습으로 자라나 서 있는 미래를 상상조차 하기 싫었다. 그런 일을 일어나도록 도저히 허락 할 수 없었다.

그러나 지금은 좀 더 긴급을 요하는 문제가 있었다. 세상을 떠난 승호 오라버니를 승계해 민 씨 가문의 수장을 맡을 인물을 결정해야만 했다. 승호 오라버니는 나에게 조언을 올리며 이 나라의 국정을 사실상 막후에서 지휘할 수 있는 막강한 권력자이기도 했기에 그 분을 승계하는 이 역시 민 씨 가문의 수장 자격으로 자연스레 이 나라 권력의 정점으로 급부상 하게 될 것이었다. 일단 불행 중 다행으로 민 씨 가문에서 승호 오라버니와 같은 항렬을 이룬 친척들 중에는 특출 난 인재들이 많았다. 논의를 거듭 한 끝에 민태호 대감의 아들 민영익이 민 씨 가문의 수장을 맡게 됐다. 민 씨 문중은 민영익을 돌아가신 승호 오라버니의 계승자로 입적 시켰다.

그즈음 중국으로 떠난 민태호는 청나라 관리들과 세자 책봉 문제를 논의하기 시작했다. 그리고 다음 해 원자를 위한 성대한 돌잔치가 개최됨과 동시에 우리는 세상에 척이 조선왕국의 세자로 책봉됐다는 사실을 정식으로 공포했다. 암암리에 펼쳐졌던 수많은 교섭과 물밑 작업의 결과였다. 대원군은 자신이 일으켰던 말로 형용할 수 없는 악행으로 결국 제 발등을 찍었다. 그가 이루고자 했던 바와 달리 정 반대의 결과들을 낳았던 것이었다. 그 사건으로 나는 각성했고, 민 씨 문중의 결속력은 그 어느 때 보다 단단해졌다. 또 대원군의 짓에 진절머리를 치신 전하께서도 한층 더 내 편으로 기우셨던 것이다.

17화
특사 민태호

이제 조선에는 공식적인 세자가 두 명이나 존재하는 셈이 되어 버렸다.
전하 내외분은 세자를 결정하는 것이
스스로의 정당한 권리라고 말씀하셨다.

*

*

*

선물상자로 가장된 폭탄이 터지는 봉변을 당해 세상을 떠난 나의 친척 민승호를 대신해, 나는 주상의 명을 받들어 머나먼 청국으로 떠났다. 북경에 당도한 나는 황실 조정에 들어 관료들에게 원자 아기씨에 대한 세자 책봉 논의를 바로 꺼냈다.

주상전하의 적법한 장자가 왕위를 계승하는 것은 당연한 이치다. 그러나 대원군이 이 같은 문제를 어렵게 만들어 놓았다. 그는 비록 중전이 낳지는 않았지만 장자의 위치에 있는 완화군이 세자로 책봉돼야 한다고 주장했던 것이었다. 나는 청국을 방문한 공식적인 임무인 황실 행사 참석 및 축하사절 역을 무사히 마친 후, 황실 관료에게 세자책봉사로 곧 다시 청국을 방문하겠다고 말했다. 그 말을 들은 황실 관료는 적잖이 당황하는 모습이었다. 그는 황실은 이미 조선의 세자가 결정 된 것으로 인지하고 있다며, 왜 결정이 번복되어야 하는지 의아하게 물었다. 나는 조선 세자 책봉은 여태껏 논의를 통해 공식으로 결정된 바 없었으며, 청국 황실이 조선의 세자로 인지하고 있던 완화군은 중전의 소생이 아니기 때문에 세자로 결코 추대될 수 없다고 잘라 말했다. 그러나 황실 관료는 조선 왕실의 둘째 왕자가 세자로 책봉되는 것이 적법한 결정인지를 다시 물었다. 나는 조선 사대부 집안의 상속문제라는 통속적인 예를 들며 조선의 사정을 설명했다. 조선의 집안에서 첩의 소생은 가문의 계승자가 될 수 없다. 하물며 왕가에 엄연한 중전의 소생이 존재하거늘,

귀인의 몸에서 태어난 왕자가 왕위를 계승하는 것은 괴이하기 짝이 없는 일이라고 논리적으로 조목조목 따졌다. 황실 관료는 그제야 내 말을 이해하는 듯 했다. 그러나 다시 원자 아기씨의 나이를 꼬투리 삼기 시작했다. 그는 완화군이 이제 막 태어난 원자 아기씨보다 훨씬 나이가 많지 않느냐며 청국 황실은 조선 세자 책봉 문제에 있어서 기존의 완화군에서 새로 태어난 이 척 왕자로 조선의 세자를 바꿀 이유를 느끼지 못한다고 밝혔다. 나는 아찔함을 느꼈지만 그 자리에서 더 이상의 논쟁을 피하고 다음 기회를 도모하기로 결정했다.

한양에 들자마자 나는 전하와 중전을 찾아뵈었다. 그분들께서는 원자 아기씨를 이미 세자로 책봉했다고 내게 전해 주셨다. 이제 조선에는 공식적인 세자가 두 명이나 존재하는 셈이 되어 버렸다. 전하 내외분은 세자를 결정하는 것이 스스로의 정당한 권리라고 말씀하셨다. 하지만 나는 청국 황실이 인정 안하는 세자는 왕으로 서실 수 없다는 법도를 재차 알려 드렸다. 그리고 어전회의를 열어 청국의 세자책봉 인정 문제를 해결할 묘책과 책봉사로 떠날 적임자를 찾아야 한다고 간언 드렸다. 비록 장막 뒤에 앉아 계셨으나 회의에는 중전마마께서도 참석하셨다. 대신들은 각자의 의견을 펼쳤으나 딱히 묘안을 떠올려 내지는 못했다. 어전 회의는 결론 없이 폐할 것으로 보였다. 그때, 영의정 이유원이 한 가지 비책을 말했다. 외국인 외교 사절을 중재자로 파견해 청국 황실에 조선의 세자 책봉 문제를 설명 시키면 어떻겠냐는 것이었다. 전하께서는 그 의견을 무척이나 맘에 들어 하셨다. 장막 뒤의 중전께서도 흡족해 하셨다.

"참으로 좋은 생각이오. 제 삼국의 외교 사절을 중국에 보내 우리의 사정을 이해시킨 후에 우리가 정식으로 세자책봉사를 보낸다…. 누굴 중재자로 보내면 좋겠소이까?"

전하의 물으심에 이유원이 답했다.

“일본은 황궁이 있는 북경에 공사를 두었다고 들었습니다. 일본이 우리와의 통상조약 체결을 중하게 여기고 또 원하고 있사오니, 그 요구에 대한 하나의 대가로 일본이 청국에 세자책봉 문제를 이해시키도록 청하면 어떨까 하옵니다.”

전하께서는 그 역시 묘안이라고 기뻐하셨다. 전하는 즉시 일본공사 쿠로다 키요타가와 부산주재 공사 이노우에 카오루에게 그대로 전하라 명하셨다.

일본 정부 역시 이를 좋은 기회라 여기며 우리의 요청에 기쁘게 응했다. 그러나 일본의 외교 교섭 능력이 이번 문제에 있어서 청국을 이해시킬 만큼 성숙했는지 여부는 확실치 않았다. 또 청국과 일본은 조선에서의 영향력을 두고 외교적으로 격돌하는 상황이었다. 일본이 조선을 대변해 청과 교섭하려 한다는 이번 상황을, 과연 자존심 센 청국이 가만 보고 있을까 하는 문제도 있었다.

어찌됐든 쿠로다와 이노우에는 조선이 일본과의 통상협약체결을 신속히 교섭한다는 조건 하에, 북경주재 공사관의 역량을 총동원해 조선의 세자책봉 문제를 조속히 해결하겠다고 약속했다. 조선 조정 역시 영의정 이유원과 민규호 등을 북경에 파견했다. 황제는 조선의 사절들에게 세자 교체의 이유를 물었다. 이유원은 나와 마찬가지의 논리를 펼치며 원자 아기씨가 가진 정통성을 부각했다. 이유원은 훗날 청국 황제가 자신의 대답에 별 말 없이 수긍하는 모습에 너무나도 놀랐다고 회고했다. 이와 함께 이유원과 민규호는 서자에 대한 차별이 청나라에서도 존재하고 있으며, 일본이 실제로 조선 사절이 당도하기 전에 청국과 이 문제에 대한 사전교섭을 수행 했었다는 사실을 확인했다. 이후 일본은 세자책봉에 있어서 자국의 공을 내세우며 통상조약 체결에 대한 압력을 한층 강화했다. 내가 첫 사절로 나섰던 이번 세자책봉 건은 이로써 성공적으로 마무리 됐다. 대원군과 추종자들은 중전과 민 씨 가문이 척의 세자 책봉을 위해 나라를 팔아먹었다고 욕했다.

또한 그들은 중전을 비방하는 각종 소문들을 백성들 사이에 유포했다. 하지만 사람들은 세자 책봉 문제가 일본과의 조약 체결과 연결됐다는 사실에 반신반의했다. 그러건 말건 일본 관료들은 조선 세자 책봉에 있어 자신들이 핵심적인 역할을 수행했노라 여기저기 떠들어 댔다. 그러면서 그들은 전하 내외분의 환심을 사려 노력했고, 그럼으로써 조선의 개항과 자국과의 통상조약 체결을 조속히 이루도록 끊임없는 압력을 가해 왔다. 세자 책봉이라는 큰 숙제를 해결하신 전하께 풀어야 할 숙제가 또 하나 늘어난 셈이었다.

*

나는 우리 아들 척이 공식적인 세자로 인정받을 때까지 전하와 내가 얼마나 불안해했는지를 떠올렸다.

18화
조선의 빗장을 풀다

> 일본은 회의 중에 함포를 쏘아대, 우리 측 관료들을 불안케 했다.
> 교섭장은 함포가 천지를 흔들 때 마다 함께 흔들렸다.

*

*

*

나의 아들 척이 왕세자에 책봉되는 것을 막으려던 아버님의 계략은 그분께서 줄기차게 지켜 오셨던 쇄국정책을 기대보다 일찍 철회하도록 만드는 예기치 못한 결과를 낳았다.

지난 10년 동안 대원군에게 펼쳤던 수많은 통상 요청을 철저히 묵살당했던 일본 정부는 세자 책봉에서의 활약을 발판으로 나에게 직접적으로 개항과 통상을 요구했다. 그러나 미처 내가 가부를 결정하기도 전에 일본인들은 우리가 거절할 수 없는 상황을 만들어 조선이 스스로 개항을 하도록 했다. 아마도 그들은 아버님께서 어떤 방식으로든지 권좌로 복귀해 쇄국정책을 다시 펼칠 것을 우려했는지 모른다.

1875년 9월, 일본 정부는 운요호(號)를 포함한 다섯 척의 군함을 조선 서해 연안으로 파견했다. 구실은 해로측량이었다. 우리는 허가한 적 없었지만, 그 배는 청국 해안에서도 은밀히 실시한 그 같은 측량을 조선에서도 독자적으로 실행하려 드는 것 같았다.

그런 운요호가 경고를 무시하고 강화도 연안에 지나치게 근접하자 초지진 포대에서 포를 쏘았다. 하지만 배에 장착된 신형 함포는 훨씬 강했다. 일본 해군은 맹포격을 가해 초지진을 파괴하고 점령했다. 서른 세 명의 조선 군인이 죽고 열여섯이 다쳤다.

조선을 침입하려는 외국의 야욕을 막겠다던 아버지의 상투적인 말씀과 달리 우리의 해안과 국경을 수비하는 군사들에게 지급한 무기는 너무나도 초라했다. 지난 10년간 개선된 점은 전무했다고 볼 수 있었다. 최신 무기로 무장한 일본군에 맞선 우리 병사들의 주요 화기가 사정거리도 짧고 부싯돌 노리쇠로 발사되는 화승총이었다는 보고를 받은 나는 어지러움을 느꼈다. 승리를 거둔 일본 함대는 유유히 부산 동래로 향했다. 그들은 그 곳에서도 육지에 상륙해 난동을 피우고 우리 군과 충돌했다. 일본으로 돌아간 운요호 함장은 자국 정부에 조선군의 공격에 대응해 펼친 작전을 통해 눈부신 전과를 거뒀다는 승전보고서를 올렸다. 이것은 일본 정부가 기다리던 최고의 기회였다. 그들은 조선과의 통상 조약 체결을 위한 만반의 준비를 끝내놓고 이 같은 완벽한 기회를 엿보고 있던 터였다.

1876년 1월 말, 일본은 구로다 기요타카 전권대사, 이노우에 카오루 부사를 군함 6척, 600명 병사와 함께 조선으로 보내왔다. 나의 심정은 참담했다. 이 같은 결과를 피하기 위해 나는 지금까지 몇 번이나 아버님께 일본과 제대로 된 통상교섭을 벌어야 한다고 말했던 것이다. 그럴 때 마다 아버지는 모욕적인 행위라며 사대(事大)와 모화(慕華)를 기본으로 한 동양의 문명을 져버리고 서양 오랑캐의 풍습을 따르는 왜구들과 함께 한다는 것은 있을 수 없는 일 이라고 끝없이 반복해 말씀 하셨다. 그러나 이제 결국 그들의 총칼 앞에서 고개 숙인 채 교섭 아닌 교섭을 펼칠 수밖에 없는 것이었다.

나는 신헌을 접견대관, 윤자승을 부관으로 임명하여 교섭에 대처했다. 신헌은 문관과 무관직을 두루 거쳐 이 같은 임무에 적격이라고 생각했다. 그는 1874년에 전무사 훈련대장에 임명돼, 불란서 군대에 의해 파괴된 강화도 연안의 포대를 다시 세운 경력이 있다. 윤자승 역시 강직

하면서도 부드러운, 능력 있는 관료였다.

일본 대표들은 1876년 2월 10일 강화도에 당도했다. 일부 파괴된 채로 서있던 초지진에서 교섭이 즉시 시작됐다. 구로다는 비도덕적인 공격에 대한 사과와 조선과 일본 간의 새로운 외교 및 통상 관계를 정립하는 조약에 서명 할 것을 요구했다. 일본의 요구를 듣고 나는 그들의 교활하고 비뚤어진 논리에 분개할 수밖에 없었다.

우리를 공격한 것은 그들이 아니었던가? 그런 일본인들이 우리에게 사과를 요구한다니! 그러나 내가 할 수 있는 일이라고는 회담에 나선 관료들이 최선을 다해 우리에게 유리한 결과를 도출해내는 바를 기다리는 것이었다. 교섭에 진전은 없었다. 일본인들은 타국을 모방하는 데는 천재적인 소질을 갖고 있었다. 20년 전 서양 열강이 그들에게 시행했던 함포외교를 그대로 답습해 조선의 빗장을 풀려는 것이었다.

신헌과 다른 조선 관료들은 일본 군인들의 끊임없는 협박 속에 교섭을 진행해야 했다. 일본은 회의 중에 함포를 쏘아대, 우리 측 관료들을 불안케 했다. 교섭장은 함포가 천지를 흔들 때 마다 함께 흔들렸다. 일본 군인들은 이야기가 안 통한다고 생각할 때면, 때때로 칼을 뽑아들고 조선 관료를 에워싸는 등 험악한 분위기를 연출하기도 했다. 조선 관료들은 그 같은 분위기 속에서 교섭에 임한다는 점에 크나큰 수치심과 자괴감을 느꼈다고 했다.

어찌 됐건 강화도 조약은 조선이 다른 나라와 맺은 최초의 근대 조약으로 기록 될 것이었다. 우리에게는 지극히 불리한 불평등 조약이었다. 일본 역시 1854년과 1858년, 이 같은 불평등 조약을 서양 열강과 함포의 위협 속에 맺었었다는 점은 하나의 위안이었다. 일본은 조선이라는 작고 허약한 나라를 상대로 서양 열강에게 당했던 수치와 모욕에 대한 비뚤어진 분풀이를 시전 하고 있는 것이라고 나는 생각했다.

강화도 조약 체결에 대한 소문은 삽시간에 조선 땅 진체로 퍼졌다. 아버지께서 서양 오랑캐들을 격퇴했다고 자랑스러워하며 전국 200여개소에 척화비를 세운 것이 채 10년이 되지 않은 일이었다. 강화조약은 특히 유생들의 격렬한 반발을 초래했다. 당연히 아버지는 강력한 반대의 뜻을 말하셨다. 그러나 나를 가장 곤혹스럽게 만든 것은 불과 2년 전 나의 친정체제 수립에 혁혁한 공을 세웠던 최익현이 이제는 아버지와 뜻을 같이 하고 있다는 점이었다.

나는 매일같이 강화조약에 반대하고 국태공을 복귀 시키라는 수백 개의 상소를 마주해야 했다. 편전 한구석에 쌓여가는 상소문을 보며 중전과 나는 큰 위기에 봉착했다는 사실을 피부로 느끼게 되었다. 하지만 조선의 현실에서 조약 체결 외에는 방법이 없다는 영의정 박규수와 역관 오경석의 설득을 결국 받아들일 수밖에 없었다. 그들은 조약에 서명하지 않으면 일본군의 보복 가능성이 크며, 그렇게 되면 이 나라와 백성이 안게 될 피해가 막심할 것이라고 말했다. 또 협약 체결은 조선의 빗장을 열어 종국에는 이 나라의 개화를 유도해 장기적으로 보면 좋은 결과를 낳을 수도 있다는 것이었다. 강화조약 체결은 내가 친정을 펼친 이래 해결해야 했던 수많은 문제 중 가장 큰 국가적 중대사였다.

며칠 밤을 지새우며 고민 한 끝에 나는 결론을 내렸다. 그리고 강화도 조약은 1876년 2월 26일 정식으로 체결됐다. 조선국은 자주지방으로 일본국과 평등한 권리를 보유한다는 강화도조약의 첫 번째 조항은 기쁘고 반가운 내용이었다. 나는 이 내용으로 조선이 청나라와의 주종관계를 청산하고 앞으로 여러 대소사에 있어 청국의 간섭을 받을 일이 사라질 것이라고 순진하게 생각했다. 이런 내 생각을 이야기 하자, 중전은 오히려 이 조항에 큰 걱정을 품게 됐다고 말했다. 중전은 일본이 이 조항으로 조선에 대한 청나라의 종주권을 부정해 조선에 대한 자국의 온갖 정책을 정당화 시키려는 노림수로 쓸 수 있다고 했다. 나는 그 같은 의견에 동의할 수밖에 없었지만 달리 방도는 없었다. 우리가 할 수 있는 일은 일본의 조선에 대한 야욕에 그때그때 슬기롭게 대처하는 것 뿐이었다.

조약의 또 다른 중요한 조항은 조선 항구의 통상을 위한 개항이었다. 지금까지는 하나의 항구에서만 일본과의 통상이 이루어지고 있었으나 앞으로는 경기, 충청, 전라, 경상, 함경 등 5도의 연해 중 통상에 편리한 항구 두 곳을 택하여 개항하여야 했다. 일본은 그 중 하나를 러시아의 남진정책에 맞서기 위해 전략적으로 사용하기를 원했다. 이런 이유로 많은 논의와 결론 끝에 원산이 두 항구 중 하나로 결정됐다. 또 다른 항구는 인천의 제물포로 정해졌다. 한성과 가깝다는 점이 제일 큰 이유로 작용했다. 이 두 항구에서는 일본 영사 파견권과 영사재판권이 인정돼, 이곳에 살거나 드나드는 일본인이 조선 개항장에서 어떤 행동을 취하더라도 조선의 법으로 간섭 처분할 수 없었다.

6개월 후에는 조약을 보완하기 위해 조일수호조규 부록이 또 다시 체결됐다. 조선의 모두가 일련의 조약들이 조선에 불평등을 강요한다는 사실을 알고 있었다. 그러나 청국과 일본 역시 서구 열강들과 수십 년 전에 이런 방식으로 통상조약을 체결했다는 사실을 아는 자는 드물었다.

먼 미래에는 이 같은 조약이 조선의 발전을 이루는 순기능을 수행할 수 있을 거라 자위하는 이들은 드물었고 대부분 이 조약이 조선을 당장 휩쓸 부정적인 여파에 주목하고 있었다. 나 역시 다른 방식으로 조선의 개항이 이뤄졌으면 좋았을 것이라고 아쉬워했다. 그러나 이것이 작금의 세계가 흘러가는 방식이었다. 강한 나라가 약소국을 먹잇감으로 삼는 일이 비일비재했고 불행하게도 내가 군주로 있는 조선이라는 국가는 약소국에 해당됐다. 이런 국제적 현실을 되돌릴 방법은 없다. 나는 이제부터라도 최선을 다해 조선을 이 같은 세계의 신질서 안에서 살아남도록 선도해 나아가야 한다고 생각했다. 중전과 많은 이야기를 갖고 김기수를 일본을 방문할 수신사로 임명하기로 했다.

44세인 김기수는 예조참의로 전형적인 유학자 집안 출신 관료다. 현감을 지내다가 비교적 늦은 나이에 문과에 병과로 급제 했고 응교(應教)로 뽑혔다. 그는 중전의 친척인 민태호의 바로 밑에서 외무 업무를 보았다. 수신사로 김기수를 임명했던 것은 적임자인 민태호가 세자책봉이라는 고달픈 임무를 수행하고 청국에서 돌아온 지 얼마 되지 않아서였던 탓도 있었다. 김기수에게 직접적인 명령을 내리지는 않았으나 그가 일본의 발전됐다는 문물과 현실을 최대한 자세히 시찰하고 돌아와 나와 조정 관료들에게 일본의 개화 수준을 알려 줄 것으로 기대하고 있었다.

막상 일본에서 돌아온 김기수는 역시나 믿을 수 없을 정도로 변화한 일본 현지의 이야기를 최대한 자세히 들려주었고 일동기유와 수신사 일기를 썼다. 그는 일본의 개화와 서방사상 유입 서양 정치 체제를 채택하고 따르면서 사회 전반에 펼쳐지고 있는 부정적 인식에 주목했다. 나는 김기수의 저술을 편찬해 관료들에게 지급하라 지시했다. 일부 개화파 관료들은 이 저술이 개화사상에 무지한 꽉 막힌 자의 유람기라고 비판하기도 했다. 반면에 많은 이들은 휘황찬란한 서구 오랑캐 문물을 도입해 정신없이 변화하는 일본의 모습에 휩쓸리지 않고 솔직하고 비평적인 시각으로 쓴 명저라고 찬사했다.

김기수의 저서는 일본이라는 나라를 제대로 다룬 거의 최초의 책으로, 이 나라의 학자와 관료에 큰 영향을 미쳤다는 점에 뜻이 있다. 이후에 일본을 다녀온 이들과는 조금 다른 시각을 갖고 있긴 했으나, 당시로서는 그가 쓴 저술이 우리가 일본을 바라보고 연구할 수 있는 최고의 자료였던 것이다. 그는 한성보다 훨씬 거대한 일본의 중심도시 동경의 위용과 활력에 충격을 받은 듯 했다. 거리는 넓고 깨끗했다. 돌과 벽돌, 서양에서 들여 온 새로운 재료인 콘크리트로 반듯하게 건설된 도로와 건물들 그리고 밤거리를 밝히기 위해 길가에 줄 지어 서있는 가스등이 특히 인상 깊었다. 낮처럼 밝은 밤거리에 수많은 인파가 북적였다. 흰 피부와 높은 코의 서양인들이 양복이라는 검은 옷과 가죽 구두를 입고 지나 다녔다. 서양의 의복을 따라 입은 일본인들도 상당히 많았다. 그러나 여성들은 일본의 전통 복장과 나막신을 여전히 고집하고 있었다. 거리에는 수많은 크고 작은 상점이 서 있었다. 점원들은 고래고래 소리 지르며 호객질을 했다. 그렇게 많은 사람들로 북적거리는 길거리가 깨끗하고 질서 있게 유지되는 점 역시 인상적이었다. 그러나 김기수는 남녀와 외국인들이 뒤엉켜 온종일 북적거리는 동경의 시가지는 터무니없이 혼란스러웠다고 비판했다. 그는 거대한 일본 관청들이 늘어서 있는 모습도 자세히 묘사했다. 몇몇 관청은 서양식으로 콘크리트를 사용해 건물 전체가 회색빛을 띠었다. 어떤 건물들은 대리석과 흑백의 화강암으로 지어졌는데, 관청들은 뻥 뚫린 광활한 광장에 도열해 있었다. 그 주변은 자잘한 나무들과 가로등이 함께 있어 백성들이 자유로이 그 주변을 오가며 구경할 수도 있었으며 나라에서도 군데군데 나무의자를 설치해 놓아 오가는 행인들이 앉아 쉬는 쉼터 역할도 하고 있었다고 적었다.

김기수는 일본의 국왕과 대신들을 만나는 과정에서 그들 모두가 서양식 의관을 하고 있다는 점에 크게 놀란 듯 했다. 혼자만 조선 전통 복장을 했던 김기수는 스스로 딴 세상에 온 기분이 들었을 것이다. 그는 작은 키의 일본인들이 서양 옷을 입은 꼴이 어색했다고 적었다. 하나같이 일본의 고관대작인 그들이 입은 서양 옷이 땅에 질질 끌리는 모습이 그들의 작은 키를 더욱 도드라지게 했고 품위 또한 떨어져 보였다. 그러나 개개인의 집에서는 모두들 일본 복장을 하고 있었다 한다. 일본은 1868년 메이지 유신 이래 십여 년 만에 놀라운 변화를 이뤄냈고 이런 점에 김기수는 가장 충격을 받았다. 어떻게 그 빠른 변화를 이뤄 낸 것인가? 본디 겉과 속이 다른 족속이었을까? 서양의 문물을 좇으며 동양의 정신은 모두 잃고 만 것인가? 수많은 생각들이 그의 머릿속에 떠올랐다. 그는 조선이 일본보다 문화적으로 우위에 있다는 통념적인 시각에 의문을 갖기 시작했다. 그는 우리가 유교적 관습으로는 일본과 비교할 수 없을 정도로 높이 서 있으나 과학 기술 등 문명에 있어서는 크게 뒤쳐진 상태라고 진단했다.

내가 강화도 조약에 전념하는 동안 중전은 완화군에 대한 문제에 고심하고 있는 듯 했다. 완화군은 내 큰 아들이다. 비록 후궁의 몸에서 낳은 자식이었으나 건강하고 총명하게 여섯 살 아이로 잘 자라 있었다. 아버지의 완화군에 대한 무한한 애정에 중전은 큰 걱정을 품고 있었다. 그러나 중전이 완화군에게 위해를 끼치는 무언가를 꾸밀 것이라는 생각은 추호도 하지 않았다. 그러나 지난 해 태어난 원자를 보호하기 위해서는 무엇이든 할 수 있는 사람이라는 점 또한 잘 알고 있었다.

나는 완화군이 무사히 성장할 수 있기를 진심으로 바라고 기원했다.

19화
완화군

다만 왕자와 함께 오손도손 정답게 궁궐에서 살아가기만을 꿈꾸고 바랬다.

비천했던 내게 그 이상의 행복은 필요치 않았다.

탐욕스러운 꿈은 불행을 자초할 뿐이었다.

*

*

*

완화군은 이제 그 빛이 바래버린 상감마마의 첫사랑, 귀인 이 씨라 불린 내가 낳은 사랑스런 아이이다. 벌써 다섯 해가 흘렀던가? 완화군은 국태공께서 섭정의 자리에 계셨던 때 세상에 나셨다. 국태공께서는 참으로 완화군을 어여삐 여기셨다. 첫 돌을 축하하신다며 너무나도 성대한 연회를 열어 주셨고, 완화군이라는 이름도 내리셨으며, 또 즉시 왕세자로 책봉하려 하시었다. 완화군의 왕세자 책봉은 많은 이들을 놀라게 했다. 중전께서 아직 열아홉의 나이로 충분히 회임이 가능했고, 나는 그때까지 여전히 미천한 신분이었던 것이 그 이유였다.

하지만 국태공께서는 혼인하신지 4년째인 중전께서 아직 원자를 생산하지 못하셨기 때문에 왕실은 당장이라도 계승할 세자가 하루바삐 결정되어야 한다고 단언하셨다. 비록 혼인은 올리셨으나 전하 내외분께서 완화군이 태어날 때 까지 잠자리 한 번을 이루시지 못한 처지였다는 사실을 국태공은 생각조차 하지 않으신 듯 했다.

내게 완화군은 행복의 완성이었다. 세자께서 건강히 자라는 모습을 지켜보는 일은 내게 무엇보다도 귀중한 일상이었다. 나는 고아로 자랐으나 궁으로 들어와 상감마마의 성은을 입으며 믿을 수 없는 신분상승을 이뤘다. 지난 3년간은 호사스러운 생활을 누리고 상감마마의 변치 않는 사랑을 받으며 꿈처럼 행복한 나날의 연속을 살고 있었다.

그러나 완화군께서 세자로 책봉되신 이후부터 내 안락한 삶은 급격히 흔들리기 시작했다. 게다가 중전께서 원자를 생산하시게 되자 나는 완화군의 안위까지 걱정하는 신세가 되고 말았다. 무엇보다 큰 걱정은 물러나신 국태공께서 여전히 완화군을 세자로 유지시키기 위해, 원자 아기씨를 세자로 책봉하시려는 중전마마와의 대결을 마다하지 않으신다는 점이었다. 중전께서 새로 태어나신 원자 아기씨를 세자로 책봉하기 위해 그 어떤 어려움도 마다하지 않을 것이라는 사실을 모르는 사람은 아무도 없었다.

나는 상궁들과 내인들에게 완화군의 신변을 최우선으로 챙겨 달라 말했다. 나 역시 완화군을 눈 밖에 놓치지 않기 위해 노력하였다. 가끔씩 이런 내 자신의 조급함이 지나친 생각이 아닌가 싶기도 했다. 이 모든 걱정에는 확실한 근거가 없었다. 중전께서는 나와 완화군에게 자애로우셨기 때문이었다. 중전께서는 완화군의 학업에 큰 관심을 갖고 계셔 가끔씩 손수 지도해 주시기도 했다. 왕실의 법도로 봐도 완화군의 생모와 다름없으신 중전께서 완화군을 챙기시는 것은 자연스러운 처사였다. 궁 밖의 사대문 가문에서도 본부인이 첩의 소생들을 거두어 양육하는 것은 일상적인 일이었기에, 왕실에서는 이 같은 점이 보다 엄격할 수밖에 없었다.

때로는 내가 왕자를 생산하기 위해 선택된 여인이 아니었을까 하는 생각을 품기도 했었다. 하지만 내 아들 완화군을 둘러싸고 벌어지는 여러 일들에서 나 자신이 소외되고 있다는 느낌도 받았다. 중전께서 완화군에 대한 어떤 결정을 내리셨을 때 반론을 말할 기회도 스스로 거의 찾지 못했다.

국태공께서 내 아들을 세자로 지명하셨을 때, 나는 잠깐이나마 이 나라의 대비가 될 수 있다는 꿈을 품었다. 완화군은 전하의 첫 아들이었고, 더할 수 없이 총명하고 건강하셨기에 왕위에 오르실 수 있다는 희망을 가졌다. 그러나 민태호 대감이 청나라를 다녀와 원자 아기씨의 세자 책봉이 거의 굳혀진 이후 나의 그런 꿈은 불가능 해졌다는 사실을 깨닫게 됐다. 나는 스스로 더 이상의 품계상승은 바라지 않기로 결심했으며, 다만 왕자와 함께 오손도손 정답게 궁궐에서 살아가기만을 꿈꾸고 바랬다. 비천했던 내게 그 이상의 행복은 필요치 않았다. 탐욕스러운 꿈은 불행을 자초할 뿐이었다. 그럼에도 불구하고 나는 완화군의 안위에 더없이 집착했다. 나는 모르는 자를 왕자 앞에 두지 않았다. 내가 혹시라도 자리를 비우게 되더라도 보모상궁과 궁녀 몇 만을 접근토록 허용했다. 얼마 후 나를 보필하는 궁녀 중 하나가 친척 아이와 자주 만난다는 사실을 알아냈다. 나는 그 아이가 중전이 보낸 것이 아닌가 걱정이 됐다. 궁녀는 걱정할 필요 없다고 말했다. 그 아이는 궁에 든 지 얼마 되지 않아 향수병을 앓고 있고, 그래서 친척 언니인 자기를 자주 찾아오는 거라 설명했다. 나는 궁녀의 말을 수긍했지만 의심을 완전히 거둘 수는 없었다. 나는 그 아이가 중전을 모시는 아이일 수도 있으니 조심하라고 단단히 일렀다. 이런 내 걱정은 지나친 것일까? 국태공께서 전하 내외분과의 권력 다툼에 완화군을 도구처럼 이용하지 마시기를 빌고 또 빌었다.

허나, 국태공은 내 아들에 대한 총애를 결코 숨길 뜻이 없으셨다. 1880년 초여름, 국태공은 완화군을 비밀리에 운현궁으로 초대해 저녁식사를 대접했다. 하지만 궁에서 벌어지는 일, 특히 완화군의 일거수일투족은 비밀로 남을 수가 없는 것이 현실이었다. 얼마 지나지 않아 중전이 이 사실을 보고받고 원자 아기씨에게는 쌀쌀맞고 완화군만을 편애하는 국태공의 처사에 이를 갈았다는 소리가 내 귀에 들어왔다.

운현궁에 다녀온 지 열흘 쯤 지나, 완화군이 갑자기 아프기 시작했다. 나는 놀라 당장 어의를 들게 했다. 완화군은 숨은 겨우 쉬고 있었으나 온 몸이 축 처져 아무런 움직임이 없었다. 어의에게 당장 낫게 할 방도를 찾으라 일렀으나, 이런 증상은 본 적도 들은 적도 없다고 쩔쩔 맸다. 어의는 일단 완화군의 곁을 지키며 규칙적으로 따뜻한 물을 먹이라 일렀다. 나는 보모상궁과 궁녀 아이 하나와 완화군 곁을 밤새 지켰다. 졸음이 쏟아졌으나 참아야 했다. 그러나 스르르 밀려오는 잠을 이겨낼 수 없었다.

눈을 뜨자 여명이 밝아 있었다. 보모상궁과 궁녀도 잠에 곯아떨어져 있었다. 나는 옆에 누워 있던 완화군을 살짝 만졌다. 몸이 차갑고 딱딱했다. 비명을 질렀다. 어의가 달려오고 완화군의 맥을 짚었다.

"…송구하옵니다. 완화군께서… 세상을 떠나셨습니다."

끓어오르는 울음이 고요한 궁궐의 아침을 갈랐다.

"아이고… 아이고, 누구 짓이냐? 내 아들이 이리도 허망하게 갈 리 없다. 엊그제 까지도 건강하던 아이가 이렇게 허망하게 죽을 수가 없단 말이다! 바다가 마르고 세상이 무너지는 한이 있어도, 내 반드시 완화군을 이리 만든 놈년을 반드시 찾아 낼 것이다!"

분노가 치솟는 가운데에서도 결코 이 아이의 죽음에 대한 진상이 제대로 밝혀질 수 없을 것이라는 체념이 함께하는 것을 나는 느낄 수 있었다. 그 여인, 결코 입 밖에 낼 수 없는 이름의 그 여인은 내 손길이 닿을 수 없는 저 높은 곳에서 나를 지켜보고 있는 것이었다.

내 아들은 열세 살이었다. 전하가 날 져버린 이후로는 내 삶의 이유였고 유일한 목적이었다. 이제 내가 이 세상에 살아갈 필요는 증발한 것이다. 또 내가 살아갈 시간 역시 얼마 남지 않았다는 사실을 어렴풋 깨달았다. 설령 날 불쌍히 여겨 목숨을 남겨준다 하더라도 이 궁에서는 더 이상 살아갈 수 없을 것이었다.

20화
최초의 조선주재 일본 공사, 하나부사 요시타다

> 일본 상인들은 진고개를 거점으로 그 주위에
> 그들의 상점들과 주택들을 짓고 그곳을 혼마치(本町)라 불렀다.
> 외국인이 조선에 와서 그들의 주요 도로를 중심이라고
> 일본말로 부르는 것이 뻔뻔스럽다고 나는 혼자 생각하곤 했다.

*
*
*

조선에서 김기수를 일본으로 보냈을 때, 나는 일본 장관 최초로 조선으로 발령 받았다. 일본에서 나는 외무부 차관이었다. 상업과 외교, 무역 등 일본 국민들을 위해 조선에서 펼치는 모든 일들이 내 지시로 이루어졌다. 또 나는 조선에 거주하는 일본 국민들에 관한 사항을 비롯해 외교, 무역 등을 포함해 조선에서 벌어지는 일본과 관련된 모든 일들에 대한 명령을 내렸다.

오랜 협상 끝에 우리는 서대문 근처에 위치한 건물을 사용할 수 있게 되었다. 조선인들은 도성 안에 외국인이 거주하는 것을 꺼려했다. 우리에게는 정부가 제공한 건물을 임대하는 방법 밖에는 해결책이 없었다. 사실 우리에게 안성맞춤인 건물은 서대문과 가까운 왕궁 근처에 있었다. 나는 일본과 조선 사이의 무역 활동이 더욱 더 활성화되고 조선내의 일본인들이 함께하는 지역사회가 확립돼 가면서 머지않아 우리 일본인들만을 위한 건물을 조선 땅에 지을 수 있을 것이라고 확신하게 됐다.

어떤 면으로 그 당시 조선은 이십 년 전의 일본의 모습을 떠올리게 했다. 그러나 또 다른 면에서는 다르기도 했다. 겉보기에는 조선은 일본의 도시와 거리가 현대화되기 전의 모습을 닮았었다. 조선 수도의 길거리는 좁고 구불구불했으며 포장되지 않은 상태였다. 비가 오면 진흙으로 덮인 길 위에 사람들이 끌고 다니는 손수레들로 인해 깊은 바퀴 자국들이 생기고 사람들이 걸어 다닐 수 없을 정도였다. 도시의 한 지역의 거리는 흙이 질고 그 정도가 심해 진흙투성이 언덕이라는 뜻의 진고개라고 불리기도 했다. 일본 상인들은 진고개를 거점으로 그 주위에 그들의 상점들과 주택들을 짓고 그곳을 혼마치(本町)라 불렀다. 외국인이 조선에 와서 그들의 주요 도로를 중심이라고 일본말로 부르는 것이 뻔뻔스럽다고 나는 혼자 생각하곤 했다. 조선 상업의 중심은 혼마치에 인접해 있는 종로였으며, 종로는 경복궁을 마주 보고 있었다.

조선에 거주중인 일본인들은 뻔뻔함과 오만스러운 태도로 일관하고 있었다. 그들 중 대다수는 모험가, 양탄자 상인 그리고 낭인이었다. 그들의 애국심은 대단하였으나 한편으로는 새로운 땅에서 새 출발을 하고 싶어 안달이 난 상태였다. 그들의 눈에는 조선과 조선인은 존재하지 않았다. 그들은 오직 자신들만의 이익을 추구했고 황금이나 영광, 그 무엇이든 닥치는 대로 찾고자 조선을 찾았다. 그런 일본인들의 눈에 조선 반도는 마치 유럽 정착민들이 북미를 최초로 발견했던 그때처럼 주인 없는 땅으로 여겨진 것이었다. 이 모든 사람들이 내 보살핌과 보호 아래 조선으로 올 수 있었다. 내 의사와는 관계없이 일본 관리로서 일본인들이 곤경에 처할 때마다 보호하는 임무를 나는 맡고 있었다. 그러나 그들을 보호하는 일은 조선이라는 나라와 조선 정부에 관심이 있는 나라들을 다루는 것보다 더 힘든 일이었다.

외국의 침입에 대한 조선의 반응은 일본과 상반되어 있었다. 조선인들은 분열된 상태였다. 대원군의 섭정과 그리고 그를 지지하는 유교학자들은 고립주의적 정책을 고집하는 반면, 왕과 중전 그리고 그들의 지지자들은 개방정책을 옹호하는 분위기였다. 이로 인한 분열은 조선이 일본과 최초의 조약을 체결 한 후에도 계속 되었다.

내가 조선에 도착했을 때, 조선이란 나라는 불만으로 들끓고 있었고 그것을 피부로도 느낄 수 있었다. 그리고 그 불만은 곧 큰 갈등으로 이

어질 듯 했다.

거기에다가 조선인들은 나의 조국 일본의 눈치를 살펴야 하는 처지였다. 내 나라를 사랑하지만 조선에 대한 일본의 요구는 솔직히 가차 없었다. 일본은 마치 수십 년 전에 서양인들에게 당한 굴욕을 씻어 버리고 서양 제국주의 국가들을 따라 잡기 위한 시도의 희생양으로 조선을 선택한 듯 했다. 이웃 조선은 일본 제국의 야망을 위한 쉬운 먹잇감, 피해자가 되어 버린 셈이다. 내 임무의 가장 중요한 부분은 중국을 비롯한 다른 서양 국가들의 외교 관계를 개발하고 유지하는 것이다. 또한 나는 서양 국가들이 조선 정부와 조약을 협상하는데 도움을 주기 위해 노력해왔다. 사실 그것은 쉽지 않은 임무였다.

난 내 임무가 무엇인지 정확히 알고 있었으나, 조선에 부임한 최초의 일본 공사로서 조선을 향한 동정심 또한 느끼고 있었다. 조선 반도는 열강들의 침략과 현대화에 빠르게 대처하지 못했으며, 외부의 습격을 견뎌내기에 충분한 장비를 갖추지 못한 상태였다.

일본의 강요를 완화시키는 방법으로 나는 조선의 왕에게 일본에 특사를 보내도록 요구했다. 조정은 결정을 못 내리고 미적거렸지만 내 조언이 결국엔 특사파견의 과정을 빠르게 한 것 같았다.

21화
신사유람단

1881년 한 해 동안 극히 보수적인 유학자들과 조정 관료들은
조선을 위해 무엇이 적절한 정책인지
소란스럽고도 소모적인 투쟁을 벌여야 했다.

*
*
*

1880년, 일본과의 조약을 체결한 4년 후 고종은 일본에 보낼 혁신적인 관료들과 학자들로 구성된 조직을 만들었다. 이 조직은 신사유람단(紳士遊覽團)이라고 명명 됐으며 나, 김홍일이 수석으로 임명되었다.

우리 모두는 김기수가 편찬한 1876년의 기록과 일기를 정독했다. 그래서 그가 펼친 일본에 대한 부정적인 평가에 대해 익히 알고 있었다. 하지만 김기수가 방문한 지 4년 후 일본에 도착한 우리는 명치유신 12년 만에 일본이 이룩한 놀라운 발전을 목격했고 그만 할 말을 잃고 말았다. 아마도 일본의 발전은 김기수의 방문 이후 비약적으로 이뤄진 모양이었다. 우리가 본 것은 그가 적은 바와는 조금 달랐기 때문이다. 나에게 일본의 발전상은 놀라움 그 자체였다. 나는 일본이 이룩한 발전상에 외경심을 품게 됐으며 그런 와중 우리나라의 낙후한 모습에 심한 자괴감을 느꼈다. 나는 신속한 조선의 발전을 이룩하기 위해 내 모든 역량을 바치기로 결심했다. 나를 포함한 유람단원들은 일본에서 일하는 수많은 일본, 중국 관리들과 논의했다. 그 중에 황준헌이라는 이름의 중국인은 나를 크게 감동시켰다. 그는 조선을 비롯해 급격히 변화하는 동아시아 정세에 대한 깊은 식견을 가지고 있는 학자이자 관료였다. 그는 〈조선책략(朝鮮策略)〉이라는 소책자를 썼다.

그 책에서 황준헌은 두 가지 사항을 권유했다. 첫째, 부강한 나라를 만들기 위해서는 조선이 서양식 기관과 기술을 도입해야 한다. 두 번째,

러시아의 한반도 남진정책 등 외국의 습격으로부터 나라를 보호하는 것과 함께 조선은 중국뿐만 아니라 일본, 미국과 동맹을 맺어야 할 것이다. 미국은 비록 서양 국가이지만 친절하고 영토 확장의 대한 야망이 없어 보인다고 황준헌은 지적했다. 그는 조선이 미국과 선린 우호관계를 맺는 것이 유익할 것이라고 적었다. 나와 비슷한 생각을 가지고 있는 사람을 만나 무척이나 기뻤다. 비록 같은 생각을 하고 있었으나, 나는 현재 세간을 달구고 있는 위정척사(衛正斥邪) 풍조 속에서 그 같은 주장을 펼칠 길이 없었다. 1876년 일본과의 조약을 체결한 후 조선의 학자들은 조선이 야만스러운 오랑캐들의 방식으로 나라의 정사를 펼친다는 것에 분개하고 있었다. 그들은 전하에게 수많은 상소를 올렸고 상감께서 펼치는 정사가 조선의 전통과 예의에 어긋난다고 주장했다. 이 같은 상황에서는 황준헌과 같은 대국의 학자가 개혁적인 정책을 제시하는 것이 최고라고 생각했다. 새로운 정책을 소논문의 작가 황준헌 같은 제 3자가 제안하는 것이 제일 나을 듯 보인 것이다.

내가 조선책략을 올리자 전하께서는 조선에 대한 신선한 의견이라고 반기셨다. 그 며칠 후, 전하께서는 나를 편전으로 부르시고는 황준헌의 의견에 대한 내 생각을 물으셨다. 전하께서도 그의 의견에 심히 공감하시는 듯 했다.

전하께서는 책을 수백 권 베껴 학자들과 관리들에게 배포하라고 지시하셨다. 많은 이들은 조심스레 황준헌의 논리에 동의를 표했다. 그러나 몇몇 관리들은 관직에 오르지 않은 많은 유학자들이 이 책이 설파하는 내용이 위정척사와 이 나라의 전통을 무시하는 내용이라며 격양(激揚)되어 반대할 것이라 걱정했다.

실상 이들의 우려 이상으로 반대를 외치는 이들의 수는 엄청났다. 나는 말도 안 되는 쓰레기를 야만스러운 소인국에서 들여왔다는 이유로 배신자라는 비난을 받아야 했다. 1881년 한 해 동안 극히 보수적인 유학자들과 조정 관료들은 조선을 위해 무엇이 적절한 정책인지 소란스럽고도 소모적인 투쟁을 벌여야 했다.

이러한 논쟁은 이 나라를 선비들이 주도하는 민족주의적 사관으로 물들여 놓고 말았다. 방방곡곡에서 몰려온 수천 명의 선비들은 궁궐 앞에서 통곡했다.

"상감마마, 왜국과의 조약을 폐기하시고 정도를 걸으시옵소서. 통촉하여 주시옵소서."

그들의 울부짖음은 궁 뒤편의 북한산을 울리고 메아리로 돌아왔다. 그 소리는 우레와 같았다. 1881년 가을이 시작됐을 무렵 위정척사운동의 첫 순교자가 생겼다. 강원도에서 온 홍재학이라는 자였다. 혼란은 커졌고 대원군을 다시 옹립하려는 세력은 기회를 놓치지 않았다. 혼란 중에도 전하는 굳은 심지로 이 나라가 걸어야 하는 방향을 지키셨다. 분노가 전하에게 미치지 않도록 나는 스스로 책임을 지고 물러날 것을 아뢰었다. 전하는 비통하게 사직서를 받아 드셨다. 전하와 나는 한참동안 아무 말도 하지 못했다. 하지만 내가 물러나는 것이 영원하지는 않을 것이라는 사실을 알고 있었다.

*

혼란한 와중에도 전하께서는 꿋꿋이 버티시었다. 전하를 왕위에서 몰아내야 한다는 흉흉한 소문도 퍼졌다. 그중 어떤 것은 종친 중 몇몇이 그런 계획에 얽혀있다는 내용이었다.

22화
왕의 이복형

나는 왕이 되어 왕좌에 앉아
나를 상감마마라 부르며 절하는 대신들의 모습을 대하는 환상을 갖기 시작했다.
그리 나쁘지 않은 그림이었다.

*
*
*

나는 대원군의 장자(長子), 완은군 이재선이다. 전하의 이복형이다. 나를 낳아준 친 어머니가 누군지도 모른다. 나는 큰 어머니라 부르는 부대부인의 보살핌 속에 전하와 같은 한 지붕아래서 자랐다. 서자인 나는 아버님의 정실부인이신 그 분을 큰어머니라 불러야 했다. 부대부인께서 나를 차별하지는 않으셨다. 그러나 어떤 따뜻한 정을 느껴본 적 또한 없었다. 부대부인께서는 언제나 나를 조금 달리 대했다. 전하가 왕위에 오르시기 전 우리 집은 가난했다. 그 당시 내가 입던 저고리는 다른 형제들의 그것보다 조금 더 허름했다. 그리고 지금은 전하가 되신 내 아우님보다 총명하지 못하다는 소리도 자주 들었다. 나는 내 형제들에 비해 그리 엄격한 교육을 받지 못했다. 그러나 배움을 썩 좋아하지 않던 나로서는 거기에 대해 크게 신경 쓰지 않았다. 때로는 특히 부대부인이 없을 때, 내 아버지 대원군은 나에게 다정함을 보이시기도 하셨다.

햇살이 유난히 따가웠던 어느 겨울 날, 나는 앞마당에 앉아 멍하니 하늘을 쳐다보고 있었다. 아버지는 그런 내 옆에 다가와 앉으셨다. 나는 깜짝 놀라 벌떡 일어나 허리를 굽혀 인사했다. 아버지는 그런 내 손을 잡고서 부드러운 목소리로 말했다.

"재선아."

아버지가 나를 직접 이름으로 부르는 것은 꽤 오랜만의 일이었다. 나는 재빨리 대답했다.

"예, 아버지."

"무슨 생각을 하느냐? 슬프냐? 혹여 나에게 하고 싶은 말이 있더냐?"

나는 괜히 겁이 났다. 그런 나를 진정시키려 하시는 듯 아버님은 자상히 말씀하셨다.

"이 집에서 너의 친 어머니와 같이 지낼 수 없다는 점, 또 어머니를 볼 수도 없다는 것이 참 미안하구나. 나는 너의 어머니를 사랑했고 너 역시 사랑한다. 재선아, 기억하거라. 누가 너한테 뭐라 말하든, 무슨 일이 있든 너는 나의 아들이다."

"네? 아… 예…."

나는 황급히 일어나서 아버지께 감사하다고 머리를 조아리며 조심스레 대답했다.

"아버님의 자애로우신 말씀, 제가 살아있는 한 절대 잊지 않겠습니다."

아버지는 그런 내가 조금은 기특하다는 듯이 내 어깨를 톡 치시면서 말씀하셨다.

"허허…. 너무 심각하게 받아들이지는 말거라."

난 머리가 가슴에 닿을 정도로 깊이 허리와 고개를 숙인 채로 말했다.

"아버님, 제가 아버지의 아들이라는 것이 너무나도 영광스럽습니다. 뭐든지 아버지께서 하명하신다면 지체 없이 받아드릴 것이옵니다. 아버님께 저의 하찮은 도움이 필요할 일은 없으실 것이라 사료 되오나, 만약 무언가, 사소한 무언가라도 있다면 반드시 말씀해 주옵소서."

아버지는 깊이 숙인 내 머리를 거칠게 쓱쓱 쓰다듬고 떠나셨다. 그리고 곧 내 작은 아우는 왕위에, 아버지는 섭정에 오르셨다. 그 후로 내가 아버지와 그 따뜻한 겨울날처럼 다정한 시간을 보낸 적은 없었다. 그 이후 집안 살림은 정신없을 정도로 바쁘게 돌아갔다. 그러나 나는 대부분의 시간을 혼자 보냈다. 나는 아직까지 그날을 떠올리면 가슴이 따뜻하고 먹먹해진다. 그 날 나는 내가 아닌 다른 누군가에게 빙의했던 기분이 든다. 그리고 아버지께서 나의 힘을 필요로 하시는 일이 실제로 생길 것이라는 상상은 결코 하지 못한 상태였다.

1881년, 아버님이 섭정을 그만 두시고 양주로 낙향 하신 지 8년이 지났다. 당시 나라는 불만으로 팽배해 있었다. 보수적인 학자들은 궁궐 앞에서 전하가 펼치는 개방정책을 성토하는 시위를 벌였다. 더 많은 서양 국가들과 조약들을 체결할 것이라는 소문도 무성했다. 일반 백성들은 나빠져만 가는 살림살이에 대한 불만으로 가득했다. 일본인들은 시시한 공산품을 조선으로 수입해 가난한 이들에게 비싼 가격으로 팔고 있었다. 조선의 농부들은 쌀이나 콩 따위의 농작물을 시세보다 훨씬 더 싸게 팔아야만 했다. 대부분의 조선인들은 해외 무역이 가져다주는 이득을 느낄 수 없었다. 거세져 가는 세상의 불만은 아버지를 다시 섭정의 자리에 오르게 하라는 백성들의 요구로 귀결되고 있었다.

힘도, 야망도 여전하신 아버님은 권력의 중심으로 복귀할 때와 기회를 엿보고 계셨다. 1881년에 일어난 일련의 사건들과 온 백성의 불만들은 곧 아버님께서 줄곧 엿보던 기회로 다가왔다. 유학자들은 아버지를 다시 권좌에 오르도록 설득했다. 아버님은 이미 한 번 왕위에 오르시기를 사양한 바 있으니 스스로 임금이 되실 수는 없었고, 지금의 전하를 왕위에서 물러나게 하고 대신 나를 임금으로 세우는 방식을 생각하시고 계셨다.

아버님의 구체적 계획을 듣고 난 덜컥 겁이 났다. 좋다 싫다 말할 엄두가 나지 않았다. 아버님은 나에게 '내가 가장 총애하는 아들은 너'라고 말씀 하셨다. 내가 왕위에 오른다면 나를 위해 뭐든지 해줄 것이라고 설득하셨다. 모든 계획은 완벽했다. 나는 단지 "예."라고 말하면 될 뿐이었다. 그러나 왠지 내키지 않았다. 영광스럽고 기꺼워 감읍하고 기빼야 하거늘 나는 거의 마시못해 아버지의 말씀에 "예."라고 대답했다.

나의 아버지 대원군은 안기영, 권정호와 같이 세력이 약한 남인(南人) 학자들을 모았다. 나를 포함해 학자들은 몇 차례에 걸쳐 회동했다. 나는 자리에서 항상 말을 아끼고 그저 듣기만 했다. 그러던 어느 순간, 나는 왕이 되어 왕좌에 앉아 나를 상감마마라 부르며 절하는 대신들의 모습을 대하는 환상을 갖기 시작했다. 그리 나쁘지 않은 그림이었다. 사실 꽤 근사하다고 생각했다. 점점 내 안에 자리 잡았던 두려움을 떨치고 서서히 임금이 되는 구체적이고도 위험한 상상을 즐기게 됐다. 그러나 거사를 실행하기 불과 며칠 전, 같이 거사를 준비했던 광주산성 장교 이풍래가 포도청에 고변(告變) 했다. 나와 아버님을 제외한 모든 공모자들은 체포 되었고 바로 처형당했다. 아무리 대원군이라도 이번만큼은 힘을 쓰지 못했다. 전하의 서형(庶兄)인 나는 사형에서 제외돼 하옥됐다. 그러나 나는 나의 살날이 얼마 안 남았다는 사실을 어렴풋이 짐작할 수 있었다.

며칠 후 새벽, 옥졸이 옥문을 열고는 내게 새 하얀 수의를 입으라고 건넸다. 나는 그의 손에 이끌려 광장 앞마당으로 향해 나섰다. 대나무 돗자리 위에 작은 상이 차려져 있었다. 옻칠을 한 짙은 색의 쟁반 위에 놓인 푸르스름하고 새하얀 주발에는 칠흑같이 검은 사약이 담겨 찰랑거리고 있었다.

관리 몇 명이 대나무 돗자리 옆에 두 열로 줄 서 있었다. 그 자리에서 내가 맡은 역할이 무언지는 너무나도 명백했다.

나는 운현궁이 위치한 동녘을 향해 무릎 꿇었다. 해가 곧 뜨려는 듯 하늘은 벌겋게 물이 들고 있었다. 큰 절을 올리면서 말했다.

"아버님. 소자를 용서하옵소서. 이 미련한 놈이 아버님보다 먼저 세상을 떠나는 막심한 불효를 저지르게 되었습니다."

이번에는 아버지가 머물고 계시는 양주를 향해 절했다.

"아버님. 먼저 떠나는 저를 부디 용서하옵소서. 저는 이제 떠나니 부디 강녕하세요. 아버님의 앞날에, 아버님의 계획이 무엇이든 성공만이 함께 하기를 빌겠사옵니다."

나는 일어나서 탁자 앞으로 한 발짝 다가가서 무릎을 꿇었다. 사약이 든 주발을 들고 한 숨에 들이켰다. 머리가 빙빙 돌았다. 눈앞에는 별들이 반짝였다. 아주 잠깐이지만 나는 황금색 옥좌에 앉은 나를 보았다. 그리고 옆으로 쓰러졌다. 따뜻한 피가 입 밖으로 스멀스멀 퍼졌다. 그리고 이내 모든 것이 어두워졌다.

*

또 하나의 비극이로구나! 하지만 또다시 일어나게 할 수는 없는 일이었으니 우리는 전하의 왕위를 찬탈하려는 종친을, 그것이 설령 전하의 서형이라 할지라도 가만히 내버려 둘 수는 없는 것이었다. 전하와 나는 대원군의 야망이 향하는 그 끝을 예측하고 있었으나, 이 정도로 맹렬하게 다가올 것은 미처 상상하지 못하였다.

23화
임오군란

> 나는 다시 권력을 되찾았다.
> 계략에 의지하지 않고 적들의 미숙한 통치로 벌어진
> 군란을 통해서 얻은 승리였다.

*
*
*

재선의 죽음은 비통했다. 정치적으로도 나는 또 다시 좌절했다. 그 불쌍한 아이에게는 그를 위해 슬피 울어줄 어머니조차 존재 하지 않았다. 부인은 슬픔을 머금은 표정을 비쳤으나 평소의 일상은 변함없었다.

재선이는 나의 첫 아들이었다. 결혼 전 내가 사랑하던 첫 정인이 낳은 아이였으니, 결혼 후 첫 아이를 낳을 때까지 부인은 그 아이를 자기 손으로 키워야 했다. 재선은 쉽게 키울 수 없는 아이였다. 심성이 나쁘지는 않았으나 생각이 단순했고, 한번 가르친 말을 잘 기억하지 못했다. 부인은 서자의 죽음 보다는 주상을 다시 한 번 음해할지 모르는 나의 계략을 더욱 걱정하는 듯 했다. 하루는 부인이 내게 말했다.

"대감, 제발 주상을 해코지 하려는 일 따위는 꾸미지 마세요. 세상천지에 대체 어느 아비가 자기 아들을 왕좌에서 몰아내고 또 다른 아들을 올리는 일을 벌인다 말입니까? 조선은 예를 숭상하는 나라이지 않습니까?"

부인은 눈을 치켜 올리고 나를 바라봤다. 나는 간단히 부인을 물리치며 걱정하지 말라고 안심시켰다.

"부인은 그저 집안일에만 신경 쓰세요. 내가 내 자식들을 곤경에 빠뜨리는 일을 꾸밀 리가 있습니까? 나는 단지 간악한 며느님과 그 종친들이 미울 뿐입니다. 그네들이 이 나라를 망치고 있어요. 빤히 보이지 않습니까?"

"하지만 며느리를 직접 고른 것은 대감이십니다. 처음에 그렇게 힘들었던 두 내외가 이제 겨우 마음을 맞추고 다정한 상황인데, 그것 보기가 그렇게 아니꼬우십니까? 대감은 그저 며느님이 너무 똑 부러져 마음대로 할 수 없는 것에 역정을 내시는 것이 아니십니까?"

부인은 마치 내 마음을 읽기라도 하는 양 말했다. 그 사실에 슬슬 부아가 올라왔다.

"그런 것이 아닙니다. 중전은 내명부의 소임을 다 하면 됩니다. 국사를 이끄는 자리가 아니에요. 부인이 집안 살림에 충실하고 바깥일에 감 놔라 배 놔라 하지 않아야 하는 것처럼! 내게 다시는 이런 일로 트집 잡지 마세요!"

나는 두루마기를 집어 들고 안방을 나섰다. 하지만 향할 곳은 사랑채뿐 이었다.

아둔하지만 사랑스럽던 나의 큰 아들은 죽었다. 그 아이는 다시 돌아오지 않을 것이나 나는 권좌로 반드시 돌아 갈 것이다. 하지만 서둘러야 했다. 지금의 나라는 여전히 들끓고 있었다. 국력은 쇠락하고 경제는 엉망이었다. 지난 5년간 나라의 곳간은 점점 더 메말라 가고 있었다. 일본은 조선과의 무역으로 막대한 이윤을 얻고 있으나 한 푼의 세금도 내지 않는 탐욕스런 정책을 유지하고 있는 상태다. 또한 조선이 서양 강국들과 불평등 조약을 맺는다는 막연한 소문이 걷잡을 수 없게 이 나라를 돌고 있었다. 유생들의 심기는 몹시 불편했다. 나라를 걱정하는 거의 모든 이들이 나라의 정책에 자신들의 목소리를 반영할 수 없는 현실을 중전과 민 씨 일가의 책임으로 몰았다. 이 모든 것이 나에게 좋은 징조였다. 중전과 민 씨 종친들이 저지르는 실책이 쌓일수록 내가 권좌로 복귀할 시기는 앞당겨져만 가고 있었다. 조정이 미국과의 수호조약을 맺기 위해 노력하고 있다는 소식이 들려왔다. 협상은 조선이 아닌 중국 땅에서 진행되고 있었다. 셔먼호(號) 사건 이후 15년 동안 미국은 조선과 수교하기 위해 끈질기게 노력 했으나 내가 권좌에 있는 동안에는 한 발자국도 앞으로 내딛지 못했다. 주상의 통치가 시작 된 이후, 미국의 개항 압력은 커져만 갔다. 일본과의 수교가 결정적인 영향을 미친 것이다. 그러나 주상과 조정 관료들은 위정척사 운동의 강렬함에 겁을 먹고 교섭에 소극적이었다.

내가 들은 바로는 중국 관료들이 자신들이 즐겨 사용하는 분열과 통치라는 전통적 외교 교섭술을 주상과 조정 관료들에게 사용하고 있었다. 개인적으로는 외국 열강에 대한 개항이 이 나라에 어떤 이득을 가져 올지 부정적이었다. 그러나 중국 관료들은 조선이 일본이라는 한 나라에 독점적으로 개항한다면 결국 다른 국가들이 조선과 통상하거나 교섭을 원할 때는 일본을 찾아야 하는 것이 아니냐는 논리로 주상과 관료들을 파고들었다. 주상은 일본이 조선의 외교 교섭권을 독점할 수 있는 상황을 원치 않았다. 허나 조미 수호 통상조약은 결국 1882년 5월 22일 정식으로 체결됐다. 이는 조선이 서양 국가와 체결한 최초의 협약이기도 했다. 일본과의 조약에서와 마찬가지로 조선은 모든 국가와 같은 독립국이라는 점이 명시됐다. 중국과의 관계가 단절되는 것을 상상해봐라. 결코 있을 수 없는 일이다. 우리는 수백 년간 중국에 사대했다. 하지만 주상과 대신들은 독립국이라는 달콤한 단어에 눈이 멀어 미국과 조약을 맺고 말았다. 또 통상조약은 조선과 미국이 필요할 때 상호간 원조를 제공한다는 내용을 포함하고 있었다.

조약 이후, 모든 백성들이 서양 열강들이 조선과의 또 다른 협약을 체결하기 위해 몰려드는 것은 시간문제라고 수군댔다. 이는 주상이 펼치는 정책들에 반감을 가진 자들에게는 섶에 기름을 뿌리는 꼴이 되고 말았다. 여기에 불씨 역할을 한 것은 훈련도감의 군사들이었다. 일본의 후원으로 신식군대인 별기군이 창설된 이래, 기존의 군사들은 좋지 않은 대우를 받고 있었다. 한편 종래의 훈련도감, 용호, 금위, 어영, 총융의 5영을 무위영과 장어영 2영으로 축소하면서 수많은 병졸들이 해고됐다. 또 남은 병사들은 봉급도 제때 받지 못했다. 쌀로 받기로 한 봉급은 일 년 이상 밀리게 됐다. 나를 권좌에서 끌어 내리고 외세를 불러들인 민씨 일가의 탐욕이 이 같은 현실을 만들어 냈다고 군사들은 자연스럽게 결론지었다.

그들의 인내심을 폭발하게 만든 결정적인 사건은 1882년 7월 23일 발생했다. 일 년 이상 밀렸다가 겨우 나눠 받은 한 달 치 분량의 쌀자루에 반 이상 섞인 모래와 톱밥이 불씨였다. 군관, 병졸들의 불만과 울분은 상상을 초월했다. 조정의 창고로 향한 병졸들은 문지기들을 두들겨 패고 곡물들을 꺼내 갔다. 이 사건으로 군인 몇 명이 체포됐다. 구식 군사들은 이들의 석방을 요구하는 탄원서를 중전의 사촌인 선혜청 당상 겸 병조판서 민겸호에게 전달하려 했다. 그러나 이 과정에서 관리들과 물리적 충돌이 벌어졌다. 그들은 평화적인 방법으로 탄원서를 건네는 대신 중전의 사저를 습격했다. 사실상 되돌릴 수 없는 방법을 택한 것이었다. 이 시점에서 폭도로 변한 군인들에게는 좀 더 확실한 지도자가 필요했다. 그들 중 우두머리들이 밤을 세며 달려 내가 기거하고 있던 양주로 왔다. 그들은 내게 조정을 손아귀에 쥐어 달라고 재촉했다. 나에게 때가 온 것이었다.

군란이 시작된 지 사흘째 아침. 평상시와 마찬가지로 나는 책상 앞에 앉아 난(蘭)을 치고 있었다. 사람들은 나의 난화가 유달리 뛰어나다고 칭찬했다. 내가 그린 난화의 평판은 섭정 기간 동안 크게 뛰었다. 내 그림에 매겨지는 가격은 당시에 비해 다소 하락하기는 했지만 내가 그림으로 돈을 모으려고만 한다면 원하는 이들은 지금도 길게 줄을 설 것이었다. 아침의 고요는 반란군들이 집으로 찾아 왔다는 하인 놈의 통보로 끝났다.

"대감 마마, 험상궂은 놈들이 대감과 직접 만나기를 청하는데 들여보낼까요, 돌려보낼까요?"

난 내 그림을 바라보며 말했다. "뭐가 그리 놀랄 일이냐. 그 놈들이 찾아 올 줄 알았다."

"알고 계셨습니까, 대감? 미리 말씀 해 주셨다면 저희가 대감을 더 안전하게 지켜드릴 수 있었는데 말입니다." 충성심 높은 천하장안 중안이 걱정스레 말했다.

"그들은 나에게 해가 되지 않는다. 어서 가서 우두머리 세 명을 뽑아 나를 찾으라고 전해라."

천하장안은 허둥지둥 대문을 닫고 돌아갔다. 그들은 수많은 반란군들에게 큰 목소리도 내가 말한 바대로 지시를 내렸다. 해가 솟을수록 칠월 말의 무더위는 점차 참을 수 없을 정도로 가혹해져 갔다.

대문이 다시 한 번 끼익 소리를 내며 열렸다. 천하장안은 덩치는 산만해서 땀으로 번들거리는 지저분한 장사 세 명과 들어왔다. 나는 대청에서 나와 마당까지 내려가지 않고 두 계단만 내려와 돌계단 중간에 섰다. 장사들은 멀찌감치 떨어진 채 내 앞에 엎드린 상태였다.

"폭도들은 듣거라!"

폭도라는 소리에 잔뜩 움츠려 든 장사들은 떨면서 고개를 들었다. 그 중 하나가 무슨 말을 하려는 듯 입을 떼는 찰나에 나는 다시 외쳤다.

"이 무뢰한 놈들! 감히 네 놈들이 나의 아드님이시자 이 나라의 주인이신 주상전하의 뜻을 거역하려 드는 게냐! 너희들이 정녕 이런 짓거리를 벌이고도 무사히 넘어갈 줄 알았더냐? 죄 값을 치르려면 목이 베어진다는 사실을 진정 너희 것들이 몰랐단 말이더냐? 내가 누군지 아느냐, 모르느냐! 나는 바로 주상전하의 부친인 대원군이다!"

나는 우레와 같이 큰 목소리로 고함쳤다. 지금도 여러 사람들이 내게 말하듯, 내 목소리는 나이가 들었어도 천둥처럼 우렁차다. 아직 나에게 그런 활력이 남아있다는 것에 난 늘 적잖은 희열을 느끼고 있었다.

세 명의 장사들은 두려움에 벌벌 떨었다. 그 중 한 놈이 얼굴을 슬며시 들고는 떨리는 목소리로 말했다. "소인들은 그저 대원군 대감께서 조정에 다시 서시고 탐욕스런 중전과 간악한 무리들을 몰아내 주시옵기를 바랄 뿐입니다. 저희 같이 힘없는 백성들에게 지금 사정은 너무도 암담해 먹고 살기조차 너무도 힘듭니다."

"나에게 다짐을 하거라. 주상의 털 끝 하나도 건들지 않을 게 확실한 것이더냐?"

"물론이옵니다, 대감! 소인들은 주상전하께 충성하고 목숨도 바칠 것입니다. 백성들은 이렇게 굶어죽어 가는데 탐욕스런 중전과 그 종친들의 곳간은 날이 갈수록 금은보화로 차오르고 있습니다. 억울합니다! 중전과 그 무리들만 몰아내고 싶을 따름입니다!"

"생각을 해 보아야겠구나. 내일 다시 만나 줄 터이니 조심히 돌아가거라."

다음 날, 전날 보다 줄어든 반란군 무리들이 다시 찾아왔다. 나는 관복을 입고 가마를 준비해 도성으로 향했다. 가는 도중 길가에 많은 백성들이 몰려 나와 환호했다.

"대원군 만세! 국태공 전하 만세! 만세!"

궁궐에 다가 갈수록 혼란과 파괴의 참상이 곳곳에서 목격됐다. 대궐 앞의 수문장은 아무런 제재 없이 궁문을 열었다. 9년이란 시간 동안 참 많이도 변했다는 생각이 들었다. 굳게 잠긴 문 앞에서 쏟아지는 비를 맞다가 처량히 되돌아섰던 수모와는 정반대로 궁궐의 문을 개선장군처럼 가마를 탄 채 당당히 들어서는 내 모습이 자랑스러워 스스로의 입가에 미소가 번졌다.

편전에 들자 내 아들인 주상과 8살 먹은 세손은 겁먹은 듯 서로를 끌어안았다. 주상은 나를 보자 용상에 나를 앉히려고 했다. 나는 서둘러 상감의 손을 잡고 용상에 다시 앉히고는 말했다.

"전하, 망극하옵니다. 이 나라의 주인은 주상이십니다. 제 아무리 아비라고는 하나 상감마마 앞에서는 머리를 조아려야 하는 신하임이 지당한 것입니다."

나는 주상에게 확신을 주려 강하게 말했다. 그러나 속으로는 고개를 저으며 스스로 이렇게 말했다.

'이다지도 나약할 수 있는가? 왜 이 아이를 왕으로 만들었을꼬? 어려서부터 유달리 총명했던 저 아이가 어째 이리 됐단 말인가? 헛똑똑이 부인을 들이고 그 기에 눌려 자신감을 잃어 이리 된 것이 아니겠는가?'

주상은 여전히 불안하고 흔들리는 목소리로 말했다.

"아바마마, 이리 돌아와 주시니 광영이옵니다. 몸 둘 바를 모르겠습니다. 저와 세자는 아바마마를 진심으로 환영하옵니다. 소자가 아바마마께 용서받을 수 없는 불효를 저질렀습니다만 제발 용서하옵시고 이 나라의 정사를 다시 맡아 주세요."

난 의도적으로 목소리를 높여 단호하게 답했다.

"아드님께서 불효를 저질렀다고 스스로 말씀하시니 제가 다 용서해 드릴 것입니다. 그러나 중전은 폐비해야 할 것입니다." 주상과 세자는 겁에 질린 얼굴로 서로를 바라봤다. 나는 계속해 말했다.

"중전은 대체 어디 있습니까? 중전이 보이지 않습니다."

"아… 그러니까…." 주상은 얼버무렸다.

"어디 있습니까?" 소리를 질렀다.

"중전이 어디 있는지 저도 모르겠습니다. 아무도 모릅니다. 죽었을 지도 모릅니다. 도망갔을 지도 모르죠. 아무도 중전을 보지 못했답니다."

내 아들의 대답이었다.

"중전을 찾을 것입니다. 중전이 저지른 짓에 책임을 물릴 것입니다. 아시겠습니까?"

내 목소리가 넓고 깊은 편전에 메아리쳤다.

"아바마마. 중전이 아니라 다 무능한 소자의 책임입니다. 제가 저지른 잘못에 백성들이 들고 일어난 것입니다. 소자는 단지 그것이 옳다고 믿었습니다. 개명 천지에 조선만 더 이상 쇄국을 고집하고 있을 수는 없다고 믿었습니다."

주상의 마지막 말에 나는 분개하지 않을 수 없었다.

"주상은 아직도 모르십니다. 진짜 모르고말고요. 이제부터 주상은 용상에 앉아만 계세요. 이 애비가 다 알아서 할 것입니다. 이 나라를 정녕 위하는 길을 대원군이 찾아낼 것입니다. 그리고 주상은 그 못난 중전을 한시바삐 찾아내십시오. 중전을 숨길 생각은 한 치라도 하지 마세요. 중전에게 볼 일이 두어 개는 남아 있습니다."

나는 즉시 주상의 이름으로 포고문을 발표해 조정에 남아있는 모든 민씨 종친을 제거하고 나의 수하들로 그 공백을 채웠다. 나는 다시 권력을 되찾았다. 계략에 의지하지 않고 적들의 미숙한 통치로 벌어진 군란을 통해서 얻은 승리였다.

한편, 군란 도중 또 다른 무리들이 일본 공사관을 습격했다. 수천을 헤아리는 성난 무리들에 비해 공사관을 지키는 경비 병력은 소수로 중과부적이었다. 하나부사 요시타다는 공사관을 버리고 달아나며 불을 질러 비밀문서 전부를 폐기했다. 불길이 타오르는 걸 확인한 하나부사와 그의 수하들은 한양에서 벗어나 인천으로 급히 피신했다. 그들은 거기에서 영국 측량선 '날치호(號)'에 올라 나가사키로 향했다. 일본 공사가 꽁지가 빠지도록 도망 쳤다는 소식에 나는 박수를 치며 기뻐했다.

하나부사의 7월 30일 자 전보를 수신한 일본 정부는 긴급 각료 회의를 열었다. 그들은 오랜 토론 끝에 조선에 전쟁을 선포하지는 않겠다고 결정했다. 하지만 공식적인 사과와 재발방지 및 사망한 일본인들과 공사관 파괴에 대한 보상 등을 요구하기로 결론지었다.

이 같은 요구는 대규모의 육군과 해군 병력을 대동한 하나부사 요시모토 공사에 의해 이뤄졌다. 긴급 상황을 대비해 군함도 파견하도록 했다. 7월 23일부터 29일까지 단 엿새 만에 천하가 변했다. 나는 손가락 하나 까딱 안하고 다시 권력을 쥐었다. 그 누구에게도 빚지지 않고 말이다. 이제 다시 내가 원하는 것은 무엇이든 할 수 있었다. 나는 원수들에게 원한을 갚고 시간을 되돌려 조선의 전통적 가치, 관습 등을 외국인들의 야만적인 방식과 공격에 맞서 유지하겠다고 스스로 다짐했다.

*

구식 군대의 반란을 통해 대원군이 권력을 되찾은 것은 나에게 돌이킬 수 없는 재앙이었다. 근위병 홍계현의 도움으로 온갖 위기를 뚫고 목숨을 보존했던 그 당시의 기억은 아직까지도 생생하기만 하다.

24화
탈출

> 나는 다시 권력을 되찾았다.
> 계략에 의지하지 않고 적들의 미숙한 통치로 벌어진
> 군란을 통해서 얻은 승리였다.

*

*

*

나의 사촌 민겸호의 집을 불태운 폭도들이 대원군을 권좌로 복귀시킨다는 소식을 듣고, 나는 홍 상궁이 준 초록 저고리와 파란 장치마로 변복하고 궁궐을 나서야 했다. 화장도 하지 않은 얼굴에 홍 상궁만을 데리고서였다. 궁의 소주방(燒廚房)쯤에 다다랐을 때 폭도들이 근방을 뒤지며 소리치는 소란에 맞닥뜨렸다.

"요망한 중전은 어디 있냐!"

그 모습을 보고 우리는 서로를 부여잡고 부들부들 떨기 시작했다. 그 순간 갑자기 젊고 건장한 남자가 눈앞에 나타나더니 내 허리를 잡아 부엌 바닥으로 패대기쳤다. 그 순간 나는 말할 수 없는 모욕을 느끼며 이런 꼴을 당할 바에는 차라리 죽는 게 낫겠다는 생각을 했다. 나는 얼굴을 옆으로 돌린 채 눈을 질끈 감았다. 놈의 뜨거운 숨결이 내 목에 닿았다. 그가 말했다. "마마, 접니다. 무예별감 홍계훈이옵니다. 저자들을 속이려면 어쩔 수 없으니 참으시옵소서."

눈을 살짝 떠보니 내 위에 있는 건 홍 상궁의 남동생이었다. 그는 커다란 손으로 내 입을 막고 조용히 누워 있으라고 속삭였다. 홍계훈은 폭도들이 있는 쪽을 향해 외쳤다. "먼저들 가보게! 가서 궁녀들이나 더 찾아보게. 저쪽으로 가면 많이 있는 것 같으니. 여기 이 계집은 내 것이니 나는 이제 재미 좀 봐야겠네."

폭도들이 떠난 후 홍계훈은 나를 일으켜 세우고 나에게 소주방에서 있었던 일에 대해 연신 사죄했다. 그런데 생각해보니 홍 상궁이 보이지 않았다. 그런 난리통에 홍 상궁의 이름을 외치며 찾을 수도 없는 노릇이었다. 홍계훈은 40세 정도의 나이에 건장한 체격을 갖고 있었다. 그는 평범한 농부들이 입는 무명 저고리와 바지 차림에 짚신을 신고 있었다. 행랑을 메고 밀짚모자를 쓴 모습이 길 떠나는 나그네의 모습이었다. 나와 둘이 서 있으니 평범한 부부로 보일만 했다. 우리는 궁궐 북쪽에 난 비밀 문 근처에 숨어 소란이 멈추기를 기다렸다가 빠져 나갔다.

무예청 별감으로 궁궐의 수문장을 맡고 있던 홍계훈은 이곳 지리에 밝았다. 골목길 여기저기를 잘도 알았다. 황혼이 밀려오는 도성의 거리는 의외로 조용했다. 무언가 이상한 기분이 들며 왠지 모를 홀가분하고 상쾌한 느낌마저 들었다. 16년 동안 나는 한 번도 궁궐 밖 일반 거리를 걸어 본 적이 없었다. 나는 크게 숨을 쉬었다. 습기 찬 여름에만 느낄 수 있는 눅눅한 흙냄새를 맡을 수 있었다. 몇몇 사람들이 우리를 지나쳤지만 아무도 신경 쓰지 않았다. 왜 나를 알아보지 못할까 궁금했지만 아래위로 내 모습을 훑어보니 평범한 옷차림의 평범한 여자일 뿐이었다. 그래서 인사를 하지 않는 것이구나. 적어도 지금의 나는 그저 길거리를 오가는 평범한 아낙네와 다를 바 없는 것이었다. 홍계훈은 안도의 한숨을 내쉬었다. 큼지막하고 거친 손으로 내 손을 잡더니 끌다시피 걸음을 재촉했다. 그의 손아귀가 억셌다. 전하의 부드러운 손길과 달리 그의 손에는 굳은살이 군데군데 박여 있었다. 우리는 아무 말도 없이 걸었다. 뛰는 듯 걸으니 숨이 거칠어 졌다. 얼마가 지났을까, 홍계훈이 내 앞에 쭈그려 앉아 등에 업히라고 했다. 내가 망설이자 홍계훈이 내 오른팔을 잡아 당겨 그의 어깨에 놓았다. 왼팔로는 내 허벅지 뒤를 잡고 등에 업었다. 한순간에 일어난 일이라 거부할 수도 없었다. 허락 없이 내 몸에 손을 댔으나 꾸짖지 못했다.

"저기 입니다." 홍계훈이 속삭였다. "이제 좀 더 빨리 갈 수 있습니다. 폭도들이 저희를 더 이상 잡아내지 못 할 것입니다."

나는 아무 말도 하지 않았다. 무언가 붕 떠있는 느낌이었다. 그는 얼굴을 돌려 나를 바라봤다. 흥건히 땀에 젖은 그의 이마가 황혼의 희미한 빛에 비춰 반짝였다. 그가 나를 업고 걷는 동안 내 머리를 그의 등에 기댔다.

퀴퀴한 냄새에 깨어났다. 주변을 둘러보고 나는 아연실색했다. 나는 대나무 장막으로 가려진 조그마한 방 한 구석 짚더미 위에 누워 있었다. 바닥은 이와 벼룩, 이름 모를 벌레들로 가득했다. 벌레들이 내 팔 다리 위로 기어오르고 있었다.

"아악! 저리가!" 나는 비명을 지르며 몸을 털었다. 어떤 벌레는 떨어져 나갔고 몇몇은 바둥바둥 내 팔다리에 매달려 남았다. 나는 손으로 벌레를 털어내며 사방을 둘러봤다. 홍계훈이 없었다. 불안했다.

"어디 간 것이지? 나를 버린 것인가? 내가 너무 무거웠을까? 믿을 수가 없다. 그런 경황에 곯아떨어지다니."

내가 누워있던 옆에는 흐트러진 잠자리가 있었다. 홍계훈이 내 옆에서 잤던 것이 분명했다. 중전의 신분으로 미천한 남정네 옆에서 잠들었다는 사실에 나는 뒷걸음질 치며 경악했다. 맙소사. 어찌 해야 한단 말인가! 이제부터 내 정조를 의심하는 자가 하나라도 나온다면 대체 무어라 대답해야 하는 것인가!

"마님."

앳된 목소리가 대나무 벽 반대편에서 들려왔다. 고개를 돌려 보니 한 소년이 나를 바라보고 있었다. 지금 있는 작은 방에 같이 뒹굴며 잠들어 있는 몇몇 아이들 중 하나였다. 어른은 없는 듯 보였다. 나는 아이를 바라보며 아무 말도 하지 않았다. 그들이 내 말을 듣고 혹시라도 내 신분을 알까 두려워서였다. 절대 아무와도 이야기하지 않겠다고 홍계훈과 약속했던 터였다.

"마님, 밖에 나가서 몸을 한번 터시어요. 그래야 벌레들이 떨어져 나갑니다. 안 그러면 벌레들이 하루 종일 괴롭힐 거예요."

아이가 나에게 경고하듯 말했다. 나는 아이의 말에 밖으로 나가 벌레들을 떼어냈다. 얼마 후 홍계훈이 그릇을 하나 들고 돌아왔다. 평소와는 달리 그는 기어드는 목소리로, 마마가 아닌 마님이라고 나를 불렀다. 아이들에게 평소에 쓰던 말투를 들키고 싶지 않아서인 것 같았다.

"마님, 밤새 안녕히 주무셨습니까? 잠자리가 영 형편없어서 송구스럽습니다. 여기 아침으로 뭐라도 드시게 좀 가져왔습니다."

그릇 안을 살펴보니 콩나물이 드문드문 섞인 멀건 죽 밥이 들어있었다. 나는 홍계훈을 바라봤다. 그는 고개를 슬쩍 숙이며 사과했다.

"황송하오나 이것뿐입니다. 이게 저 치들이 먹고 사는 음식입니다. 앞으로는 좀 더 신경 쓰겠습니다. 갈 길이 멉니다. 이거라도 드셔야 합니다. 아무것도 드시지 않는 것보다는 훨씬 나을 겁니다. 모양은 이래도 드실 만은 하실 겁니다."

곡식과 간장의 짠 냄새에 정신이 번쩍 들었다. 나는 그릇을 받아 들고 멀건 죽 밥을 후루룩 들이켰다. 홍계훈이 슬며시 웃으며 그런 나를 바라봤다.

"그것 보십시오. 자 이제 가시죠."

"씻지도 않고 말이냐?" 내가 쏘아 붙이듯 말하자 홍계훈은 조금은 어이없다는 듯이 나를 쳐다봤다.

"마님. 씻을 곳 따위 여기에는 없습니다. 시간낭비를 할 수는 없습니다."

그는 또다시 내 손을 잡고 걷기 시작했다. 나는 주위를 둘러보았다.

마당은 온통 진흙이었고 닭과 돼지 몇 마리가 흩어져 있었다. 저 멀리에는 남정네와 아낙이 보였다. 조그마한 채소밭을 꾸리며 아이들과 사는 것 같았다. 돼지우리보다 조금 나아 보이는 집이었다. 무언지 모를 서글픔과 죄책감이 피어났다. 이것이 정녕 백성들의 삶인 것인가. 불쌍하구나. 나는 왜 이제껏 몰랐단 말인가? 궁에 다시 돌아가면 백성들의 삶이 윤택해지고 이들의 고통을 덜어내도록 조치 할 것이다. 지금 나는 저들과 다름없다. 궁에 돌아 갈 수 없다면 나는 이렇게 살다 죽어야 하는 것이다. 죽을 수 없다. 반드시 환위해야 한다. 내 자신만이 아니라 저 가엾은 백성들이 더 나은 삶을 살도록! 홍계훈이 내 손을 다잡는 순간, 나는 비참한 현실로 돌아왔다. 나는 진흙투성이가 된 짚신을 바라봤다. 홍계훈은 그런 것과는 상관없이 나를 잡아끌었다. 내가 무슨 생각을 하는 지 다 안다는 듯이 홍계훈은 내 귀에 대고 속삭였다.

"마마, 타실 나귀를 준비해 두었습니다. 저 가족들에게 마마와 저의 신변을 들키지 않기 위해 조금 먼 곳에 묶어두었습니다."

그는 스스로 펼친 계책이 자랑스러운 듯 이야기 했다. 오두막을 지나 걷는 도중 나는 어디서, 어떻게 난 나귀냐고 그에게 물었다.

"일찍 일어나 마을로 내려갔습니다. 아침 장이 서자마자 마마께서 주신 돈으로 샀습니다." 홍계훈이 대답했다. "염려 마십시오. 소중한 돈을 허투로 쓰지 않았습니다. 깎아서 싸게 샀습니다. 자, 빨리 타소서. 한시라도 바삐 출발해야 합니다."

또 다른 하루의 여정이 시작됐다. 나는 나귀를 타고 홍계훈은 목줄을 끌며 걸었다. 이른 새벽 아침빛이 시골의 풍경을 아름답게 비췄다. 들녘은 여름을 나는 벼와 채소로 가득 차 싱그럽고 푸르렀다. 제각각 아침 바람에 살랑살랑 흔들리고 있었다. 멀리서 바라보기에는 아름답구나. 하지만 허리가 끊어지도록 일하는 농부들의 노력 없이는 가당치 않은 경치인 것을 나라의 녹을 먹는 관료들은 알아야하고, 그런 백성들을 더욱 위해야 한다. 내 궁으로 돌아간다면 반드시 이룰 것이다.

우리는 충청도 충주로 향하고 있었다. 한강 하류, 조선 팔도를 가르는 거친 산맥이 시작되는 곳에 자리 잡은 충주는 한양과는 89리 떨어졌다. 한양에서 충주로 가는 길은 오가는 이들이 별로 없어 잘 닦이지 못했다. 그 곳에는 내 사촌을 포함한 많은 민 씨 일족들이 살고 있었다. 그들은 시골 양반으로 조용한 삶을 원해 권력에는 뜻을 멀리 두었다. 그들은 부유했고 산 속에 몇 채의 집도 갖고 있어서 내가 잠시 숨어 있기에는 안성맞춤이었다.

홍계훈은 대원군이 주요 요지에 군사를 배치해 수색을 펼치고 있다는 소문을 들었다며 그들을 피해 가려면 앞으로 며칠은 더 걸릴 것이라고 말했다. 또 난리 속에 내가 죽었다는 소문이 돌아 대원군이 내 시신 없이 상을 치를 계획으로 바쁘다는 아침 장에서 들은 이야기를 전해줬다. 내가 잡히면 대원군은 반드시 나를 옥에 가둘 것이다. 그러나 내가 죽어 발견되면 대원군은 성대한 국장 속에 나를 국모와 중전으로 칭송하겠지.

시간이 지날수록 평범한 여인네로 사는 방식에 익숙하고 편해져 갔다. 나는 나물 캐는 것을 도왔다. 홍계훈은 내가 나물을 씻고 요리하는 동안 다른 먹을거리를 찾아 다녔다. 내가 냇물에서 몸을 씻는 동안 홍계훈은 망을 봤다. 몸을 씻으며 한 빨래는 밤사이 말렸다. 내 손은 십 수 년 만에 처음 해 본 거친 일에 붉어져 쓰라렸지만 몸은 오히려 가볍고 활기찼다. 거추장스럽던 겹 많은 비단 옷들을 털어내고 격식에서 벗어날 수 있다는 사실에 왠지 모를 상쾌함을 느꼈다.

충주에 도착하기 전 마지막 밤, 홍계훈과 나는 모닥불 앞에 앉아 있었다. 우리는 끓고 있는 솥을 바라보고 있었다. 큰 산 근처여서인지 땅이

험했다. 우리가 있던 곳은 완만히 경사진 언덕쯤으로 주위에는 아무런 인기척도 없었다. 멀리 야트막한 언덕이 보였고 서산 옆으로는 뉘엿뉘엿 지는 해가 보였다. 나는 나뭇가지로 불을 헤집었다. 홍계훈이 나를 바라보는 시선을 느꼈다. 나도 그를 슬쩍 바라봤다. 그는 나를 옆에서만 봤다. 일반인은 왕족을 똑바로 쳐다보지 못하는 것이 법도였다. 그는 안절부절 못하며 무언가를 말하고 싶은 듯 입술을 꼬물거렸다. 그런 모습을 지켜봤으나 그는 그냥 망설일 뿐이었다. 답답해 참지 못한 내가 먼저 입을 뗐다.

"왜 그러느냐. 하고 싶은 말이 있으면 하거라. 나와 너 사이에 더 이상 내외 할 것이 무어더냐. 지난 며칠 동안 우리는 말 그대로 부부처럼 지내지 않았더냐?"

그는 얼굴이 빨개져서 고개를 숙였다. "중전마마. 통촉하옵니다. 저를 죽여주소서!"

나는 재빨리 그의 입을 막았다.

"중전마마라는 말은 입 밖에도 내지 말라했거늘! 벌레들에게도 귀가 달렸다는 것을 모르느냐?" 홍계훈은 한껏 더 고개를 숙이면서 시선을 비껴 나를 보며 중얼거렸다.

"소인이 감히… 마마의 빛나는 자태가 너무나도 아름답다고 여쭤도 되오리까?"

그의 얼굴이 연지처럼 달아올랐다. 장난으로 나를 놀리는 것이냐고 나는 홍계훈을 기분 좋게 꾸짖었다. 그는 또다시 부끄러워하며 사과했다. 나는 그의 옆으로 다가가 그의 손을 잡았다. 그는 내키지 않는 듯 손을 빼려 했다. 그러나 나는 오히려 손에 힘을 꽉 쥐며 놓치지 않으려 했다. 그러자 무슨 결심이라도 했는지 그도 내 손을 힘껏 잡았다. 갑자기 온 몸이 간지러웠다. 약간은 어지러웠다. 홍계훈이 나를 잡고 그의 가슴으로 내 몸을 끌어안았다. 그의 심장 고동이 느껴졌다. 마치 소리처럼 크고 요란했다.

그 경사진 언덕에서 맞은 초저녁, 나는 다시 여자였다. 홍계훈은 나를 냇가로 이끌었다. 상쾌한 물살이 나를 갈랐다. 그는 작은 폭포로 향했고 나도 그를 따랐다. 폭포수가 우리의 머리로 떨어져 내리며 몸을 적셨다. 우리는 서로를 끌어안았다. 폭포수는 작은 물방울이 되어 턱 끝까지 차오르며 우리의 몸을 간지럽혔다. 홍계훈은 거칠게 숨 쉬며 뜨거운 입술로 내 목과 턱을 핥았다. 그의 거칠고 부수수한 가슴이 내 가슴을 문질렀다. 그 큰 손이 내 허리를 감싸 안자 나의 몸은 뒤로 젖혀 활처럼 열렸다. 내 머리는 냇물에 닿을 듯 했고 하반신은 그의 것과 하나로 뭉쳤다. 마음속으로는 그만 둬야 한다고 외쳤으나 내 몸은 이미 내 것이 아니었다. 홍계훈과 나는 여름 밤 시원히 흐르는 물속에서 하나로 통했다.

우리는 아무 말도 하지 못했다. 서로의 눈빛도 바라볼 순 없었지만 두 손은 깍지 낀 채로 언덕길을 다시 올랐다. 모닥불은 죽어 불씨만 남은 채였다. 타다 남은 음식으로 허기를 채웠다. 하지만 그 초라한 음식은 궁궐에서 맛 본 그 어떤 산해진미보다 진하고 달콤했다. 식사를 마친 우리는 자리를 치우고 언덕에서 내려가 우리가 지내던 작은 오두막으로 향했다. 비좁은 곳이었지만 우리만의 방을 따로 쓸 수 있는 곳이었다. 방은 너무 좁아 누우면 발끝이 벽에 닿았다. 우리는 가까이 누웠다. 몸이 저절로 붙었다. 잠들려 했으나 잠을 이룰 수 없었다. 홍계훈이 손을 뻗어 팔베개를 해 주었다. 난 그 팔위에 내 머리를 올렸다. 그가 더 가까이 내게로 다가왔다. 그의 품이 따스했다. 우리들의 숨소리가 거칠어졌다. 옷은 땀으로 흠뻑 젖어갔다.

다음 날 아침 깨어났을 때 지난밤의 일이 모두 꿈인 양 우리는 아무런 말도 나누지 않았다. 아무도 결코 알아서는 안 될 일이었다. 홍계훈이 간밤의 일을 나를 구해낸 데에 대한 그 어떤 상보다 값지고 큰 명예로 생각하고 있다는 느낌을 받았다. 홍계훈은 이 경험을 누구에게도 발설하지 않고 마음속으로만 평생을 간직할 보물로 여기리라. 이 비밀이 만일에도 새어나간다면 보물의 값어치는 신기루처럼 사라지고 말 것이었다. 나는 지난밤의 일로 홍계훈이 내게 영원하고도 완벽한 충성을 바치리라고 믿게 됐다.

다음 날, 마침내 충주 장호원의 충주목사 민응식의 집에 도착했다. 나의 먼 친척인 민응식의 가옥은 한양 궁궐 근처의 대갓집과 다를 바 없었다. 십 여 채의 가옥과 행랑, 큰 마당과 연못이 즐비했고 서쪽으로는 닭과 돼지를 기르는 철망을 두른 우리, 남동쪽에는 광활한 밭과 기름진 농지가 이어져 있었다. 나는 민응식이 이정도의 재력을 갖고 있는 줄은 미처 몰랐다. 나는 몇몇 친척들이 그랬던 것과는 달리 민응식만큼은 중전인 내 이름이 없이도 이런 부를 일궜기를 진심으로 바랄 뿐이었다. 어찌됐든 그가 중전을 낸 민 씨 일족이라는 사실은 그의 출세에 적어도 지장을 주지는 않았을 것이다. 그런 그가 나를 박대할 리는 없었다. 그랬다가는 내가 환위하는 날에 나를 푸대접 했던 것에 대해 응당의 처분을 치르게 될 것이 분명했다. 어찌됐던 간에 내가 이곳 에서 조용히 숨어 지낸다면 아무런 문제도 생기지 않을 것이라 생각했다.

민응식의 집에는 해가 질 무렵 도착했다. 내가 당도한다는 소식을 이미 듣고 모든 준비를 끝마친 민응식은 나를 즉시 산기슭에 자리 잡은 별채로 인도했다. 나는 그곳에서 환위할 때 까지 숨어 지낼 작정이었다. 그 곳은 궁궐을 탈출해 묵었던 여러 오두막에 비한다면 대궐과 같았다. 한시름 놓은 것은 사실이지만 마음은 무겁고 고립된 느낌이었다. 민응식이 숨겨둔 수상한 여자가 도망 나온 중전이라는 소문이라도 퍼질까봐

문 밖을 나설 수도 없는 일이었다. 몸은 점차 편해지고 안정 됐지만 마음은 며칠 간 도피동안 누렸던 자유를 갈구하고 있었다. 그런 내 모습을 나 자신도 믿을 수 없었다.

나는 홍계훈에게 궁궐로 은밀히 가 전하께 내가 무사하다는 사실을 전하게 했다. 또 저자에 도는 풍문을 수습해 오라 당부했다. 은신처에서 지나는 동안 나에 대한 온갖 소문을 접했다. 그 중 하나는 대원군이 나를 위한 성대한 국상을 치렀다는 것이었다. 관 속에는 내 시신 대신 내가 평소 입었던 의복을 넣고 대원군이 직접 대못으로 관 뚜껑을 박았다고 했다. 나는 그 순간 대원군이 품고 있었을 생각과 기분을 상상할 수 있었다. 그에게 나는 이미 세상을 뜬 사람인 것이었다.

25화
환위

나는 다시 이 나라의 중전이다.

다시는 그 누구도 내 지위를 넘보지 못할 것이다.

나를 쫓아내려면 그 전에 나를 죽여야 할 것이다.

*

*

*

민응식의 집에서 숨어 지내는 동안 나는 더 이상 평민처럼 지낼 필요는 없었다. 중전으로서의 복장을 할 수는 없었지만 사대부 집안 여인으로서의 품격은 유지할 수 있었다. 민응식이 대접해 올리는 음식도 더할 나위 없이 좋아 더 이상 멀건 죽 따위를 먹을 일은 없었다. 나는 지역 양반이 누릴 수 있는 최고로 호사로운 음식들로 매 끼니를 받았다. 민응식의 처 또한 극진히 나를 수발했다. 민 씨 부인은 나에게 떠도는 풍문과 소식들을 발 빠르게 알려줬다. 궁궐에서 한양까지의 여정동안 해왔던 거친 일 따위는 더 이상 하지 않아도 됐다.

홍계훈도 한양으로 떠났다. 밤은 길었고 소일거리가 없어 쓸쓸했다. 그가 내 곁에 있었더라도 어차피 그와 더 이상 함께 할 수 없는 처지였다. 민응식의 집에는 눈이 많았다. 나는 외로움을 달래러 밤이 되면 일기를 썼다.

십 여일 후, 홍계훈이 전하의 친서를 품고 돌아왔다. 기쁘기 그지없었지만 친서의 내용들은 조금 실망스러웠다. 문장과 어체에 정이 묻어있지 않다고 해야 할까? 전하는 친서에 내가 궁으로 돌아오기에는 아직 위험하고 이르다고 적으시었다. 그리고 때가 되면 모든 물자와 인편을 보내 중전의 위엄에 걸맞게 환궁 하도록 할 것이니 전하를 굳게 믿으라 아뢰시었다. 나는 세자의 안위가 무엇보다도 궁금했으나 그 내용은 친서 맨 밑에 조금 언급됐을 뿐이었다. 전하는 세자는 잘 지내니 염려 말라고 하셨다. 세자의 안녕이 너무나도 염려스러워 그 짧은 문장을 읽는 것만으로도 큰 안도를 느꼈다.

어느 날 아침, 적적했던 나는 말벗을 찾으러 안채로 내려갔다. 민 씨 부인이 나를 다정하게 맞으며 안방으로 안내했다. 부인은 30대의 나이로 보기 좋고 통통하게 살이 오른 얼굴을 하고 있었다. 돌봐야 할 살림과 재산이 어마어마했음에 갖추고 있는 재치와 영특함도 제법이었다. 부인은 소박하지만 우아해 보이는 옅은 노랑 저고리와 연보라색의 장치마를 입고 있었다. 우리는 차와 다과를 들며 담소를 나누고 있었는데 우연치 않게 하녀와 한 여자의 실랑이를 엿듣게 되었다. 그 여자는 다짜고짜 이 댁에 머무르는 분을 뵈러 찾아 왔다고 하는 중이었다. 부인은 나에게 잠시 계시라는 손짓을 하고 밖으로 나갔다.

부인이 나간 후, 나는 문 밖의 소란을 직접 살피고자 문에 귀를 갖다 대며 문풍지에 구멍을 뚫었다. 구멍 사이로 이 집의 우두머리 하녀와 남루한 차림새의 중년 여자를 볼 수 있었다.

"아침부터 무슨 소란이냐? 이 댁이 뉘 댁인지 아느냐? 민응식 대감이 기거하시는 곳이란 말이다." 부인은 작지만 당당한 목소리로 말했다.

"마님, 송구합니다요. 쇤네가 저 막돼먹은 여편네를 빨리 내쫓았어야 하는데, 이리도 막무가내 이옵니다요. 송구합니다요." 하녀가 몸 둘 바를 모르며 사과했다.

"자네의 잘못이 아니니 괘념치 말게. 내가 직접 이야기 할 것이야."

부인은 이제 여자에게 직접 묻기 시작했다.

"네가 스스로 네 무례함을 잘 알 것이다. 대감께서 안 계신 것을 다행으로 알거라. 계셨다면 당장 쫓겨났을 것을…. 해보고 싶은 말이 있으면 이제 해 보거라."

여자는 그 말을 듣자 갑자기 큰 절을 올리며 말했다.

"마님께서는 비천한 제 말이라도 들어주실 것을 알고 있었습니다."

"시간이 없다. 인사치레는 빼고 네가 온 목적을 말해 보거라." 여자는 재빨리 일어나 설명을 시작했다.

"저는 천지신명의 가호를 받는 이로, 먼 훗날의 일들을 볼 수 있습니다. 얼마 전부터 이 댁을 상서로운 빛과 기운이 감싸고 있는 것을 보았습니다. 한 번도 보지 못한 광경으로 좋은 징조를 뜻하는 것입니다. 빛과 기운은 점점 강해지고 있습니다. 정말로 상서로운 일입니다. 아마도 중요한 손님이 드신 것이 아닌지요?"

내 귀는 그 여자가 말하는 상서로운 기운, 좋은 징조, 중요한 손님이라는 세 단어에 즉시 반응했다. 숨어 있어야 하는 처지도 잊고 즉시 문을 열고 나갔다. 부인과 하녀는 나를 보자 까무러치게 놀라했다. 그러나 그 여자는 한 치도 동요하지 않았다. 여자는 나를 보자 엎드리고 중얼거렸다.

"마마, 용서하여 주시옵소서. 조용한 곳에서 이야기를 나눌 수 있도록 허락해 주오서."

나는 그 여자가 나를 마마라 부르고 있다는 사실에 충격을 받았다.

"내가 너를 오늘 처음 봤거늘 왜 너는 나를 마마라고 부르는 것이냐?"

여자는 고개를 빼꼼히 들고는 답했다.

"소인은 관우(關羽) 신의 딸로 누구든 보자마자 그 살아온 길을 알 수 있는 능력을 갖고 있는 몸입니다. 마마께서 누구신지 아주 잘 알 수 있습니다. 단언컨대, 소인은 마마께서 본디 계셔야 할 자리에 돌아가실 수 있도록 도울 수 있습니다."

그 여자의 자신감이 인상적이었다. 나는 일어나서 안방으로 들어오라고 손짓했다. 부인에게는 자리를 비워달라고 양해를 구했다. 안방에 들자, 그 여자는 다시 한 번 엎드려 절하며 중전마마라고 나를 불렀다. 그 이후 쭉 여자는 나에게 중전마마라는 호칭을 사용했다. 나는 그 자에게 목소리를 낮추고 중전이라는 단어를 쓰지 말라고 했다. 여자는 작게 속삭였다.

"지금은 위태로운 상황이시나 곧 이 모든 어려움이 끝날 것입니다."

"곧 끝난다니? 그게 언제냐?" 나는 거의 소리 지르듯 말했다. 나는 여자가 하는 말에 놀라 그 자에게 한층 더 가까이 다가앉으며 말했다.

"말해 보거라. 그대가 알고 있는 내 미래에 관해 소상히 아뢰도록 하라."

나는 온종일을 신력이 강하기로 소문났던 무당 박 씨와 함께 했다. 그 역시 나와 엇비슷한 30대의 나이였다. 훗날 나에게 '진령군'이라는 이름을 받게 된 박 씨는 그날 절대로 그가 알 수 없을 법한 사실들까지 내게 말했다. 묘하고 신기한 일이었다. 난 주로 미래에 무슨 일이 일어 날지를 물었다. 진령군은 그가 사는 무당집에 함께 가보자고 졸랐다. 나는 집 밖 출입을 할 수 없는 몸이었다. 그러나 나는 앞날에 대한 궁금증을 참을 수 없는 상태였다. 나는 민응식 처의 간곡한 만류를 무시한 채, 어린 몸종을 데리고 집 밖으로 나섰다.

우리는 동쪽 방향의 비탈진 언덕을 한참 걸어 올랐다. 진령군의 자그마한 오두막은 언덕 정상 부근에 자리 잡고 있었다. 내가 기거하던 민응식의 별채와는 그리 멀지 않은 곳이었다. 진령군은 내가 데려 온 몸종에게 바깥에서 기다리라고 하고는 나를 오두막 안으로 이끌었다. 오두막은 큼지막한 방 한 칸이 전부였다. 오른 쪽에는 큰 천이 매달렸고 한 쪽에는 무당들이 쓰는 다채로운 소품들이 나름 가지런히 정리돼 있었다. 제단에는 양초들이 줄지어 놓여 있었다. 깜박거리며 타오르는 양초의 불빛들은 우리가 방 안에 들어서자 한쪽 벽에 크고 시커먼 그림자들을 만들어냈다.

진령군은 천이 드리워진 반대쪽에 기거했는데 그 곳에는 빈 접시와 식기들이 어지럽게 흩어져 있었다. 그 때 열 살쯤 되 보이는 어린 계집애가 나타나 우리에게 인사했다. 아이는 남루한 옷에 머리에는 빨간 머리띠를 매달고 있었다. 진령군은 아이에게 접시를 줘 물과 쌀을 담아오라고 시켰다. 그러고는 받아든 접시를 제단 가장 밑에 놓더니 천 뒤편으로 잠시 사라졌다. 진령군은 잠시 후 오색 무당 옷을 입고 다시 나타났다. 두 손에는 붉은 채를 들고 머리에는 소쿠리를 모자처럼 쓴 해괴한 모습이었다. 진령군은 나를 제단 앞, 방 한 가운데에 앉도록 하더니 내 주위를 빙빙 돌며 굿을 시작했다.

그는 이해할 수 없는 가락을 읊조리며 손에 든 막대기로 방 안 여기저기를 때렸다. 그릇에서 쌀알을 한 줌 쥐고는 공중에 흩뿌렸다. 쌀알 중 일부가 진령군이 쓴 소쿠리 위에 떨어졌다. 혹시나 굿이 진행되는 중에 중요한 말이라도 들리지 않을까 나는 온 정신을 집중해 진령군이 얼버무리는 소리를 이해하기 위해 힘썼다. 시간이 지날수록 진령군의 입에서 정신없이 쏟아져 나오던 언어는 단순하고 명확해져갔다. 하지만 그 소리는 여전히 이상한 노래처럼 들릴 뿐 알아들을 수는 없었다.

갑자기 굿을 멈춘 진령군이 쓰고 있던 소쿠리를 벗고 담겨진 쌀알의 수를 세기 시작했다. 모두 여덟 알이었다. 진령군은 내 옆에 쪼그려 앉고 말했다.

"중전마마. 팔월 여덟째 날, 개선장군처럼 궁으로 돌아가실 겝니다."

나는 그 말을 듣고 참을 수 없어 말했다. 목소리는 내가 듣기에도 날카롭게 째져 있었다.

"궁으로 다시 돌아 갈 수 있다는 게냐?"

"그냥 돌아가시는 것이 아닙니다. 그 어느 때보다 강력한 힘을 얻게 되시옵니다." 무당이 내게 말했다.

"대원군은?"

"대원군은 더 이상 걱정 마옵소서. 마마께서 드실 때 쯤 그 분은 이미 그 곳에 없을 것입니다."

"없어? 그럼 어디에 있을 것이란 말이냐?" 진령군은 대답하지 않고 자기 말을 이어갔다.

"그 분은 더 이상 마마를 해하지 못할 것입니다. 더 이상은 말하지 못합니다. 하지만 대원군은 마마 근처에 얼씬 거리지도 못할 것이고, 대궐의 상황에 마마께서는 아주 만족 하실 것이라고 확실히 말할 수 있습니다."

나는 내가 끼고 있던 두꺼운 금반지를 빼내 진령군에게 주었다. 궁궐에서 도망치며 만약을 대비해 끼고 나온 값진 보물이었다. 나는 진령군에게 그의 말대로 환위하게 된다면 더 큰 상을 내리겠다고 약속하며, 궁에 돌아가도 그를 곁에 둘 것이라고 말했다.

진령군의 예언은 맞아떨어졌다. 며칠이 안 되어 전하께서 보낸 사자(使者)가 당도했다. 중전의 품위에 걸맞게 환궁할 수 있도록 준비하겠다는 소식이었다. 옷과 머리장식, 가마, 가마꾼, 50여명의 병졸들이 나를 보호하기 위해 보내졌다. 진령군이 말한 8월 8일을 맞기 며칠 전, 환궁을 위한 준비는 완료됐다.

예언의 날, 나는 중전의 복장으로 갈아입고 화려한 가마에 올랐다. 가마는 네 명의 건장한 가마꾼들이 들었다. 홍계훈은 말을 타고 나를 호위했다. 이른 아침, 우리는 한양을 향해 길을 나섰다. 가마의 비단 영창을 슬며시 들쳐 밖을 보자, 시골 사람들이 길가에 줄지어 웅성거리며 내가 탄 가마의 행렬을 지켜보고 있었다. 그들의 목소리를 들을 수는 없었으나 어렴풋이 짐작 할 수는 있었다. '중전이 여태껏 살아 있음을 우리는 까맣게 몰랐구나, 국상이 한 달 전에 이뤄졌는데 다 우리를 속이기 위한 장난이었구나.'라는 이야기였을 터였다.

가마의 움직임에 몸을 맡긴 채 앞뒤로 흔들리는 그 움직임에 익숙해지는 동안, 나는 지난 몇 달 간 있었던 일들을 머릿속에 떠올렸다. 생사를 넘나들며 대원군의 일당들을 마주친 기억, 좁은 골목을 뛰었던 필사적인 탈출, 더러웠던 길거리, 벌레로 가득했던 밀짚 돗자리가 깔린 오두막, 오물과 흙탕물 범벅이었던 골목길, 홍계훈의 등에 업혔던 기억, 극심한 굶주림 끝에 진수성찬처럼 달콤하기만 했던 희멀건 죽의 맛 그리고 불행 속에 피어났던 한 남자와의 잊지 못 할 추억. 그러나 이 모든 것을 뒤로해야 한다. 나는 다시 이 나라의 중전이다. 다시는 그 누구도 내 지위를 넘보지 못할 것이다. 나를 쫓아내려면 그 전에 나를 죽여야 할 것이다.

갑작스런 죽음에 대한 생각은 전율로 밀려왔다. 왜 이런 생각을 하지? 지금은 환위를 통해 권력과 내 지위를 다잡는 데 집중할 때다.

둘째 날, 해지기 전에 한양에 당도하고자 우리는 첫날 먼 거리를 이동했다. 우리는 민 씨 일가의 본가이자 내가 태어났던 경기도 여주에서 하룻밤을 보냈다. 해가 져서야 도착한 그 곳에서 간단하게 저녁을 든 후, 나는 잠을 조용히 청했다. 다음 날 아침, 한양으로 떠나기 위한 채비를 마쳤다. 마치 혼례를 다시 한 번 치루는 것 같이 괜스레 분주했다. 마음도 조마조마했고 긴장됐다. 그러나 전하와 내 아들이 기다리는, 나의 능력을 다시 한 번 발휘할 수 있는 그 곳으로 복귀하는 순간 나의 모든 자신감은 마법처럼 돌아왔다.

남대문에 들어서자 경복궁으로 향하는 대로가 드넓게 펼쳐졌다. 길 양쪽에는 군중들이 몰려나와 박수를 치며 환호했다. 말에 탄 홍계훈은 가마에 바짝 붙어 나를 보호했다. 나의 환궁에 이토록 신경을 써 준 전하가 너무나도 고마웠다.

궁궐의 문이 열렸다. 가마 밖을 살피자 전하와 세자가 몸소 나와 인정전 계단 맨 꼭대기에 서 계셨다. 가마가 들자 전하와 세자는 계단 아래로 내려오시려 했으나 내관들이 막았다. 내가 오길 얼마나 학수고대하고 있었는지 그동안의 나날들이 눈에 선했다.

계단 끝자락에 당도하자 가마가 멈췄다. 나는 가마에서 내려 멀리 선 전하에게 머리를 조아렸다.

"마침내 돌아와 정말 기쁘오." 전하께서 말하셨다.

"어마마마, 드디어 오셨군요!"

세자가 나에게 소리치며 뛰어오려는 것을 내관이 다시 막아섰다.

"이것이 모두 전하의 자애로우신 보살핌 때문이옵니다." 나는 밑에 선 채로 대답했다.

"중전, 그동안 잘 참았소. 시일이 이리 걸린 것은 정말 미안하오. 이제 관례 따위는 상관없으니 어서 여기로 오르시구려. 중전을 가까이 보고 손이라도 잡아야겠소."

전하께서는 진심으로 자애로우시며 애처로운 표정으로 날 바라보셨다. 난 긴 치마를 들고 계단 위로 뛰는 듯 걸어 올라갔다. 전하와 세자의 손을 동시에 잡고 큰 한숨을 내쉬었다. 눈물이 뺨을 타고 쉴 새 없이 흘러 내렸다. 전하는 손수 내 눈물을 닦아 주셨다.

나는 돌아왔고 승리한 것이었다.

전하와 세자의 손을 잡은 그 순간 그 얼마나 안심이 되던지 아무도 나의 그 때, 그 기분을 이해하지는 못할 것이다. 마치 다시 태어나는 느낌이었다.

26화
납치당하다

누구의 짓거리인가? 설마 주상이? 아니다. 그러기에 그 아이의 효심은 지극히 깊다. 그렇다면 설마 중전? 그 아이는 죽었다! 만약 청나라가 일본과 손을 잡았다면?

*

*

*

임오군란의 불길이 거세게 타오르고 군인들이 외치는 함성이 도성을 울려 퍼질 무렵, 나 흥선 대원군은 피할 수 없는 운명을 받아들여 주상과 군인들이 고대했던 섭정의 자리에 복귀했다. 섭정에 돌아오자마자 당장 처리해야 할 일들이 산더미라는 사실을 알게 됐다. 민 씨 일가와 그들을 따르는 무리들의 손아귀 안에서 조정은 부패했고 국고는 텅 비었다. 나라의 살림은 그야말로 참담한 상황이었다.

그러나 무엇보다 시급한 문제는 하루빨리 중전과 그 일당들의 지배력을 조정에서 확실히 지워버리는 일이었다. 그러나 수 일 간의 추적에도 불구하고 중전의 사체는 고사하고 중전의 자취도 찾아낼 수 없었다. 나는 화가 났다. 결국 며칠간의 궁리 끝에 중전의 국장을 치르기로 했다. 중전이 죽었다는 증좌를 찾기 전 까지는 중전의 국장을 치를 수 없는 것이 법도여서 종친들의 반대가 만만치 않았다. 하지만 나는 중전의 국장을 집요하게 밀어 붙였다. 성대한 국장을 준비했고 관에는 중전이 입던 예복을 넣었다. 참석에 주저하는 주상과 세자도 거의 반 강제적으로 국장에 세웠다. 영리하신 중전, 보세요. 며느님은 이제 죽은 사람입니다. 만약 살아있다 한들 다시는 궁으로 돌아올 생각은 마십시오. 국장을 치르며 나는 이렇게 되뇌었다.

이 후, 나는 내정과 외교를 관장할 조정에 대한 정비를 빠르게 추진했다. 내가 강제로 권좌에서 밀려난 후, 지난 10년간 이뤄진 모든 정책을 폐기시킬 계획이었다. 그 같은 계획 중에는 일본인에게 훈련받는 신식군대의 해체, 군사조직의 재편성, 일본과 체결된 모든 조약들의 무효화가 포함돼 있었다. 일본이 원하는 대로 모든 정책을 수립한다면 조선은 일본의 식민지로 전락해버릴 것이라는 점에 나는 대단한 두려움을 느끼고 있었다. 나는 내 정책에 공격적인 반일 운동을 추가하고, 일본인들에 대한 백성들의 반일 감정을 자극했다. 평범한 조선 백성들은 이미 그동안의 심각한 경기 침체를 일본의 탓으로 생각하고 있었기 때문에 그들의 반일 감정을 자극하는 일이 어렵지 않았다.

조선을 자신들의 조공국으로 여기는 청나라 역시 조선에 대한 일본의 적극적인 자세에 불안을 느끼고 있었다. 이러한 인식을 극대화하기 위해서 나는 조선에 파견 나온 청나라 관리들과 유대를 강화했다. 한양에 주둔하는 청나라 군대의 숫자를 늘리고 조선에 대한 더욱 적극적인 정책을 수립하도록 주문했다. 나는 그런 나의 제안에 청나라의 외교 및 군사 사절들이 시간이 갈수록 긍정적인 반응을 보인다는 느낌을 강하게 받았다.

나와 조선을 향한 청나라의 우호적인 분위기에 자신감을 갖게 된 나는 남대문 밖 청나라 군대의 병영을 방문하기로 했다. 섭정에 다시 오른 지 근 한 달이 지난 때였다. 나는 내 지위가 공고해 졌다고 생각했고 조선이 추구하는 국내, 외교 정책에도 자신감을 갖고 있는 터였다.

일본인들의 눈을 피하기 위해, 나는 청나라 병영 방문을 극비에 부치고 천지장안만을 대동했다. 병영의 수장인 정여창이 묵고 있는 백색 군막은 금장식이 요란했고 그 크기와 위세가 장대했다. 군막은 풍성하고 거대한 금색 술로 사방을 장식해 놓았고, 금색 휘장 역시 구석마다 휘날리고 있었다. 군막의 안쪽 역시 잠시 머무르는 병영의 그것으로는 보이지 않았다. 금색과 붉은색이 어우러진 거대한 깃발에는 황금색 용이 수놓아져 있었다. 군막 중앙에는 길게 늘어진 탁자가 있었고 황금색 식탁보가 펼쳐져 있는 가운데, 백자와 청자기와 은으로 만들어진 도구들이 놓여 있었다. 놋쇠로 만들어진 거대한 촛대 위에 긴 초 몇 개가 반짝이며 타올랐다. 아름답게 조각된 비단나무 선반 위에는 흰색, 청색 도자기 화분이 보기 좋게 서 있었다.

군막에 들어서자 정여창이 직접 나를 맞았다. 반갑게 악수를 하고 상석에 놓인 의자로 나를 안내했다. 그는 따뜻한 말로 나를 환영했다. 군막에 모인 좌장들 모두가 착석하자 그는 술잔을 들고 건배를 제의했다. 그들의 따뜻한 환대에 나는 오래된 친구의 집을 찾은 것처럼 편안한 느낌을 받았다. 맛 좋은 중국술을 몇 잔 마시자 취기가 올라 세상이 내 것인 것처럼 기분이 좋아졌다.

그때였다. 열 댓 명의 청나라 군졸들이 내 뒤로 서있던 천하장안을 밀치고 내 팔을 끌어 잡더니, 다짜고짜 나를 군막 밖으로 끌고 나가 대기 중이던 가마 안으로 처넣었다. 당황한 나는 천하장안을 소리쳐 불렀지만, 그들은 이미 수십 명 군인들에게 완벽히 제압당한 상황이었다. 네 명의 가마꾼들은 내가 탄 가마를 알 수 없는 곳으로 들고 뛰었다. 가마가 거칠게 요동쳐 머리가 어지러웠다. 알 수 없는 불안감에 몸이 떨렸다. 해는 이미 기울고 가려진 창밖으로 희미한 빛만이 새어 오고 있었다. 시간이 지날수록 그 빛마저 미약해져 가면서 어느 순간 완전한 어둠이 찾아왔다. 그들은 몇 시간 동안이나 멈추지 않고 달렸다.

온갖 상념들이 내 머릿속을 스쳐 지나갔다. 누구의 짓거리인가? 설마 주상이? 아니다. 그러기에 그 아이의 효심은 지극히 깊다. 그렇다면 설마 중전? 그 아이는 죽었다! 만약 청나라가 일본과 손을 잡았다면?

얼마 후, 가마가 멈췄다. 누군가가 나를 가마 밖으로 끌어냈다. 멀리서 들리는 파도소리로 봐서는 해변에 있는 것이 분명했다. 밤이 깊어 어느 해안인지는 알 수 없었다. 내가 두리번거리자 중국 관리가 다가와 이곳이 제물포라고 말했다. 뭐라 대꾸할 겨를도 없이 그들은 나를 네 명의 병졸과 장교가 탄 작은 배에 태웠다. 두 병졸은 노를 젓고 나머지 두 놈은 내 양 옆으로 앉았다. 작은 배는 근처에 기함하고 있던 청국군함 제원호(號)로 향했다. 제원호는 거대한 괴물처럼 제물포 앞바다에 버티고 서 있었다. 군함에 올라탄 나는 함장의 화실이라는 작은 방으로 안내됐다. 방문은 밖에서 잠기었고, 그 앞에는 보초를 세워 나를 감시했다. 군함이 거대한 뱃고동을 울렸다. 나는 청국으로 보내지는 것이었다. 1882년 7월 14일(양력 8월 27일)의 일이었다.

시간이 얼마 지난 후, 나는 보초에게 갑판으로 내보내 달라고 청했다. 육지에서 이미 멀리 떨어졌기 때문에 나의 청은 생각보다 쉽게 수락됐다. 보초가 나를 그림자처럼 따라 붙은 채로, 나는 갑판에 올랐다. 까만 밤 넘실대는 은색 물결 위로 조금 기운 보름달이 떠 있었다. 푸른 빛 도는 까만 여름 밤하늘을 올려다보니 신선한 바람이 한줄기 불어 내 뺨을 타 내리는 눈물에 스쳤다. 난 기구한 내 운명을 한탄했다.

적선 높이 선 채로 총칼에 둘러싸이니
내 사랑하는 고국은 한없이 멀어져 가는구나.
무한한 우주만이 다가오며 나를 반기도다.
1821년 왕가에서 태어나
60년 지난 지금, 맞은 인생 끝 고난을 어찌 이겨내리오.
생사안위 더 이상 연연치 말자.
내 앞에 신들께서 다가스셨으니.

산둥반도 태호에 잠시 정박했던 제원호는 천진에 양력 9월 2일 도착했다. 천진은 청나라 도읍 북경으로 향하는 입구였다. 관리들은 내정과 외교를 총괄하는 북양대신 이홍장이 와서 나를 만날 때 까지 그곳에 머물러야 한다고 말했다. 그는 사실상 그 당시 청나라의 권력 일인자였다.

*

그 때 충주에 숨어 지내고 있던 나는 대원군 대감이 납치됐다는 사실을 알 수 없었다. 그러나 혹자들은 대원군의 납치에도 내가 관여됐다고 비난하였다.

27화
이홍장

첫 만남이었으나 우리는 인사조차 나누지 않았다.

이웃 나라의 국왕의 아비인 나를 이리 대하다니.

모욕적인 일이었다. 울분에 피가 끓었으나 나는 침착해야만 했다.

*
*
*

천진에 도착한 후 7일이 지나서 이홍장과 만났다. 그는 60대 후반에 마른 체형을 가진 남자였다. 풍성한 흰 긴 수염이 코 밑에서 자라 턱 밑과 입술 전체를 뒤덮고 있었다. 얼굴에 도는 혈색이 그다지 좋아 보이지는 않았지만 형형한 눈빛에 눈매는 매서웠다. 그는 변발한 앞머리를 흑색 모자로 덮고 있었다. 머리 뒤쪽으로는 길게 땋은 머리가 보였다. 만주족 특유의 변발은 한족을 포함한 모든 청나라의 남자들에게 강요됐다. 만주족에 대한 한족의 복종을 의미했다. 이홍장은 화려한 용무늬를 수놓은 밤색 비단옷을 입고 있었다. 코가 뾰족 튀어나온 짙은 갈색 비단 신발이 긴 청국 식 의복 밑으로 보여 눈에 띄었다.

집무실의 아름다움도 인상적이었다. 천장은 한없이 높았고 금색과 홍색이 칠해진 휘황찬란한 기둥은 화려하게 조각돼 있었다. 이홍장의 집무실은 조선왕실의 대전보다 호사스러웠다. 청나라가 거대하고 부유한 나라라는 사실이 다시 한 번 떠올랐다. 그러나 그 같은 외양에 기죽지 않도록 마음을 다잡았다.

이홍장과의 대면은 역시나 유쾌하지 않았다. 나를 납치해 온 이상, 이홍장 역시 나에게 살갑게 대할 수는 없었을 것이었다. 그는 나를 내 나라에서 납치하기로 결정한 사실을 어쨌거나 정당화해야 했다. 그런 까닭에 이 만남은 사실상 처음부터 나에 대한 심문이나 다름없었다. 첫 만남이었으나 우리는 인사조차 나누지 않았다. 이웃 나라의 국왕의 아비인 나를 이리 대하다니. 모욕적인 일이었다. 울분에 피가 끓었으나 나는 침착해야만 했다. 누구 때문에 이곳에 끌려왔는지 몰랐지만, 포로인 이상 견뎌내야 하는 것이었다. 그러나 무슨 일이 있더라도 나는 자존심을 잃지 않겠다고 다짐했다. 이홍장을 처음 만난 나는 고개를 살짝 숙여 최소한의 예를 표했다. 이홍장은 바로 질문을 퍼붓기 시작했다. "내가 듣기로 지난 7월 22일, 구식 군사들이 당신 나라에서 반란을 일으켰다. 그 같은 일이 어찌하여 벌어졌는가?"

"군사들에게 지난 1년간 봉록이 지급되지 않았다. 마침내 쌀로 받았으나 쌀자루에는 못 먹을 톱밥과 모래가 한가득 섞여 있었다." 내가 대답했다.

"누군가가 폭도들을 사주했다고 들었다. 누군지 아느냐?"

"미안하지만 나는 아는 바 없다." 난 무심히 대답했다.

이홍장은 몸을 앞으로 숙이며 강렬한 눈빛으로 나를 쏘아보더니 질문을 이었다.

"폭동을 일으킨 군인들이 당신이 사는 운현궁을 들락거렸다는 사실을 보고 받았다. 그것이 사실이라면 그들 뒤에 누가 있는지 조금은 알아야 하지 않는가?"

"나는 운현궁을 떠난 지 참으로 오래 되었다. 난리가 시작됐을 때, 나는 먼 양주 땅에 있었다. 내가 난리에 관련 될 수 없지 않은가?"

이홍장은 구식 군대에 지급할 쌀을 착복한 부패 관리를 처벌하지 않은 까닭을 따져 물었다. 나는 권좌에서 물러난 지 거의 10년이 지났고 더 이상 국사에 관여할 수 없는 상태였다고 설명했다. 조선에 있던 청국 관리들은 어떤 이유에선지 나에게 임오군란의 배후 주동자라는 올가미를 씌워 있지도 않은 죄를 꾸며 보고했던 것이 분명했다.

이홍장을 만나고 며칠 후, 나는 천진에서 보정부로 이동됐다. 보정부는 천진에서 한 시간 쯤 떨어진 곳에 위치한 작은 관청이었다. 그곳은 적막했다. 나는 그곳의 중심지에서도 변두리에 위치한 한 농가에 억류됐다.

*

이때 쯤, 나는 궁으로 돌아와 있었다. 나는 대원군 없는 한양의 공기에 상쾌함을 느끼는 중이었다.

28화
청국과 조선 사이

> 조선은 최초의 근대조약을 제국이 아닌 일본과 체결한 것이었다.
> 더욱 좋지 않은 것은 강화도 조역의 첫 조항이
> '조선은 자주의 나라로 일본과 평등한 권리를 가진다'라는 내용이란 점이었다.

*

*

*

임오년, 조선 구식군대가 반란을 일으켰을 무렵 나, 이홍장은 북경 등을 관할하는 직례총독(直隸總督)으로 11년 동안 근무하고 있던 터였다. 나는 동시에 북양통상대신(北洋通商大臣), 문화전대학사(文華殿大學士) 등의 직함도 갖고 있었다. 나는 사실상 이런 직함을 통해 제국의 외교, 특히 동쪽의 조선, 일본과의 모든 문제에 있어 절대적 권한을 부여 받고 있었다. 이런 까닭에 제국의 변방, 작은 반도 땅에 자리 잡은 조선이 겪고 있는 여러 일들에 관여하지 않을 수 없었다. 조선은 작지만 지리상으로 중요한 곳에 자리 잡아 역사적으로 제국의 수비와 안보에 큰 역할을 해 왔다. 여진, 거란, 만주, 몽고족이 제국을 위협할 당시 그들은 조선 땅을 우선 점령하고 제국을 함께 습격하는 전략을 구사했다. 조선과 제국의 관계는 이와 잇몸과 같았다. 조선은 어쩔 수 없이 그 존재 자체로 제국의 방어를 위한 울타리였다. 이는 일본이 갖고 있는 생각이기도 했다. 그들은 조선을 '심장을 겨눈 단검'이라고 칭했다. 수백 년 간, 조선은 제국에 신하의 예를 다했다. 주종관계를 맺는 것은 이웃 나라들을 다스리는 매우 편리한 방법이었다. 모든 나라가 자주를 외치고 동등한 위치에서 상호간의 문제를 해결하는 서양과 달리 제국이 가운데 우뚝 선 채 조그마한 오랑캐 나라들이 변방에 붙어있는 형태인 동양에는 나라 간 평등이라는 개념이 설 수 없었다. 세상의 중심인 제국은 모두에게 중국(中國)으로 불리었다. 변방 나라들은 모화(慕華)의 정도와 예(禮)의 수준으로 그 서열이 매겨져 다스림을 받았다.

제국의 동쪽에 자리 잡은 조선은 모화의 수준이 높아, 역사적으로 가장 빈번한 교류가 이뤄졌고 제국의 영향을 가장 크게 받고 있었다. 조선은 사실상 제국의 불가침을 확약 받은 상태였고, 위기 상황이 발생했을 때 가장 먼저 도움을 받을 수 있었다. 이 같은 주종관계는 서양 국가들은 이해할 수 없는 관념이어서 간혹 서양인들이 조선을 제국의 식민지로 오해하는 경우도 있었다. 나는 그때마다 조선은 스스로의 문화와 법으로 다스려지는 나라이며, 왕의 승계와 조정의 큰 변화가 생길 시 제국의 허가를 받을 뿐이라 설명했다. 그래도 서양인들은 혼란스러워 했다.

나는 이처럼 제국만이 가진 훌륭한 외교방식이 서양 오랑캐들을 어리둥절하게 만드는 사실을 즐기곤 했다. 하지만 일본은 달랐다. 그들은 제국과 조선의 관계를 너무나도 잘 이해하고 있었으므로 둘 사이의 관계가 조금이라도 틀어지기를 기다리며, 그 틈을 비집고 들어갈 때를 기다리고 있었다.

1870년대 조선이 미국, 프랑스 등 서양 국가들과 일본과의 분쟁을 겪게 되면서 일본은 본격적인 조선침략의 기회를 얻게 된다. 그러나 나에게는 조선 문제를 심도 있게 살펴 볼 여유가 없었다. 제국의 방어에 여념이 없었기 때문이었다. 또 조선 문제에 대한 경험도 많지 않았던 것이 사실이었다.

1875년, 일본의 조사선 운양호가 측량을 이유로 조선의 해안가를 항해하며 도발하는 사건이 벌어졌다. 강화도를 방어하는 수비군이 배를 향해 포격했고, 그에 대한 반격으로 일본은 압도적인 화력으로 반격했다. 일본이 이 사건에서 시전 한 '함포 외교'는 서양열강이 우리 제국과 일본에게 했던 그 방식 그대로였다. 천둥 같은 포격을 앞세운 일본은 조선에게 일방적으로 불리한 강화도 조약(1876년)을 체결하도록 강요한다.

조선에서 일어난 일련의 소식을 들었을 때, 나는 이미 때가 늦었다고 생각했다. 조선은 최초의 근대조약을 제국이 아닌 일본과 체결한 것이었다. 더욱 좋지 않은 것은 강화도 조역의 첫 조항이 '조선은 자주의 나라로 일본과 평등한 권리를 가진다'라는 내용이란 점이었다. 제국과 조선의 사이를 잘 알고 있는 일본이 사실상 수백 년 간 이어져 온 제국과 조선의 주종관계가 끝났다고 세계에 선언 한 것과 다름없는 사건이었다. 이는 우리에 대한 일본의 공개적인 도전과 마찬가지였다. 우리는 경각심을 높이며 사태의 추이에 촉각을 곤두세웠다. 시간을 갖고 지금까지 추구해 온 조선에 대한 무간섭 원칙의 지속여부를 심사숙고해야 했다. 강화도 조약 체결 이후 조선에 대한 서양 열강들의 개항 요구가 거세졌다.

미국은 조선과 1882년 조미수호통상조약을 맺었고 1년 후에는 영국이, 1884년에는 독일이 각각 조선과 수호통상조약을 체결했다. 1880년 후반까지 유럽의 여러 나라들이 조선과 비슷한 내용의 조약을 맺어 나갔다. 내게는 거의 매일같이 조선 조정이 악마와 같은 서양 오랑캐 국가와 관계를 맺고 있다며 그에 대한 간섭을 요구하는 조선인들의 서한이 올라오고 있었다. 이는 거의 30년 전 서양 열강에 극렬한 반감을 갖고 무조건적인 분노를 표하던 제국의 백성들을 떠올리게 했다. 이 같은 반감은 외국의 적들과 필요 이상의 갈등을 야기 시켰다. 우리나라와 마찬가지로 조선의 유학자들은 왕에게 무더기 상소를 올려 반대의사를 전하고, 일반 백성들에게는 그 당시 조정을 장악한 민비와 그의 친척 무리들과 맞서 싸우라고 격동시켰다.

조선의 백성들은, 1882년 조미 수호통상조약 이후, 앞으로 모든 서양 오랑캐 국가들이 조선에 득달같이 몰려 들 것이라는 소문에 심각하게 불안해했다. 또 극심한 경제 불황은 가난한 백성들의 불만에 기름을 껴얹은 것과 마찬가지 역할을 했다. 모든 불만들은 민비와 민 씨 일족에게로 집중됐다. 7월 말, 분노는 폭발했다. 구식 군대가 제대로 된 급료를 받지 못한 일이 화근이었다. 1년 만에 겨우 나눠 준 급료였다.

조선인들이 이 같은 혼란과 격동의 시간을 보낸 점은 유감스러웠다. 그러나 혼란이 벌어졌다는 것은 이를 통해 제국이 이득을 취할 기회를 얻었다는 뜻과 같았다. 기회를 낭비 할 수는 없었다. 지금까지의 손실을 만회하고 조선에 대한 지위를 다시 획득할 수 있는 때였다. 그렇기 때문에 나는 제국이 그동안 고수해 왔던 반도에 대한 외교전통을 버리고 몇 가지 담대한 선택을 할 수 밖에 없었다.

첫 번째로, 북양함대 제독 정여창을 필두로 한 조사단을 파견했다. 임오군란 발생 10일 후였다. 두 번째로는 조사단과 북양대신 직무대리 장수성의 제의에 따라 오장경에게 덩저우(鄧州)의 의용군 3천 명을 조선에 파병토록 지시했다. 정여창과 원세개가 오장경을 따르게 했다. 세 번째 내린 조치는 앞서 행한 두 가지 보다 훨씬 크게 조선인들의 민심을 자극할 우려가 있었다. 왕의 아버지이자 섭정인 대원군 이하응을 인질로 잡아오는 일이었다. 이 자는 백성에게 큰 신임을 얻고 있었다. 조사선이 올린 보고에 따르면 대원군은 이번 군란을 막후에서 조종 했다는 의혹이 크다. 사실은 확인할 수 없다. 그러나 그 같은 걱정은 나중으로 미루고 대원군을 이번 사태의 희생양을 삼아야 한다고 결론지었다. 대원군이야 말로 이번 군란으로 섭정의 자리에 다시 올라 권력을 되찾은 사실상 유일한 수혜자였기 때문이었다. 별 수 없었다. 대원군이라는 자의 완강함은 조선과 일본의 관계를 파국으로 내몰 가능성이 컸다.

중국, 조선, 일본 동아시아 세 나라 중 일본과 조선이 충돌한다면 제국에게도 불똥이 튈 수 있었다. 조선을 두고 일본과 자웅을 겨룰 만한 시기가 아니었다. 어쩔 수 없이 제국이 일본과 손을 잡고, 조선을 일본의 압력에 굴복 하도록 힘을 쏟게 되는 희한한 양상이 전개되고 있었다. 대원군이 사라지자 조선은 별다른 저항 없이 일본의 요구를 받아들였다. 일본 역시 당분간 조선과 화평을 유지하겠다고 했다. 이로써 1882년 8월 17일 체결된 제물포 조약에 따르면, 조선은 공식사과와 함께 은화 5만원 을 일본 관리 피해자의 유족 및 부상자에 지급하고, 일본이 받은 손해 그리고 공사를 호위한 육·해군의 군비 중에서 50만원을 조선이 부담하되, 매년 10만원씩 5년에 걸쳐 완납 청산해야 했다. 또 1년 후 철군 조건으로 일본은 공사관 경비를 위해 1개 대대 병력을 한성에 파견하게 됐다. 우습게도 일본이 조선의 수도에 군대를 주둔시킬 권한을 얻도록 가장 큰 도움을 준 것은 우리가 됐다.

나는 이 같은 사실을 잘 이해하고 있었다. 그러나 어찌됐든 일본과 정면충돌하는 일은 피해야 했다. 조선이 일본에 지불해야 할 배상금은 제국이 융통해주기로 했다. 그리고 최소 1만 5천 명의 병사를 조선에 주둔시키고, 조선이 청국 군 장교들을 훈련관으로 고용해 그들의 군사를 훈련시키도록 지침 했다. 이런 사항들은 제물포 조약에 명시돼 있었다. 제물포 조약은 조선에 있어서 청국과의 특수한 관계와 우월한 통상관계도 고려된 것이었다.

원세개가 이끄는 청국 군대는 수도 한양의 재건을 주도했다. 우리 군대는 대원군을 따르던 군사들을 궁에서 몰아냈고 왕에게 권력을 되돌려줬다. 또 민비를 환궁하도록 도왔다. 자연스럽게 조선 조정의 제국에 대한 의존도는 커져만 갔다.

모든 전략적 목표를 완성하지는 못했으나, 나의 결정적인 계책들은 거의 잘 맞아 떨어졌다. 북경의 관리들은 눈에 띄는 결과물에 만족하고 외교와 군사 관료들에 대한 포상을 내렸다. 나의 천거로 한성의 방위를 책임졌던 원세개 역시 조선에서의 활약으로 승진했다. 23살의 미남자인 원세개는 짙게 쌍꺼풀 진 두 눈과 숱 많은 눈썹, 훤한 이마, 강한 턱이 인상적이었다. 하지만 그에게는 조금 이상한 점이 있었다. 지나친 자신감이었다. 내게 잘 보이기 위해서였는지는 모르겠지만, 아무튼 나는 그를 앞으로 좀 더 지켜보겠다고 마음먹었다. 딴 길로 빠질 가능성도 있으나 적당한 지도를 받는다면 그의 출세는 보장 될 것이었다. 그는 두 번이나 향시에 실패했으나 군인으로써는 성공의 가도를 달렸다. 지금 같은 불확실한 시대에 원세개 같은 개성 강한 자들이 곁에 필요했다.

*

우리 일가는 군란을 일으킨 역적들을 물리치고 우리들의 지위를 되찾아 준 원세개 장군에게 크나 큰 은혜를 입었다고 생각했다. 그러나 그가 청나라 외교사절의 우두머리가 되면서부터 이 나라의 왕이라도 된 양, 거만하고 폭력적으로 변모했다는 사실을 느끼고 있었다.

29화
원세개

이곳에서 나는 유능한 행정가, 군 관료, 청나라를 위한
애국지사로써의 내 위치를 공고히 해야 했다.
매우 다행스럽게도 나는 조선에 파견 나온 몇 안 되는
청국 고위관리로서의 지위를 마음껏 누릴 수 있었다.

*

*

*

1882년 조선에 군란이 발생했을 때, 나는 청나라 오장경 장군의 수하에 있었다.

1876년과 1879년 치른 향시에 연거푸 떨어졌던 나는 문과가 적성에 맞지 않는다는 사실을 깨닫고 군인으로 거듭나기로 했다. 오 장군은 우리 원 씨 가문과 막역한 사이였다. 또 우리 원 씨 가문에서는 군인으로 출세한 어르신들도 많았다. 이런 상황에서 문과가 아닌 무과로 출세하겠다는 내 뜻은 결코 부끄러운 일이 아니었다. 향시에 다시 한 번 도전하겠다는 생각을 완전히 버린 것은 아니었으나, 군인으로서의 삶은 생각보다 훨씬 내 적성에 맞았다. 나는 상급자와 동료들의 신임을 얻기 위해 노력했다. 오 장군께서도 그런 나를 어여삐 여기시며 나를 가까이 두었다. 따라서 조선으로의 이동을 명받은 오 장군을 따라 내가 조선으로 가는 것은 자연스런 상황이었다.

그러나 처음에는 조선에 가야 한다는 것에 갈팡질팡 하기도 했다. 새로 태어난 아들과 막 꾸린 가족을 두고 떠난다는 점이 영 내키지 않았던 것은 사실이었다. 그러나 동시에 오 장군을 수행해 군란이 난 조선에서 무공을 세우는 것은 당연히 나에게 좋은 기회가 될 수 있었다. 그 기회가 무엇이 될지는 몰랐지만 23살 혈기왕성한 사내답게 생기가 넘쳤던 나다.

나는 오 장군에게 일일이 뜻을 묻지 않고 조선인에게 행패를 부린 군졸을 처벌하며 거침없이 맡은 바 역할을 수행해 냈다. 우리가 조선에 간 이유는 또 다른 혼란을 만드는 것이 아닌, 말 그대로 질서를 회복하기 위함이었다. 그러나 조선 땅을 밟자마자 많은 군졸들은 불쌍한 조선인들을 약탈해 한 밑천을 챙길 생각에만 몰두했다. 이 같은 행위는 청나라와 일본 중 한 곳을 선택해 개화를 이루려고 가늠하는 조선인들에게 좋지 않은 인상을 줘, 결국 제국의 이익에도 해악을 끼칠 수도 있었다. 나는 심각한 죄를 저지른 군졸 몇몇을 처형하기까지 하면서 군대 내부의 질서를 잡으려 노력했다. 이런 일을 오 장군께서 어찌 생각할지 걱정이 된 것도 사실이다. 하지만 스스로의 맡은 바 책임을 다하자는 생각 뿐 이었다. 오장군은 오히려 그런 나를 칭찬했다. 이와 함께 나는 조선의 1인자인 대원군을 축출하기 위한 계략을 실천하도록 장군과 관리들을 도왔다. 결과적으로 나는 이런 일련을 수행하면서 포상과 승진을 얻었다.

1882년 가을 말, 우리는 군란으로 혼란했던 조선 한양의 상황을 성공적으로 수습해냈다. 임오군란 시기의 혼란한 조선이라는 적재적소에 있었던 나는 사태종식의 공로자 중 하나가 됐다. 조선에서의 경험은 내 출세에 지렛대가 될 것이었다. 따라서 이곳에서 나는 유능한 행정가, 군 관료, 청나라를 위한 애국지사로써의 내 위치를 공고히 해야 했다. 매우 다행스럽게도 나는 조선에 파견 나온 몇 안 되는 청국 고위관리로서의 지위를 마음껏 누릴 수 있었다.

조선의 왕은 나에게 5천 명 가량의 군인들을 조련해 달라고 부탁했다. 나는 흔쾌히 승낙했으나 의외로 오 장군은 우물쭈물했다. 일단 조선 왕에게 긍정적으로 생각했다고 대답한 나는 조선에서의 청국의 영향력을 확대할 수 있는 좋은 기회라며 오 장군을 설득했다. 한참동안 망설였던 장군은 마침내 나의 말에 동의했다. 얼마 후, 오 장군은 한성에 주둔하던 군대 중 반 정도를 이끌고 청국으로 돌아갔다. 나는 조선에 남아 사령관 대행으로 청국 주둔병들과 조선의 신식 군대를 관리했다. 왕과 왕비와의 관계도 좋아 언제든지 수시로 만날 수 있었다. 나는 그 같은 특권을 몹시 즐겼다.

이홍장 어르신께서 묄렌도르프(Mo llendorff)라는 독일인을 조선으로 보내신 1883년 초, 청국과 조선의 관계는 그 어느 때 보다 굳건했다. 그는 청국세관 총세무사 로버트 하트(Robert Hart)의 부하로 통리아문(統理衙門) 협판으로 조선조정의 세관 및 회계를 담당하게 됐다. 그는 독일인으로 청국을 위해 조선 조정에서 일하는 신분이었는데 부임한 지 얼마 되지도 않아 조선 옷을 입고 조선의 풍습을 따라서 인기가 좋았다. 나는 그런 그가 탐탁잖았다. 그는 왕과 왕비의 총애를 받게 됐고 잦은 만남을 유지하고 있었다. 나는 그의 행동에 의혹을 갖기 시작했으나, 그가 청국을 위해 조선에서 일한다는 사실을 잊지 않도록 틈틈이 상기시킬 뿐, 그의 행동을 우선 지켜보고만 있었다. 그 시절 내가 맡은 소임은 사실상 조선에 거주하는 청국인들의 생명과 재산 그리고 제국의 이익을 지키기 위한 중화영웅의 그것과 다를 바 없었다.

1883년이 막바지로 접어들었을 때, 조선에서 청국의 발호(跋扈)를 경계하는 움직임이 커지고 있다는 사실이 감지됐다. 일당의 우두머리들은 김옥균, 박영효, 홍종우 등으로 모두 신식교육을 받은 젊은 상류층 들이였다. 그들은 모두 조선이 파견한 '신사유람단'의 일원으로 일본의 신문물을 접한 바 있었다. 일본의 근대화에 큰 충격과 감명을 받아 그 나라를 동경하게 된 그들이었다. 그런데 조국으로 돌아오니 조선이 청국과 민 씨 일족의 손에 좌지우지 되며 근대화 작업도 속절없이 늦춰지고 있다고 판단한 것이었다. 그들은 진보와 개혁에 대한 욕망을 참을 수 없어 했다. 조선의 변화의 속도를 신속히 높이길 원해 왕과도 여러 차례 만나 논의했다. 고종 자신도 조선의 변화에 대해서는 오랫동안 숙고 해 오던 참이었다. 고종은 이 혈기왕성한 젊은 개혁가들의 말을 최대한 귀 기울여 경청했고 왕비에게 알리지 않은 채 이들의 용기를 북돋았다.

1884년 갑신년에 들어 반청(反淸) 성향의 조선 개혁가들의 움직임에 대한 나의 걱정이 보다 깊어져갔다. 그 당시 청국은 프랑스와 월남 지방에서 전면전이라 볼 만큼 큰 규모의 군사적 갈등에 휘말릴 위기에 처해 있었기 때문에, 조선에서 개혁가들을 무력화 시키는 전략을 실행할 여력이 없었다. 나는 나의 새로운 직속상관인 오조유 장군에게 조선 조정이 일본에게 편향될 가능성이 심각하게 우려 된다고 보고했다. 허나 오 장군은 여차하면 본국으로 귀환해 프랑스 군과 격돌할 생각에만 몰두해 있어 별 관심을 두지 않았다. 나는 계속해서 오 장군에게 명령을 달라고 보챘지만 오 장군은 한 치도 움직일 생각이 없었다. 그때까지만 해도 나는 본국의 고위 관리에게 직접적으로 연락을 취할만한 위치가 아니었다. 그러나 이 해 늦은 가을, 조선의 급박한 상황에 즉각적인 군사행동을 취해야만 한다는 스스로의 판단을 세우는 데 결정적인 사건이 발생했다. 다시 한 번 나는 최악의 처분을 각오하고 감히 조선과의 외교를 총괄하는 북양대신 이홍장 어르신 앞으로 직접 비밀서신을 보냈다.

프랑스와의 군사적 마찰로 제국은 조선에서 일어나는 비상상황에 군대를 급파할 여력이 없습니다. 조선 왕과 신료들은 이런 틈을 이용해 우리의 간섭을 뿌리치고 자주적인 통치를 펼칠 모략을 꾸미고 있습니다. 그 자들은 우리 이외에 다른 국가와의 동맹을 꾀하려 합니다. 일부 신료들은 이같이 위험천만한 모험을 말리는 듯 보이나, 조선왕은 오히려 그런 반대 목소리를 못마땅해 합니다. 소장은 앞으로 3년 안에 우리의 이 같은 정책으로 보게 될 결과에 깊은 두려움을 갖고 있습니다.

그러나 한 발 늦었다. 대인에게 서신을 보낸 지 한 달 만에 내가 가장 두려워했던 일이 일어나버리고 말았다.

김옥균을 필두로 20대 양반가 자제들이 사고를 친 것이었다. 나는 김옥균이라는 자를 왕과 대면하던 조선 왕궁에서 한 번 본적이 있었다. 첫인상은 그럭저럭 나쁘지 않았다. 머리도 좋아 보였고 보통 조선인들보다 키도 컸다. 피부는 하얗고, 콧날도 오똑하고, 눈도 동그란, 조선인들의 말처럼 귀족적으로 생긴 미남자였다. 안동 김 씨였지만 지난 세월 큰 권세를 누렸던 안동 김 씨와는 직접적인 관련 없는 먼 집안 출신이었다. 그러나 자신이 안동 김 씨라는 사실에 자부심을 갖고 있는 듯 했다.

그는 문과에 급제 했으나 관료로서의 안정적인 출세에는 뜻이 없었다. 그는 조선의 한없이 더딘 발전, 열강의 되풀이 되는 침범 같은 전반적인 상황에 더욱 큰 관심을 두었다. 그는 조선을 노리는 일본을 오히려 발전의 모범으로 삼아 도움을 받고자 했다. 나는 그것이 허황된 뜻이라고 생각했다. 그러나 김옥균은 빗나간 애국심을 가진 철없는 청년이었다. 아무도 그를 말리지 못했다. 내가 의심했던 바와 같이, 그는 사대부 가문의 어린 양반들을 규합해 그들의 수장이 됐다. 그들은 조선의 격렬한 근대화를 추구했다.

왕을 알현하던 김옥균이 인사하고 떠나가는 뒷모습을 보면서 나는 그가 우리 편이 아니라는 사실에 큰 아쉬움을 느꼈다.

30화
초조한 개혁자

나는 일본이야말로 조선이 개혁과 현대화를 완수하기 위해
믿고 따라야 할 유일한 나라이며
그 일을 추진할 나 김옥균을 가장 확실히 뒷받침 해 줄
버팀목 또한 일본이라는 사실에 확신을 갖게 됐다.

*

*

*

내 이름은 김옥균이다. 일본이 현대화를 통한 급속한 발전을 실현시켰음을 두 눈으로 목격했던 나는 조선의 느려터진 개화 속도에 불만을 느끼며 인내심마저 잃어가고 있었다. 현 체제하에서의 개혁도 시도해 보았다. 하지만 결국 혁명 이외에는 조선의 구습과 수구사상을 깨뜨려 버릴 방도가 없다고 확신하게 되었다.

나는 그 유명한 안동 김 씨의 후손이다. 중국의 고전을 수학(修學)했고, 문과 알성시에 장원급제했다. 관직을 맡은 초창기 나는 수차례 중국으로 파견돼 여러 임무를 수행하기도 했다. 중국 여행을 통해 나는 처음으로 서양의 학문과 문화를 접하게 됐다. 그러나 서양 문물을 받아들인 중국의 발전 속도는 무척이나 더뎠다. 그런 나는 중국의 발전방식을 조선에 적용하는 것은 옳지 않다고 생각하게 됐다.

조선의 현실에 대한 암담함이 나날이 커지며 이 나라를 발전시킬 방도를 찾아 끊임없이 방황하던 무렵, 나는 신사유람단의 일원으로 일본을 찾게 됐다. 1881년 여름의 일이었다. 유람단 내에서 내가 맡은 분야는 일본 불교에 대한 사찰이었다. 그러나 나의 실질적인 목표는 일본이 어찌 그런 빠른 시간 내에 현대화를 완수해냈느냐에 대한 탐구였다.

나는 약 1년 간 일본에 머물렀다. 처음 계획보다 훨씬 오랜 기간이었다. 그곳에서 지내는 동안 나는 메이지 시대 초기, 일본 진보주의의 권위자였으며 일본의 현대화를 위한 지적 기반을 실질적으로 수립한 후쿠자와 유키치(福澤諭吉)를 만나게 되었다. 후쿠자와는 나와 박영효를 아꼈다. 그는 우리를 그의 자택에 기거하도록 해 주기도 했다. 이를 계기로 후쿠자와와 막역한 일본 내 진보주의자들과, 나와 같은 조선의 개혁가들이 연결되는 고리가 마련됐다.

훗날, 나는 그들의 감추어진 속내가 나의 그것과는 조금 달랐다는 사실을 깨달았다. 나는 단지 일본이 조선의 현대화를 도와줬으면 하는 바람을 갖고 있었다. 그러나 그들의 목적은 일본의 국제적 지위를 향상시키는 것이었다. 후쿠자와와 같은 일본의 지식인들은 이 같은 광대한 외교적 목적을 진보주의를 통해 덜 개화된 주변국을 계몽하는 방식으로 실천하려 했다.

그들은 일본 내에서 진보주의를 강화하는 것뿐만 아니라, 동양을 향한 서구 침략을 막기 위한 무기로써 그들만의 진보주의 사상을 이웃 나라들에 널리 알려야 한다고 생각했다. 만약 이웃 국가들이 일본의 조언에 저항하거나 혹은 서구 세력의 위험성을 무시하고 눈을 감으려 한다면 어찌 될까? 그렇다면 일본은 무력을 통해 자신들의 뜻을 관철시키려 들지도 모른다. 그것은 말 그대로 제국주의였다. 한때 서구열강들의 제국주의 행태로 고통 받았던 일본은 또 하나의 제국주의 국가로 변모해 이웃 나라들을 침범하고 있었다.

나의 머리는 이 모든 사실을 헤아리며 일본의 야욕을 경계해야 한다고 외쳤다. 그러나 가슴은 일본의 적극적인 원조야 말로 조선의 현대화와 발전을 가속화 시키는 유일한 해답이라고 요동치고 있었다. 나는 결국 그들의 숨겨진 목적을 의도적으로 간과했다. 그리고 일본의 정신적 기둥 중 하나인 후쿠자와와 진보적 지식인들이 나와 내 벗들을 도와주고 있다는 사실에 감사했다. 이 밖에도 나는 일본 메이지 시대 초창기 가장 강력한 지도자 중 하나로 명성을 떨쳤던 이노우에 가오루(井上馨)

외교대신을 만날 수 있었다. 나는 그처럼 고귀한 신분의 대작(大爵)이나 따위를 만나기 위해 직접 거동했다는 사실에 감동하고 말았다. 이러한 이유들만으로도 나는 일본이야말로 조선이 개혁과 현대화를 완수하기 위해 믿고 따라야 할 유일한 나라이며 그 일을 추진할 나 김옥균을 가장 확실히 뒷받침 해 줄 버팀목 또한 일본이라는 사실에 확신을 갖게 됐다.

한양으로 돌아갔다. 군란이 발생한 조선의 현실은 참혹했다. 더할 나위 없이 악화일로(惡化一路)인 내 나라의 현실을 허망한 심정으로 바라봤다. 내가 보고 들은 참혹한 일들은 일일이 열거하기 힘들 정도였다. 어떤 것들은 허황된 소설보다 훨씬 더 극적이었다. 시신 없는 국모의 장례식이 펼쳐지고, 이 나라의 최고 권력자가 하룻밤 사이에 중국으로 납치당하기도 했다.

나는 어떤 허물이 있든 간에 이 나라의 주인인 상감마마의 어버이신 대원군 대감을 납치해 간 청나라의 행태에 참을 수 없는 분노와 모욕감을 느꼈다. 나와 벗들은 청나라의 권세를 꺾는 일이야 말로 이 나라의 자주와 현대화를 위한 첫걸음이라는 데 의견을 같이했다. 이를 달성하기 위해서는 구체적인 계획과 국제적인 원조를 모색해야만 했다. 하지만 일본을 제외한 다른 어느 국가도 우리에게 인력과 자원을 조달하는데 그다지 관심이 없다는 점이 점차 명확해져 갔다. 나는 반드시 일본으로 돌아가 도움을 청하고 조선을 근대화의 길로 이끄는 계획을 수립해야만 한다고 절실히 느꼈다.

기회는 그 해가 가기 전에 찾아왔다. 나는 박영효 등과 함께 임오군란 발생에 관한 공식 사죄를 일본정부에 전하는 동시에 배상금을 줄이기 위한 교섭을 진행하는 수신사의 고문으로 발탁됐다. 사죄를 하러 바다 건너 떠나는 여정이 영광스러운 것 일 수는 없었다. 일본 관료들과 이런 일로 대면한다는 일 자체도 즐거울 리 만무했다. 그러나 기대와는 달리 일본인들은 관대하게 우리를 대우해 주었고, 도쿄에 머무는 국내외 인사들에게 우리를 소개해주기까지 했다.

일본에 있는 동안 박영효와 나는 후쿠자와 선생에게 다시 연락해 여러 차례 대면했다. 그는 우리에게 참으로 많은 조언을 해주었다. 그는 젊은 이들을 일본으로 유학 보내면서 수백 년간 업신여겨져 왔던 조선의 한글을 되살려 교육하고 신문을 발행해 백성들을 계몽하는 등의 평화적인 방법으로 조선을 점진적으로, 또 평화적으로 개화시키는 방법을 시도해 보라고 권유했다. 그와 동시에 최후의 수단으로 무력 수단을 배제하지 말도록 암시했다. 이와 함께 우리는 이전 방문에서 잠시 만났던 일본의 유명 진보적 정치인 이노우에 카쿠고로(井上角五郎)를 다시 만나게 되었다. 그 또한 조선의 변화와 개화에 큰 관심을 두고 있는 인물이었다. 일련의 비공식적 만남 이외에도 나와 박영효는 외무대신 이노우에 카오루의 소개와 주선을 통해 일본 종자은행으로부터 자금을 융통할 수 있었다. 우리가 일본 은행으로부터 차관을 받아 일본 정부에게 지불할 배상금 중 일부를 마련한다는 사실은 서글프기 짝이 없는 일이었다. 차관 중 배상금을 뺀 일부는 조선의 개명(開明)을 위해 사용될 것이었다. 아 슬프도다. 우리나라가 어찌 이 지경이 되었는지, 말 그대로 장이 꼬이고 배가 아파 미칠 것만 같았다.

*

김옥균이 지녔던 뜻과 사상은 참으로 장하였으나 그가 가진 계책에는 동의할 수 없었다. 나는 전하에게 그것의 위험천만함을 진심으로 아뢰었으나 나의 충고는 미력하기만 했다.

31화
정치적 변화의 서막

수구세력은 청국의 개입과 적극적인 지원으로
그들의 지위를 한층 더 강화했다.
이는 나와 동지들이 갖고 있던 조선 개명이라는
원대한 꿈이 점차 멀어지고 있다는 증거였다.

*

*

*

만족스럽지 못했던 1882년의 일들을 떨쳐버리려는 듯, 나는 모종의 계획을 구체화 시키며 1883년 여름과 가을을 긍정적인 마음으로 활기차게 보내고 있었다.

그해 초, 미국의 루시어스 푸트(Lucius Foote) 특명 전권공사가 지난해 봄 체결된 슈펠트 조약, 즉 조미 수호통상조약의 인준을 받기 위해 도착했다. 변화에 앞서 항상 과묵했던 전하께서도 개명을 위한 정책에는 긍정적이셨다. 더욱 중요했던 점은 중전께서도 이에 대한 반대의견을 말하지 않으셨다는 것이다. 중전의 조카이자 민 씨 일가의 대표적인 민영익 대감도 개혁에 대한 지지의사를 표했다. 나는 몇 번씩이나 전하와 중전과 늦은 밤 함께 만나 조선의 자주와 개명을 위한 최선의 방법을 찾고자 논의했다. 나는 주상전하 내외분이 갖고 계신 세계에 대한 학식과 조선의 변화에 대한 열망에 깊은 감명을 받았다.

주상께서는 나에게 가깝게 다가오시면 물으셨다.

"안남(安南, 지금의 베트남)을 두고 중국과 불란서가 싸움을 벌인다는데 공의 생각은 어떤가? 짐이 듣기로는 중국이 승리할 가능성이 매우 적다는데 사실인가?"

"전하, 전하의 통찰력은 과연 송곳처럼 날카로우십니다." 나는 머리를 조아리며 대답했다. "소신 또한 중국이 안남이라는 조공국을 잃게 되는 것은 시간문제라 들었사옵니다."

"그렇다면 중국은 이제 조선에 눈을 돌려, 보다 집중하겠구나. 그렇지 아니한가?" 임금께서 논리 정연하게 나에게 되물으셨다.

나는 전하께서 가지신 외교적 식견과 높은 이해력에 적잖이 놀랐다. 나는 대대로 왕조의 군주들께서 갖고 계시던 통찰력과 이해력이 신하들의 그것보다 높지 않아 세상일에 대해 무심하다는 이야기만을 들어왔던 것이다. 나는 갑자기 열의를 느끼고 이야기 했다. 기회를 놓치지 않으려는 목적도 다분히 있었다.

"중국이 다시 조선에 눈독을 들이기 전에, 조정이 먼저 그들과의 인연을 끊어야 할 것입니다."

이번에는 중전께서 가까이 다가오시며 간곡히 물으셨다.

"어떻게 말이냐? 원세개의 일천 오백 청국 군사들이 이 땅에 들어와 있단 말이다."

"다른 나라들의 힘을 빌리면 됩니다." 내가 대답했다.

"누가 돕는다 말인가? 불란서는 안남에서의 전쟁에 여념이 없다. 영국은 조선을 탐내지 않아, 조선에 든 외교관은 북경주재 영국 공사에 모든 자질구레한 일까지 일일이 재가(裁可) 받는 처지다. 그리고 미국은 아예 다른 나라 땅 자체에 관심이 없지 않더냐?" 조선 밖에서 돌아가는 사정에 대한 중전의 정확한 지식에 놀라 나는 한동안 멈칫할 수밖에 없었다.

"전하, 왜 서양 국가들만 바라보고 계십니까? 일본이 있습니다. 동양 국가이기 때문에 그들에게 배울 점이 보다 많습니다. 우리와 마찬가지로 유(儒)를 숭상하고, 개명을 이룬 것 또한 최근의 일입니다."

주상전하와 중전마마는 답답한 표정으로 서로를 쳐다보시었다. 주상께서 아뢰셨다. "짐은 잘 모르겠다. 일본은 어찌됐건 믿을 수 없지 않더냐…." 주상의 목소리는 갑자기 활력을 잃었다. 중전 역시 내 생각을 단번에 가당치 않다고 판단한 모양이었다. 나는 조선의 처지에서는 별다른 선택의 여지가 없으며 수백 년 내려온 일본을 향한 증오심을 극복해야만 한다고 설명했다. 그러나 주상전하 내외분께서는 가볍게 고개만 끄덕이실 뿐 별 다른 말씀 없이 나를 돌려 보내셨다. 그것이 내가 계획을 실행하기 전 그분들과 가졌던 마지막 대화였다.

1883년 여름 무렵, 몇 가지의 실질적인 개화가 이뤄졌다. 첫 제분(製粉)공장이 만들어졌고 최초의 신식 인쇄출판기관인 박문국이 설치됐다. 박문국에서는 농업 생산량 증대 등을 목적으로 하는 전문 서적들이 주로 인쇄됐다. 훗날 박문국은 최초의 신문인 한성주보를 창간한다. 이노우에 카쿠고로는 한글과 한문 혼용으로 발행된 한성주보 창간에 큰 도움을 줬다. 이와 함께 자질을 갖춘 젊은이들을 선발해 일본으로 유학 보냈으며 미국, 일본과의 통상조약을 실천하기 위해 제물포와 원산항을 외국과의 통상 목적으로 개항했다.

그와 동시에 미국과 일본으로 시찰단을 파견했다. 다행스럽게도 개화사상을 가진 젊은이들이 해외로 나갈 기회를 얻게 됐다. 미국으로 떠나는 보병사는 푸트 공사의 방문에 따른 답례 성격이 강했다. 보병사의 수장인 정사에 민영익이 선택됐고, 부사 홍영식, 서기관 서광범, 수행원 변 수, 유길준 등 개화파 인사들이 대동했다. 그런 와중에, 동남제도개척사 겸 관포경사로 재임 중 이었던 나는 포경(捕鯨)사업에 대한 일본과의 교섭을 빌미로 또 한 번의 일본방문을 꾀하고 있었다. 이번 일본행의 실질적인 목표는 일본 돈으로 300만 엔에 달하는 차관을 얻기 위함이었다. 담보는 조선의 광산채굴권이었다. 우리가 계획하는 개화를 이루기 위해서는 막대한 자금이 필요한 까닭이었다.

그해 가을, 조선 땅을 떠나면서 나는 조선 개명의 완수라는 꿈에 부풀어 있었다. 그러나 일본에 도착하자 일본 관료들의 냉대와 의심의 눈초리를 확연히 느낄 수 있었다. 나는 오랜 후원자인 후쿠자와 유키치 선생에게 의지했다. 선생은 나를 고토 쇼지로(後藤象二郞)에게 천거해주었고 그 결과로 이타가키 타이스케(坂垣退助)와도 회동을 갖게 됐다. 이들은 그 당시 일본에서 가장 유력한 정치인들이었다. 고토는 내가 원했던 액수의 10분의 1에 불과한 20만 엔의 차관을 일본 금융기관에 일단 신청했으나 보기 좋게 거부당했다. 그 후 고토는 이타가키의 제안으로 내가 요구한 전체 금액에 대한 차관도입을 불란서 관리에게 호소했다. 불란서 관리들은 조선의 개화가 이루어진다면 안남을 놓고 불란서와 전쟁 중인 청국과 갈등이 빚어질 수 있다는 고토의 예측에 귀를 기울였다. 차관도입으로 인한 개화가 성공할 경우 불란서는 전 세계의 문명발전을 이끄는 세계 지도자로서의 위치를 공고히 할 수 있다는 논리도 작용했다. 나는 수개월간 결과를 지켜보기 위해 숨죽였다.

마침내 프랑스의 차관대출심사가 막바지에 다다르고 나의 흥분은 극도에 달했다. 하지만 결과적으로 고토의 과도한 열의가 차관대출에 부정적 영향을 미친 것으로 드러났다. 차관도입이 무산되면… 그렇다면 조선의 개화는 어찌 이루라는 말이던가? 들은 바에 따르면 고토는 총리였던 이토 히로부미(伊藤博文)의 호출을 받아 만났을 때, 조선의 개화를 위한 차관, 불란서와의 교섭 내용 등을 자랑스럽게 말했다. 고토 앞에서 아무 말도 하지 않았던 이토 총리는 고토가 떠나자 즉각 외무대신 이노우에를 불러 불란서와 접촉해 조선에 대한 차관 제공은 그 시기가 좋지 않으니 보류해 달라는 요청을 하라고 지시했다는 것이었다.

연말이 되서야 나는 빈손으로 조선에 귀국했다. 조선의 정치적 분위기가 더욱 악화돼 있었다는 사실에 내 실망감은 더 커졌다. 확고한 개화사상을 갖지 못했던 중전은 민 씨 세력과 함께 수구파와 발맞추고 있는 상태였다. 주상전하는 여전히 그런 중전의 말만 듣고 계셨다.

미국에서 돌아온 민영익에 대해 민 씨 일가는 그의 개화사상에 제동을 걸기 시작했다. 민영익 역시 그런 종친들의 등쌀에 개화 동지들을 점차 멀리하게 된다.

전년도와 확연히 다르게 1884년, 조선 조정에는 개화와 수구파의 위상의 차가 뚜렷해졌다. 수구세력은 청국의 개입과 적극적인 지원으로 그들의 지위를 한층 더 강화했다. 이는 나와 동지들이 갖고 있던 조선 개명이라는 원대한 꿈이 점차 멀어지고 있다는 증거였다. 시간은 점차 우리의 손을 벗어나고 있었다. 나는 동지들을 불러 모았다. 그들과 심도 있는 논의를 펼쳤다. 우리는 한성에 새로 부임한 다케조에 신이치로(竹添進一郞) 공사에게 운명을 걸어보기로 했다. 다케조에 공사가 우리를 완벽히 지원할 지는 확실하지 않았다. 허나 그만이 우리가 조금이라도 믿어 볼 수 있는 유일한 희망의 끈이었다. 계획의 실행을 더 이상 늦출 수 없다는 생각이 들자 우리는 타케조에 공사의 열정과 가능성에 사실상 도박을 걸기로 했던 것이다.

나는 조선 땅을 밟은 지 1년이 채 안 된 타케조에 공사와 같이 나이 많고 조용한 학자가, 메이지 유신 이후로 줄곧 조선과의 문제를 담당하면서도 늘 열정적이었던 하나부사 요시타다(花房義質)의 후임으로 결정됐다는 점을 유감스럽게 생각했다. 만약 하나부사 공사가 계속 한양에 남았더라면 일본의 지원은 훨씬 더 공고했을 것이 분명했다. 한학자로서의 명성을 갖고 있으며 청나라에도 우호적이던 타케조에 신임공사의 부임이 일본의 조선정책이 근본적인 변화를 겪었다는 가능성이 반영된 것이 아니길 진심으로 바랬다.

또 내가 타케조에 공사에 대해 크게 실망했던 것은 그가 우리에게 했던 말이 한성 주재 외교관들에게 했던 그것과 다르다는 점이다. 그는 외교관들이 모인 자리에서 조선의 개화가 완수되도록 돕는 것이 일본의 사명이라고 언급했다고 한다. 그러나 내가 본 그는 이에 대해 지극히 미온적이었다. 내가 그런 그의 양면성에 의심을 품자 그는 얼버무리면서 오히려 내게 질문했다.

"외국의 힘을 빌려 개화를 추진하는 것을 어떻게 생각하는가? 자주와 독립이라는 측면에서 괴롭지 않겠는가?"

나는 긴박한 때에 이렇게 한심한 질문을 해대는 그의 태도에 짜증이나 한 치의 망설임도 없이 대답했다.

"지금 우리에게는 도움이 너무도 절실해 그 같은 문제를 생각할 겨를도 없습니다. 그리고 조선의 개화가 성공적으로 추진돼 이 나라가 부강해진다면 독립과 자주 따위는 큰 문제 될 것이 없습니다."

타케조에는 고개를 끄덕이며 미소를 띠었다. 나는 이것을 일본이 우리에게 필요한 원조를 제공하겠다는 의사표시로 받아 들였다. 또 이를 계기로 시마무라 히사시(島村久) 서기관 등 일본 공사관 관리들도 나와 동지들의 사상과 힘을 키워주기 위해 헌신적이게 됐다.

국제적 정세 변화도 우리에게 유리하게 작용했다. 1884년 여름, 청나라와 불란서의 전쟁은 전면적으로 확대됐다. 청나라 승리의 가능성은 더욱 희박해졌다. 가을의 쌀쌀함이 피부로 느껴졌을 무렵, 나와 동지들은 이 순간이야말로 수십 년 안에는 다시 찾아오지 않을, 조선이 청나라의 오랜 속박에서 벗어날 유일한 기회라고 확신했다. 하지만 통탄스럽게도 조정은 우리가 바람대로 이끌리지 않았다. 우리는 유혈혁명 없이는 변화가 이뤄지지 않을 것임을 직감했다. 뜻을 함께한 동지들은 나를 포함해 총 14명 뿐 이었다. 그러나 혁명의 당위성에 대한 우리의 열정은 하늘을 찔렀다. 우리에게 단지 필요한 것은 계획을 실행할 찰나를 찾는 일 뿐이었다.

32화
갑신정변

혁신정강 14개조를 살핀 중전의 옆모습은 차갑게 굳어 있었다.
나는 중전 앞에서 고개를 숙이고 곁눈질로 그 반응을 숨죽여 살피면서도
전날 밤 하셨던 말을 계속 떠올렸다. 청나라의 반응, 청나라의 반응….

*

*

*

1884년 12월 4일 오후 여섯 시, 우정국 낙성식에서 우리의 거사를 실행하기로 결정했다. 동양과 서양 건물 모두의 특징을 잘 살린 우정국 건물의 완공은 나와 같은 개혁자들이 맺은 첫 노력의 결실물이자, 조선 개화의 반석이요 증거였다. 우정국 총판은 나의 동지이자 이번 거사를 함께 모의한 홍영식이었다. 우정국 건물의 겉모습은 조선 전통 양식을 따랐다. 그러나 내부는 효율성을 극대화시키기 위해 서양식으로 지어졌다. 우정국은 궁궐은 물론 외국 공사관들과도 가까이 위치했다.

우정국 개국 만찬회는 대신들과 외교 관리들이 모두 초청된 호화로운 행사였다. 낙성식에 대한 한 치의 의혹도 없었던 까닭에 초청객 전원은 제 시각에 모습을 드러냈다. 몸이 좋지 않다는 타케조에 공사만이 자신의 부관을 대신 보냈다. 우정국의 중앙 회의장이 연회장으로 선택됐다. 그 정도 크기의 여타 조선식 연회장과는 달리 우정국 연회장은 벽이 목조로 장식됐고 서양화가 군데군데 걸려 있어 참석한 조선인들의 눈을 휘둥그레 커지게 만들었다. 등유가 화려하게 타오르는 샹들리에가 천장 한 가운데 화려하게 매달려 있었고 청동제 촛대에 꽂힌 양초들은 차려진 음식들을 더욱 먹음직스레 비추었다. 거대한 회의용 목조 탁자가 식탁 역할을 했다. 우정국 총판 홍영식이 상석에 앉았고 박영효가 그 맞은편에 앉았다. 탁자에는 조선 관료, 조선인 초대인사, 일본, 청국, 서양의 외교관 들이 둘러앉았다.

우정국 낙성식은 아마도 조선 관료들이 서양 외교관들과 함께 자리한 사실상 첫 공식 행사였을 것이다. 이날 초청된 외교관들은 청국, 일본, 독일, 영국, 미국을 각각 대표했다. 이런 자리는 조선을 가운데 두고 세계가 얼마나 빨리 변화하고 있는가를 상징적으로 보여주고 있었다. 이렇게 많은 국가들을 대표하는 인사들이 한자리에 모였다는 사실이 나는 믿겨지지 않았다.

세계 국가에 합류하게 될 조선의 여명이 태동하는 기념비적인 날에 자리하고 있다는 점에 몹시 흥분한 나는 오늘 같은 날이 오기까지 조선이 얼마나 힘들고 고달픈 길을 걸어왔고 또 걸어가야 할지에 대한 상념에 잠시 젖었다.

조선인들과 중국인들은 전통 복장을 하고 있었다. 나머지는 모두 검은 연미복 차림이었다. 이 모임은 동양의 전통복장과 서양 예복의 극명한 차이를 선명히 보여주고 있었다. 나 또한 조선 전통 의복을 입고 홍영식의 오른편 두 일본 관리들, 타케조에 공사의 대리인 시마무라 히사시와 그의 통역사 카와카미 타이치로 사이에 앉았다. 이 둘은 때때로 수화를 교환했다. 이들은 몇 차례나 식당 통로를 들락거렸으나 모든 참석자들이 화기애애한 분위기로 식사를 나누고 있는 와중이라 별반 눈에 띄지 않았다.

9시 쯤, 연회가 끝날 무렵이었다. 누군가가 큰 소리로 "불이야!"라고 외쳤고 우정국 밖에서 소란이 시작됐다. 불이 났다는 소리에 다들 서둘러 뛰어나갔다. 그러나 제일 먼저 밖으로 나섰던 민영익이 몇 분 뒤 피를 뚝뚝 흘리며 들어왔다. 영리한 민영익이 무언가를 눈치 챘고, 가장 먼저 나갔었다는 사실은 그도 이 행사에서 이상한 낌새를 느꼈다는 뜻일 터이나, 그의 민첩함은 오히려 그에게 불운으로 돌아왔다. 가장 먼저 도망 나갔던 민영익은 동지들의 첫 번째 목표가 되었던 것이다.

나는 본능적으로 그를 도우려 잠시 움찔했지만 박영효가 황급히 내 팔을 잡고 귀에 속삭였다.

“기억하시오. 저 자는 우리의 적이오. 더 이상 개화에 뜻이 없는 자이외다. 시간을 허비할 수 없소. 주상이 이런 일이 벌어진 사실을 알아차리기 전에 한시라도 빨리 찾아야 하오.”

“당연한 말씀이오.” 나는 그가 이끄는 대로 따라갔다. 그러면서 나는 화재가 계획했던 것 보다 한참이나 늦게 시작됐다는 사실을 깨달았다. 우리는 서둘러야 했다. 박영효와 서광범 그리고 나는 북쪽에 난 창문을 넘어 건물을 빠져 나간 후 북쪽으로 달렸다. 12월 찬 바람이 우리 뺨을 쉴 새 없이 때렸다.

우리는 곧장 왕궁으로 향하려던 원래 계획을 바꿨다. 대신 일본 공사관 사무실에 들러서 그들이 우리를 계속 지원한다는 확답을 듣기로 했다. 도중에 우리는 이인종과 서재필을 보고 모든 동지들과 수하들을 왕궁에 소집하라고 명했다. 공사관 사무실은 아수라장이었다. 우리를 맞은 것은 타케조에 공사가 아닌 낙성식에 참가했던 시마무라였다. 우리를 본 그는 깜짝 놀라면서 말했다.

“왜 여기 있는 것입니까? 당신들이 여기에 있는 것을 들키기라도 한다면 큰일입니다. 게다가 한참 전에 이미 궁에 들어 있어야 하지 않습니까?”

나는 억지웃음을 띄우며 대답했다. “당신들이 우리와 함께해서 기쁘오. 그대들이 딴 마음을 품지 않았다는 사실을 확인한 후 궁으로 향하려 했소.”

시마무라는 아무 대답도 하지 않았다. 그러나 그의 침묵을 암묵적인 동의라고 나는 낙관적으로 해석했다.

상감마마 등이 당시 머무르시던 창경궁에 당도했다. 문은 굳게 잠겨있었다. 나는 수문장에게 문을 열라고 소리 질렀다. 궁은 고요했다. 마당은 달빛을 받아 푸르스름했다. 석상처럼 선 호위무사들의 그림자가 곳곳에 드리워져 있었다. 우리는 전하의 침전 앞마당에 섰다. 침전 밖으로 희미한 빛이 새어나오고 있었다. 전하와 중전께서 벌써 침소에 드셨다는 뜻이었다.

우리가 당도했음을 내관에게 알리기도 전에 윤경완이 50 명의 군사와 함께 나타났다. 나는 윤경완에게 이 주위를 완벽하게 둘러싸고 호위하라 이르면서 화강암 계단을 올라 내관들이 서있는 단상으로 향했다.

우리의 등장에 놀란 내관들은 그들 중 우두머리인 유재현을 다급하게 불렀다.

"이 밤에 어인 일들이시오? 이런 야심한 시각에 전하의 침전에 오시다니? 돌아가십시오. 안 그러면 당장 호위감들을 부르겠소."

나는 그에게 다가가 당당히 말했다.

"나는 김옥균이고 이들은 전하와 함께 황급한 사태에 관해 함께 의논했던 나의 동지들이요. 전하께서 오늘 들라 이르셨소. 우리가 그만 늦게 당도해 전하께서 이미 침전에 드셨을지 모르겠소이다."

나는 내관에게 보다 가깝게 다가가 한껏 거드름을 피우며 말했다. 내 말을 들은 내관은 고개를 갸우뚱거리며 못 알아듣는 체했다.

"주상전하와 중전 내외분을 깨우지 않는다면 내관께서 뒷일을 책임지셔야 할 것이오!" 다급해진 나는 거칠게 말했다. 박영효와 서광범도 거들었다.

"살고 싶으면 당장 가서 아뢰시오! 어서!"

우리의 호통에 부르르 떨면서도 내관 유재현은 계속 고집을 부렸다. 그럴수록 우리도 고압적인 태도를 보였다. 알 수 없는 말을 중얼거리던 내관은 문고리를 잡았다. 그가 분을 열기도 전에, 침전이 환해지며 상감께서 말하시는 소리가 들렸다.

"밖에 있는 것이 김옥균과 그 일행이라면 들라 이르라!"

내관은 주체하지 못하도록 몸을 떨며 고개를 낮추더니 변명하듯 투덜대면서 우리에게 들어가라고 손짓했다. 우리 셋은 안도의 한숨을 내 쉰 후 건물 안 복도를 통해 전하의 침전으로 들어갔다. 상감마마는 우리가 왔음을 이미 알고 계셨던 것 같았다. 우리를 부르시며 이야기 했다.

"아직 잠에 들지 않았으니 염려 말거라. 밖의 소란은 모두 들었다. 무슨 일이 벌어진 것이냐? 숨기지 말고 말해 보거라."

중전께서도 일어나시어 의복을 갖추신 상태로 우리를 맞았다. 우리는 차례대로 돌아가며 최대한 진실 되고 명확하게 사태를 아뢰었다. 주상전하 내외분께서는 처음부터 끝까지 우리의 이야기를 경청하셨다. 한없이 부드러웠던 전하의 용안은 굳어져 갔고 가끔씩 탄식을 뱉으시었다. 그와 다르게 중전께서는 분노 섞인 표정을 지으시며 우리를 쏘아보셨다. 결론적으로 우리는 경우궁으로 세자와 함께 피신하시어야 한다고 아뢰었다.

중전께서 무언가를 물으시려 할 때 큰 폭발음이 들렸다. 상감께서는 그 소리에 무척 놀라셨는지 우리의 이야기에 더 이상 질문하지 않으시면서 피신 할 차비를 하셨다. 윤경완과 50명의 군사가 그런 주상전하 내외분을 호위하기 위해 침전에까지 들었다. 주상께서 침전에서 발걸음을 떼시기 전, 나는 평상시라면 불경죄에 처해질 만큼 큰 소리로 주상께 고했다.

"일본인들에게 왕궁의 호위를 부탁해도 되겠나이까?"

"그렇게 하여라." 전하께서 즉시 대답하셨다.

그러나 중전께서 물으셨다.

"일본군대에게 우리의 호위를 맡긴다면 청국이 가만있겠습니까? 그들이 무어라 말할 것이며 어찌 반응하겠습니까? 헤아려 보소서."

생각대로 중전은 영특했다. 이같이 혼란한 상황에서도 평온함을 유지하며 복잡한 사태를 다각도로 분석하는 능력을 중전께서는 갖추고 계신 것이었다. 중전의 예감은 실로 정확했다. 나와 동지들은 청국이 내밀 다음 수를 미처 계산하지 못했다. 그러나 지금 상황에서는 그들의 생각을 걱정할 겨를이 없었다. 타케조에가 이끄는 일본 경비대 200명이 주상전하를 보호하기 위해 경우궁에 당도할 찰나였다.

날이 밝았고 우리는 전하와 왕실의 무사안녕을 확인하고자 대신들이 왕궁으로 모여들고 있다는 보고를 받았다. 그들이 하나씩 궁궐 문에 들어설 때마다 윤경완의 군사들은 들어오는 자가 수구파 척신인지 확인한 후 하나씩 베어 죽였다. 잔악한 일이었으나 별다른 방법이 없었다. 우리는 조선 개명의 걸림돌인 수구파 무리들을 모조리 척살해야만 했다.

그 날 12월 5일, 우리는 즉각 신정부의 수립을 발표했다. 인사도 완료해 영의정에 이재원, 좌의정에 이재선, 병조판서에 이재완을 세웠다. 우의정은 홍영식, 형조판서 직에 윤웅렬을 임명했다. 나는 신정부의 재무와 내정을 담당하기 위해 호조참판 직을 맡기로 했다. 박영효는 전후양영사 겸 한성판윤 직을 책임지고, 서광범은 서리외무독판으로 임명했다.

이와 함께 신정부는 조선의 급격한 개화를 추진하기 위해 혁신정강 14개조를 내부적으로 공표했다. 내용은 청나라에 대한 사대 조공 허례를 폐지하고, 대원군을 즉각 환국케 할 것, 수구 간리(奸吏)들과 민 씨 일족 등 탐관오리들을 근절할 것, 중전의 농단을 중지시키고 주상으로 하여금 실력과 재능에 의해 인재를 등용하도록 할 것 등이었다.

주상전하께서는 아무 말 없이 이 같은 14개 정강에 동의하셨다. 내 마음은 이 사실에 무척 기뻐야 했으나 그렇지 못했다. 이리 쉽게 우리의 계획을 수락하시는 주상의 모습이 써림칙했고, 한 편으로는 중전께서도 이 같은 정강 내용에 보다 흔쾌한 반응을 보이기를 내심 바랬기 때문이었다. 혁신정강 14개조를 살핀 중전의 옆모습은 차갑게 굳어 있었다. 나는 중전 앞에서 고개를 숙이고 곁눈질로 그 반응을 숨죽여 살피면서도 전날 밤 하셨던 말을 계속 떠올렸다. 청나라의 반응, 청나라의 반응….

그 다음날인 12월 6일 오전, 주상전하의 의견으로 다시 옮겨진 거처였던 창덕궁 밖에서 거대한 함성 소리가 들렸다. 원세개가 이끄는 1천 500명의 청나라 군대가 들이닥친 것이었다. 오조유가 개입을 망설이자 젊고 배포 큰 원세개가 직접 나서 일본 경비 병력이 지키고 있던 궁을 급습한 것이다. 병력 수에서 워낙 차이가 컸던 일본 군사들은 그들과 싸우려는 생각도 하지 않았다. 그들은 단지 공사관으로 경비 병력을 철수시켰을 뿐이었다. 나는 황급히 주상전하 내외께 인천으로 가야 한다고 아뢰었다. 그러나 타케조에 공사는 내 의견을 주의 깊게 듣지 않았다.

성난 군중이 궁문을 열고 쳐들어 왔다. 그들은 공사관으로 후퇴하던 일본 경비대원 몇몇을 때려 죽였다. 조선 군중들은 철수한 경비대를 쫓으며 일본 소유 시설물들을 파손하고 불태웠다. 그 소식을 들은 타케조에는 공사관에 보관중인 각종 문서 전부를 재빨리 건물과 함께 통째로 불살라버렸다. 박영효와 나는 일본인들과 함께 인천으로 도주했다. 우리는 그곳에서 일본 외무대신 이노우에 카오루가 도착하기만을 기다렸다. 이제 청나라의 보호를 받게 된 전하는 중전이 시키는 대로 나와 동지들에 대한 체포령을 발표했다. 12월7일, 희망과 기대로 벅차고 또 아쉬웠던 꿈같은 사흘은 그렇게 물거품처럼 사라졌다. 우리의 신정부는 3일천하로 막을 내렸다. 일본군함 치토세마루(千歲丸)에 피신해 바라보는 조선의 서부 해안가는 눈물겨웠다. 참을 수 없는 고통에 온몸이 쓰라렸다. 함께 쏟아지는 피눈물이 아픔 때문인지, 아쉬움 때문인지 알 수 없었다. 박영효, 서광범, 그리고 나는 서로를 끌어안았다. 우리는 아무 말도 할 수 없었으나 언젠가 조국으로 돌아와 청국의 지배와 썩어빠진 관료들 밑에서 신음하는 조선을 구해내겠다고 굳게 맹세하고 또 다짐했다.

독일인이지만 청나라 관리로서 조선 조정의 세무를 담당하던 묄렌도르프가 우리를 잡겠다고 일본 군함 앞까지 찾아왔다. 민비와 막역한 그자는 다케조에 공사에게 우리를 내 놓으라 요구했지만 결국 빈손으로 한양으로 돌아갔다. 우리는 놀란 가슴을 쓸어내리며 안심했다. 그러나 우리의 목숨이 얼마동안이나 부지될 수 있을지는 더 이상 아무도 장담할 수 없었다.

*

철없고 어린 젊은 개혁가들의 무모했던 정변과 그 혹독했던 사흘의 기억을 떠올리면 아직도 모골이 송연하기만 하다.

33화
나는 파울 게오르그 폰 묄렌도르프

내 조선어 실력 덕택에
왕과의 대면에 함께 있던 대신들에게 사랑을 받게 됐다.
궁궐 안에는 하얀 피부의 털북숭이 코쟁이가
조선말을 유창히 한다는 소문이 빠르게 퍼졌다..

*

*

*

독일 태생인 나는 1882년부터 1885년까지의 약 3년간 조선 조정에서 일했다. 중국 제국에서 가장 영향력 있는 정치인이었던 이홍장은 나를 조선정부에 천거하면서 중국의 영향력을 조선에서 극대화 시키는 임무를 부여했다.

한성으로 당도한 것은 1882년 12월 13일, 조선이 한창 혼돈에 휩싸였을 시기였었다. 그해 봄, 작은 은둔의 나라 조선은 미국과 수호조약을 맺었다. 서양국가와 처음 맺는 관계였다. 여름에는 구식 병사들이 군란을 일으켰고 왕비가 실종됐다. 왕비의 가짜 장례식이 열렸고 섭정 노릇을 하던 왕의 아버지는 중국으로 납치 됐다.

이홍장의 천거로 조선 땅을 밟았으나, 내가 조선 조정으로부터 정식 임관을 얻는 데는 만 6개월이 걸렸다. 조선과 중국 양측은 모두 내가 각자의 나라 이익을 위해 일해 주기를 원했다. 이홍장이 수백 명의 청나라 외교 관리들 중 어중간한 위치에 있던 나를 조선으로 이동시켰던 것은, 서양인인 내가 조선 조정에서 일한다면 조선 관리들이 내가 자신들의 나라를 서양에 대변하는 역할을 해줄 것이라 믿게 될 것이라는 생각 때문이었다. 6개월 만에 받게 된 조선 조정의 임명장에는 내가 조선 조정의 이익을 위해 일하고, 왕실을 신하된 입장에서 섬겨야 한다는 내용이 포함돼 있었다. 내가 맡게 된 임무는 통리아문 참의로 서양에 관련된 외교정책 수립, 해관과 변관의 세무 업무 등이었다.

한성으로 온 지 두 주일 만에 나는 조선 왕을 알현했다. 나는 몇 명의 대신들과 함께 편전(便殿)으로 안내됐다. 기나긴 목재 복도를 지나서 커다란 격자무늬 문 앞에 당도했다. 문 양 옆으로는 내관과 두 명의 궁녀가 허리를 반쯤 접은 채로 서 있었다.

내시가 우리의 도착을 알리자, 문 안에서 우리를 들게 하라는 부드러운 목소리가 흘러 나왔다. 두 궁녀가 문을 열었고 우리는 안으로 들어갔다.

조선의 군주는 굵은 청홍 비단으로 만들어진 사각형 쿠션 위에 앉아 있었다. 쿠션 양 옆으로는 용과 불사조가 수놓아진 팔베개가 놓여 있었다. 왕의 뒤편에는 십장생이라 해서 장수(長壽)를 상징하는 것들을 수 놓은 병풍이 서 있었다. 그 열 가지 상징들은 태양, 달, 하늘, 땅, 구름, 바다, 바위, 거북, 사슴, 그리고 소나무였다.

왕의 앞으로 놓인 단출한 목조 책상에 붓, 먹, 벼루 등이 올라가 있었다. 왼편에는 작은 쿠션에 왕비가 앉아 있었다. 왕비는 금색 자수가 새겨진 빨간 치마를 입고 있었는데 그 치마는 크게 넓고 퍼져 왕비의 주변에 원처럼 펼쳐져 있었다. 그녀가 입고 있는 노란 저고리 역시 빨간 깃과 빨간 소매로 장식돼 있었다. 그녀의 머리는 높게 세워져 여러 장식들로 꾸며졌다. 왕비는 고개를 살짝 숙인채로 다소곳하게 앉아있었다.

방은 매우 넓었다. 조선의 유명한 청자와 백자가 방 모서리마다 놓인 선반 위에 보기 좋게 장식돼 있었다. 바닥은 매끈하고 노랗게 마무리돼 있었다. 조선 특유의 온돌이었다. 바닥을 만지면 따뜻해서 신기했다. 조선 왕실 풍습에 따라 나는 왕에게 세 번 엎드려 절하고 마지막으로 또 한 번 선 채로 다시 인사했다.

왕이 나에게 앉으라고 손짓했다. 나는 중앙에 놓인 쿠션을 깔고 앉았다. 다른 대신들도 함께 앉았다. 그러나 그들이 앉은 곳은 맨 바닥이었다. 나보다 높은 대신들보다 내가 특별대우를 받는 것 같아 약간 불편했다. 다들 앉은 것을 확인한 후, 내가 조선말로 말했다.

"저를 환영 해주셔서 감사합니다."

내가 제대로 말 했는지는 확실치 않았으나, 내 조선말에 왕과 대신들이 무척이나 놀란 것은 틀림없었다. 그들은 신기하다는 듯 서로를 쳐다봤다. 나는 지난 6개월 동안 조선말을 익혔다고 말했다. 그러나 내가 전하고자 하는 말의 내용이 맞았는지 보다는 조선 왕에게 올바른 경어를 사용하고 있는지의 여부가 그 당시 내게는 더 신경 쓰였다.

"열심히 하겠습니다. 왕께서도 나를 믿어주십시오."

왕은 무척이나 기뻤는지 내관을 부르지 않고 스스로 책상을 옆으로 밀고 내게로 와 손을 잡았다.

"귀공이 와 주어서 진정으로 기쁘오. 여러 가지로 도움을 주시오. 세계 정세에 대해 제대로 교육받아 사리에 밝은 당신 같은 자가 진즉에 필요했소."

"임금님. 과찬의 말씀입니다. 임금님의 은혜에 보답하고자 계속 최선을 다해 노력 할 것입니다." 나는 고개를 숙여 존경의 뜻을 보였다. 내 온 몸에서 온화한 기운이 솟았다. 앉아있는 온돌 때문은 아니었다. 단 한마디만 나눴을 뿐이지만 왕과 순식간에 가까운 사이가 된 것만 같았다.

조선 왕은 조선인 기준으로 중간키에 해당되는 체구에 부드러운 얼굴과 온화한 미소를 갖고 있었다. 카리스마가 그다지 넘친다고 할 수는 없지만, 나와 홀로 있을 때는 가족과 멀리 떨어진 나를 자상히 대해 주었다. 내가 왕을 만나기 전에 생각한 것과는 달리, 그는 세계 외교 문제에 대해 많은 정보를 알고 있었다. 또 그의 나라를 위해 무엇을 해야 할지도 잘 아는 듯 보였다.

국내외적으로 불행한 시절을 보내고 있는 조선에서, 나는 이 나라의 군주를 도와 내가 할 수 있는 모든 것을 해야 한다고 느끼게 되었다. 비록 중국어보다는 형편없었지만, 내 조선어 실력 덕택에 왕과의 대면에 함께 있던 대신들에게 사랑을 받게 됐다. 궁궐 안에는 하얀 피부의 털북숭이 코쟁이가 조선말을 유창히 한다는 소문이 빠르게 퍼졌다. 고종 왕은 나에게 양반의 지위를 주고 통리아문 참의(參議)직을 제수하며 서양국가와의 외교를 담당케 했다. 또 내게 조선 전통 가옥에 여러 명의 하인과 함께 살도록 해 주었다. 며칠 후에는 조선 신하들이 입는 옷도 보내줬다. 입어 보니 보기 좋았다. 품도 넉넉해 딱 달라붙는 서양 복식에 비해 너무 편했다. 나는 조선 옷을 될 수 있는 한 자주 입었다. 한복을 입은 내 모습을 본 조선인들은 무척이나 기뻐했다. 얼마 안 되서 나는 내 스스로를 청국인 보다는 조선인으로 생각한다고 느끼게 됐다. 나는 청나라와 전통적인 관계를 단절하기 위한 조선의 노력에 매우 공감하게 됐다. 나는 왕에게 러시아, 프랑스, 독일 그리고 다른 유럽 국가들과의 조약을 체결하라고 조언했다. 그리고 최대한 빨리 공장을 세우고, 통신시설을 도입하고, 현대적인 학교를 설립해야 한다고 촉구했다. 또 나는 가능한 중국의 입김이 닿지 않는 자주적인 세관업무를 진행하도록 노력했다.

나에 대한 청나라의 불만이 들리기 시작했다. 1884년 여름, 나는 천진으로 소환됐다. 그곳에서 나는 이홍장 각하에게 조선에서의 활동을 낱낱이 보고하고 설명해야 했다. 그와 나의 의견은 여러 면에서 엇갈렸다. 특히 조선이 청나라의 속박에서 벗어나 자립을 이뤄야 한다는 내 의견은 큰 논란이 됐다. 다행히도 조선이 서양 국가들과의 조약을 종결해야 하는 필요성, 반일(反日)정서 등에 대해서는 이홍장 각하와 내가 같은 생각을 갖고 있음이 확인됐다. 이홍장은 사실 1883년 영국, 1884년 이태리와 러시아가 조선과 수교하도록 앞장섰던 내 활동을 매우 칭찬하기도 했다.

그 해 늦은 여름, 나는 조선으로 돌아갔다. 도착하자마자 나는 조선의 정치적 공기가 심상치 않음을 느낄 수 있었다. 특히 급진개혁을 주창하는 친(親) 일본 정서의 젊은 개혁가들의 활동이 거슬렸다. 그들은 무력을 비롯한 그 어떤 방법을 써서라도 그들의 뜻을 관철시키고 말 것이라는 소문이 돌았다. 개혁가들과 나의 목표는 근본적으로 같았으나, 조선의 개화를 그런 방법으로 추진한다는 생각은 크게 반대했다. 개혁가들이 나를 그들의 편에 서게 하고 싶을 것이라는 점을 나는 잘 알고 있었다. 그러나 내가 청나라를 섬긴다는 사실 역시 알고 있던 그들은 결국 직접적으로 나를 찾아오지 못했다. 겉으로 보기에 나는 그들과 매우 사이가 좋았다. 나는 갑신정변이라는 유혈참극의 막이 오른 우정국 낙성식에도 참석했다. 그 곳에서 나는 피투성이가 됐던 민영익을 구해 미국 의사인 호러스 알렌 박사에게로 갔다. 그 순간 나 역시 위험에 처해 있었으나 다행스럽게도 아무런 부상을 입지 않고 그 무시무시했던 현장에서 빠져나갈 수 있었다. 그 후 3일 동안, 조정에서의 내 위치는 박탈당했다. 나와 가족들의 안위가 걱정돼서 그동안 되도록 궁궐과 조정 건물에서 멀찌감치 떨어져 지냈다. 갑신정변이 실패로 끝나자 나는 원래의 직책으로 복귀돼 조선을 세계에 알리는 역할을 담당하게 됐다.

갑신정변 후 나의 첫 임무는 조선과 일본 사이의 배상협상이었다. 협상 전, 나는 일본 정부가 갑신정변의 모든 책임을 조선에 돌리고 인명과 재산 피해에 대한 어마어마한 배상금을 요구할 것이라고 들었다. 그러나 인적, 물적 지원으로 갑신정변을 사실상 뒤에서 조종했던 것은 일본임에 틀림없었다. 1885년 1월 1일, 일본 외무대신 이노우에 카오루가 조선에 왔다. 3척의 군함과 2000명의 군대가 그를 호위했다. 도착한 그는 즉시 고종의 알현을 청해 일본의 요구사항을 전달했다. 1월 7일, 협상이 시작됐다. 나는 참판 자격으로 전권대사인 김홍집을 도와 일본의 요구를 최대한 줄이도록 노력했다. 그러나 일본의 군사적 위협이라는 뒤숭숭한 분위기 속에 진행된 협상이 조선이 원하는 바대로 흘러갈 리 만무했다. 1885년 초, 일본은 전문 5개 조의 한성조약을 조선과 체결하는 데 성공했다.

한성조약은 지금까지 조선이 외국과 체결한 조약 중 사실상 최악의 것이었다. 조약은 일본에게만 절대적으로 유리해 조선을 조롱하는 내용과 다름없었다. 조선은 일본에 사과하고 사망자 및 기물 손괴 배상금으로 11만 엔을 지급해야 했다. 또 사건 주동자 처벌은 물론 일본공사관 재건축 비용 역시 상당부분 부담해야 했다. 조약이 체결된 후, 나는 사죄를 위한 사절의 부사에 임명돼 정사 서상우와 함께 2월 초 일본으로 파견됐다. 가고 싶지 않았다. 나는 일본의 지나친 요구와 이기심에 구역질이 났고 그런 일본에 저항조차 하지 못하는 조선 조정의 무능함에 좌절했다.

조선 개혁의 발동을 걸어줄 것이라 믿었던 젊은 이상주의자들은 이렇게 전혀 다른 방향으로 악명만을 남긴 채 사라졌다. 갑신정변은 찬란한 정치, 사회적 개명 대신 이 나라를 폭력, 혼란, 그리고 절대적인 빈곤 속으로 추락시켰다. 김옥균과 그의 동료들이 계획의 실패로 어떤 고통과 좌절을 느끼고 있을 지 짐작하기란 어렵지 않았다.

청나라는 일본으로부터 조선의 지배권을 지켜내는 데 성공했다. 젊고 용맹한 원세개는 상관의 허가를 받지 못했음에도 그야말로 적절한 시기에 병력을 동원해 조선을 일본의 손아귀에서 빼내 오는데 성공했다. 나는 격렬히 그를 증오했고 그 역시 나를 미워했다. 그는 스스로를 청나라의 마지막 보루라고 여기는 듯 고압적, 독재적, 후진적 방법으로 조선 관료들과 왕을 대했다. 그의 공식 임무는 통상 관리였지만 그는 식민지의 총독관이라도 된 양, 조선 국내 정치와 외교 문제를 간섭했다.

한편, 일본은 일시적으로나마 조선에서 후퇴한 듯 보였으나 숨겨진 이득 역시 상당했다. 일본은 한성조약으로 배상금과 공식사과를 얻어냈다. 또 1885년 봄에 갑신정변의 영향으로 체결된 천진조약으로 청나라로부터도 큰 이익을 봤다. 천진조약은 갑신정변에서의 청나라군대 개입이 문제가 돼 맺어졌는데, 내용은 장래 조선에 변란이 일어나서 청나라와 일본 중 어느 한쪽이 파병할 때에는 그 사실을 상대방 국가에 알리고 출병할 것 등이었다. 결과적으로 청나라와 일본 양측은 군사를 조선에서 철수하게 됐지만 느낌이 좋지 않았다. 나는 조선의 앞날이 걱정됐지만, 내가 사랑하게 된 또 하나의 조국을 위해 내가 할 수 있는 일은 너무나도 미력하기만 했다.

*

전하와 나는 조선과 왕실을 위해 묄렌도르프가 보여준 값진 노력에 끝없는 경의를 표했다.

34화
인아거청*

"…전하께서 조선 남부의 따뜻한 항구를 사용하도록 윤허하신다면 러시아가 청국 대신 조선을 보호하는 새로운 동맹이 될 수 있습니다."
묄렌도르프는 조선말을 쓰는 것이 힘든지 말을 마치며 한숨을 크게 쉬었다.

*

*

*

군란이 끝난 1882년 늦은 여름, 이 나라의 국모로 복귀한 이래 나는 다시는 그 같은 변고가 되풀이 되지 않도록 올바른 조치를 취해 나가기 시작했다. 나는 주상께 조정의 주요 직책에는 전하와 세자에게 목숨을 걸고 충성을 맹세한 이들과 나의 일가친척만을 앉혀야 한다고 간곡히 청했다. 이 같은 인사는 청나라가 대원군을 억류하고 있었기에 어느 정도 쉽게 이뤄질 수 있었다.

시류는 잠시 안정을 되찾은 것 같았으나, 1884년 가을 무렵부터 다시 어지러워지기 시작했다. 또 다른 소란을 만들기 시작한 자들은 개혁을 부르짖는 젊은 중하급 관리들과 학자들이었다. 전하께서는 그들이 가슴에 품고 있는 뜻과 이 나라의 장래를 위한 여러 생각들을 마음에 들어하셨다. 나 역시 그들의 생각에는 호감을 갖고 있었다. 하지만 그들이 추구하는 방법에는 의혹을 품고 있었다.

나의 염려에도 불구하고 전하께서는 그들과의 만남을 언제나 윤허하셨다. 특히 철종대왕의 부마인 박영효와 김옥균과는 각별하셨다. 나도 그들의 계획이 조선을 곤경에서 벗어날 수 있는 하나의 책략으로 사용될 수 있다고 생각해 그들을 가깝게 두었다. 그러나 시간이 지날수록 그들이 원하는 바를 이루고자 일본을 들이고, 왕조를 위해하는 등 폭력적인 수단을 동반할 것이라는 점을 감지했다.

나는 전하께 만약 그 자들이 이 같은 그릇된 방법을 사용하려 한다면 결코 그들의 뜻을 도울 수 없다고 확실히 경고하셔야 한다고 말씀 올렸다. 그 날 밤을 생각하면 아직까지 몸이 떨린다. 나는 그들을 잡아낸다면 사지를 찢는 능지처참으로 그들의 죄를 벌하고자 했다. 이 처형 방법은 생각 만해도 끔찍했다. 하지만 그 어떤 벌도 그들이 꾸민 간악한 행태를 벌하기에는 부족하고 마땅치 않았다. 아직도 그들이 일본 정부와 일본인들의 품속에서 무사하게 보호받고 있다고 생각하니 소름이 끼쳤다.

그들의 무모한 시도 때문에 우리는 청나라와 일본 군사들을 어쩔 수 없이 궁내로 들여야 했고 때맞춰 쳐들어 온 원세개의 지략으로 우리는 목숨을 부지할 수 있었다. 하지만 모든 일에는 대가가 따르는 법. 이 젊은 장수는 마치 자기가 이 나라의 왕이라도 된 양 행동했다. 갑신정변 이후 그는 한층 더 무례해졌고 청나라의 내정간섭 역시 심화됐다. 그들의 행태에 느껴지는 분노의 수위는 날마다 높아졌다. 전하께 한시라도 바삐 우리를 도울 수 있는 또 다른 나라를 찾아야 한다고 말씀 드렸다. 거기에다 청나라와 일본이 조선의 장래에 중대한 영향을 미치는 새로운 조약을 우리에게 일언반구 없이 체결했다는 소식이 들렸다. 전하와 나는 조선에 닥친 이 비극적인 상황을 한탄했다. 제국주의 시대라는 틀에 속박된 가련한 왕국의 운명이라 탓할 수도 있었지만 도덕과 예를 무시하고 작은 나라를 거칠게 유린하는 대국들의 횡포는 끔직 하도록 무지막지한 것이었다. 조선 개국 이래 나라의 명운이 이같이 위중했던 때는 일찍이 없었다.

전하께서는 나의 소견이 일리가 있다고 생각하신 듯, 여러 대신들을 인정전으로 불러들이셨다. 전하를 알현한 대신들 중에는 외무를 관장하던 좌의정 김홍집, 육조 판서 민영익 그리고 묄렌도르프 등도 있었다. 내전이 아니기 때문에 여인인 나는 장막 뒤에 앉아 함께해야 했다. 전하께서 먼저 입을 떼셨다.

"전통적으로 조선은 중국의 보살핌에 늘 기대왔소. 그러나 지금 청국은 약해졌고 정세 또한 위중한 바요. 이 나라에 머물렀던 군사들도 대부분 돌아가 속된 말로 이 나라는 지금 중국과 일본의 싸움에 등이 터진 격이 됐소이다. 이 난국을 어찌 풀어야 할지 허심탄회하게 말해 보시오."

모두가 아무 말 없이 고개를 숙인 채였다. 조바심이 난 내가 장막 뒤에서 가장 먼저 말했다.

"양국이 모두 물러나 공백이 된 조선에서 친일 개화세력이 발호할 위험은 없습니까? 만약 그들이 득세한다면 여기 있는 그 누구의 목숨도 보존될 리 없다는 사실을 잘 알고 계시겠지요?" 내 질문에 김홍집이 주저하듯 입을 열었다.

"중전마마. 헤아리시는 바가 극히 지당하시옵니다. 일본의 비호를 받는 개화 역적들이 때가 무르익으면 돌아올 가능성이 충분히 있다고 사료되옵니다."

그의 말에 긴장감이 돌았다.

"무슨 일이 있어도 일본인들과 그들의 꼭두각시 노릇을 하는 조선인들이 다시 이 땅에 발붙이지 못하게 해야 합니다. 불란서, 영국, 미국 등 우리를 보호할 수 있는 다른 나라를 찾아보세요. 우리를 일본의 속박에서 영원히 벗어나도록 도와 줄 나라 말입니다."

내 말이 채 끝나기도 전에 전하께서 말씀을 시작했다.

"수백 년 간 우리는 외국의 침범에 맞서는 이 나라의 방위를 중국에게 의지하는 조공국으로 존재했다. 그러나 중전이 말씀하는 바와 같이 이제 다른 나라를 찾아야 할 시기가 무르익었도다."

전하의 말씀은 부드러웠으나 위엄 있었다. 나는 그런 전하의 말씀 한마디 한마디가 더할 나위 없이 자랑스러웠다. 김홍집이 답하였다.

“계속되는 일본의 침입 시도를 물리쳐야 한다는 것은 모두가 알고 있사옵니다. 다만 조선의 독자적인 힘으로는 실로 미약한 까닭에 물적, 인적 자원을 지원해 줄 수 있는 제 3국의 도움을 받아야 합니다. 소신의 생각으로는 미국이 적당한 듯하옵니다. 미국은 그 땅덩어리가 넓고 물질적으로도 극히 부강하여 타국의 영토에는 티끌만큼의 사심이 없는 나라이옵니다.”

“김홍집 대감, 미국에게 제국주의적 야심이 없다는 바는 맞소이다. 그러나 그 같은 나라가 조선의 안위에 관심이 있겠소? 미국 공사에게 군사고문관을 배치해 달라 수차례 청한 지가 오래이나 아직까지 감감무소식이요.”

그 이후에는 아무도 입을 떼지 못했다. 그 때 이상한 억양의 조선말이 들렸다.

“전하. 제가 말해도 되겠습니까?” 외무협변 독일인 묄렌도르프였다.

“신하의 견해로는 조선을 도와 줄 최고의 나라는 러시아입니다. 미국과 다르게 러시아는 국경을 맞댄 가까운 곳에 있습니다. 러시아 역시 거대한 나라이고 이 땅을 탐내지 않습니다. 그들은 다만 얼지 않는 항구를 원할 뿐입니다. 전하께서 조선 남부의 따뜻한 항구를 사용하도록 윤허하신다면 러시아가 청국 대신 조선을 보호하는 새로운 동맹이 될 수 있습니다.” 묄렌도르프는 조선말을 쓰는 것이 힘든지 말을 마치며 한숨을 크게 쉬었다.

“명쾌하도다. 그렇지 아니하오, 중전?” 중신들 앞에서 내 의견을 물으시는 전하의 모습에 나는 깜짝 놀랐다.

“참으로 그러하옵니다, 전하. 무지한 소첩이 듣기에도 일리가 있는 제안이라고 여겨지옵니다.” 전하께서는 내가 같은 생각을 한다는 점이 무척이나 기쁘신 모양이었다. 그 때 대신들 모두 큰 소리로 말했다. “상감마마, 성은이 망극 하옵니다." 그들은 머리를 바닥에 숙이면서 묄렌도르프의 생각에 함께 동의한다는 뜻을 전하께 아뢰었다. 전하께서는 묄렌도르프를 러시아와의 교섭을 위한 전권대사로 임명하셨다.

1885년, 전하께서는 권동수, 김용원 등의 네 명을 블라디보스토크로 밀파했다. 그들은 러시아 황제에게 올리는 전하의 친서를 지니고 있었다. 친서의 내용은 군사원조와 보호국 관계를 맺자는 것이었다. 5월 초, 러시아 황제는 일본 공사관 1등 서기관 알렉시스 드 스페이어(Alexis de Speyer)를 조선으로 파견해 형세를 파악케 하는 방식으로 우리에게 친서에 대한 긍정적인 답변을 보냈다.

임무를 마친 그는 5월 말 돌아갔고, 채 한 달이 지나지 않아 조선과 러시아가 밀약을 맺었다는 온갖 풍문이 돌았다. 청국, 일본, 영국은 이 사실을 즉각 문제 삼았다. 그 중 조러밀약에 대해 가장 극렬히 반응 한 것은 청국이었다. 이 상황에 대처하기 위해, 이홍장은 나의 정치적 영향력을 제어해야 한다고 결정한 듯 했다. 이홍장은 즉시 묄렌도르프를 파면하고 대원군을 조선으로 돌려보내기로 결정했다. 중국 관리가 전달한 이 모든 내용에 전하께서는 아무런 이견을 말하실 수 없었다. 나는 힘없는 나라의 국모이라는 사실이 한없이 수치스러웠다. 전하와 나는 우리의 운명을 개척할 아무런 힘도 가질 수 없었다.

1885년 7월 말, 전하께서는 마지못해 묄렌도르프의 퇴거를 명령하시었다. 조러밀약 또한 무효화 시켜야 했다. 묄렌도르프처럼 충직하고 유능한 외교관리를 잃었다는 사실은 무엇보다 가슴 아팠다. 그의 부인과도 어느 샌가 친해진 터였다. 부인은 자주 나를 찾아 서양에 대한 여러 이야기를 다정히 들려주었다. 독일인 부부는 조선을 조국처럼 사랑했다. 묄렌도르프는 전하를 존경했고 그런 직책에 앉은 다른 중신들과 달리 전하의 능력을 진심으로 칭송했다. 그는 전하가 유약하다는 세간의 평가가 잘못된 것이라고 생각했다. 묄렌도르프는 전하께서 짊어지신 수고와 고충의 크기가 얼마나 무거운 지 이해했고, 그 같은 상황에서 눈물겹도록 최선을 다하고 계시다는 사실을 알고 있었다.

서양 외교관 중 묄렌도르프를 가장 편애하셨던 전하 역시 마찬가지로 독일을 좋아하시게 되었다. 미국의 루시어스 푸트 공사관, 조지 파우크 공사관과 함께 세 명은 전하께서 가장 친애하시는 서양인들이었다. 그러나 전하께서는 어쩔 수 없이 청나라의 압력에 굴복하셔야 했다. 묄렌도르프는 공식적으로 파면됐으나 전하께서는 그가 계속 조정에 남기 바란다고 말씀 하셨다. 공식 파면 이후 출국일인 12월 말 사이의 몇 달 동안 그는 러시아의 첫 외교공사로 조선에 온 칼 웨버의 취임식(10월 3일)을 준비하고 감독했다. 웨버는 조러밀약의 체결과 조선과 러시아의 외교관계 수립에 활약한 묄렌도르프의 활약을 치하하는 의미로 성 안나를 기념하는 종교적 장식물을 선물했다고 한다.

1885년 12월 말 사랑하는 조선을 떠난 묄렌도르프는 조러밀약에 관한 모든 책임과 그에 따른 추궁이 자신이 앞으로 짊어져야 할 멍에라는 점을 인식하고 있었다. 그는 아내에게 그 같은 사실이 두렵지 않다고 말했다. 조선이 처한 암담한 현실에서 누군가는 했어야 하는 일이었고 단지 그 계획이 완전히 성공치 못해 조선은 여전히 바람 앞의 촛불과 같은 운명으로 남아있는 처지라는 점이 서글프다고 그는 말했고 그것을 그의 부인은 내게 전했다.

묄렌도르프는 조선이 제국주의 시대 수많은 열강들 사이에서 살아남고, 발전하기를 진심으로 기도했다. 이홍장의 나머지 계획에 나는 떨 수 밖에 없었다. 시아버님을 조선으로 돌려보낸다는 사실은 내가 누릴 자유와 평화의 날은 얼마 남지 못했다는 것을 의미했다. 전하 역시 밤잠을 설치시며 대원군의 환국을 걱정하셨다. 그 분을 무서워해서만이 아니라 2년 반 동안을 중국에서 억류당한 대원군이 앞으로 어찌 행동할 지 도저히 가늠할 수 없어서였다.

우리는 대원군이 조선으로 돌아오는 것을 막고자 최대한 노력했다. 허나 우리의 힘과 영향력은 이홍장의 발끝도 따라갈 수 없었다. 대원군은 원세개가 이끄는 청국군대의 호위 아래 조선으로 돌아왔다. 원세개는 대원군 단 한 명의 호송을 위해 청국으로 소환됐고 그의 품계 역시 한 단계 영전했던 차였다.

대원군의 환국을 막을 수 없을지는 몰라도 최소한 그가 정치적으로는 더 이상 조선 땅에서 환영받지 못한다는 사실을 뼈저리게 느끼도록 만들고 싶었다. 나는 전하께 말씀을 아뢰어 대원군을 환영하는 중신들은 물론 지방 관리들도 일체 인천항으로 나가지 못하도록 조치했다. 나는 후에 그 사실 때문에 분노한 원세개가 나와 전하를 심하게 욕했다는 이야기를 들었다. 상관없었다. 다만 내가 신경 쓰였던 것은 인천에서 한양으로 향하는 가도에서 백성들이 줄지어 나와 "만세! 만세! 국태공만세!"라고 외쳤다는 사실과 전하께서 친히 남대문까지 행차하시어 대원군을 맞으셨다는 사실이었다.

대원군은 입가에 미소를 띠고 주변을 둘러 봤다고 한다. 내가 나왔나 본 것이었을 거다. 내 모습을 찾지 못한 대원군은 뚱한 표정을 지으며 운현궁으로 돌아가자고 명했다고 한다. 궁에서 얼마 떨어져 있지 않은, 그 운현궁 말이다.

대원군은 사흘이 지난 후, 모든 외교사절을 운현궁으로 초청해 왕실종친이 개최한 것으로는 여태껏 보지 못한 가장 호화롭고 성대한 연회를 열었다. 소문은 들불처럼 번졌다. 모두 다 불길한 것 뿐 이었다. 대원군이 이제 섭정이 아닌 왕의 자리를 노리고 있다는 것, 그도 안 되면 손자를 왕으로 세우려 한다는 것이었다. 일본으로 도망간 개화역적들을 불러들여 급진개혁을 추진하거나 나를 평민으로 강등시킬 것이라는 말들이 저자에 아무렇지도 않게 돌았다.

나는 너무도 걱정스러워 잠도 이룰 수 없었다. 잠에 들면 임오년의 난리가 악몽으로 펼쳐졌다. 나는 이런 소문을 듣고 가만히 참고 앉아있을 수만은 없다고 생각했다. 만약 그대로 둔다면 말재주와 통솔력이 유난히 특출한 아버님은 사람들의 마음을 또 다시 훔치고 한성에 모인 외교관들의 정서마저 바꿀 것이었다. 그것은 전하와 세자, 그리고 무엇보다 나에게 재앙과도 같은 일이 될 것이다. 나는 운현궁의 연회가 펼쳐진 다음 날, 대원군의 가장 충성스러운 가신 30명을 운현궁에서 잡아오라고 명했다. 그들 중 몇몇은 하옥시켰고 나머지는 모두 죽였다. 그런 후 나는 운현궁을 완벽히 통제해 바깥소식과 사람들의 들고 나감을 모조리 막으라 명했다.

*

시아버지와 이 나라에서 다시 마주보며 산다면, 내 남은 인생이 어찌 될까라는 생각에 나는 몸서리 쳤던 것이다.

* 引俄拒淸 : 1885년부터 민씨 척족세력에 의해 추구된, 러시아를 끌어들이고 청나라를 거부하는 정책(편집자 註)

35화
민 씨 천하

"…그럼 내일 저녁, 곱게 화장 하고,
최고로 아름다운 의복을 입고서
음식과 술을 챙겨서 원세개에게 가거라."

*

*

*

나는 성공적으로 대원군을 가택에 가두었다. 하지만 그것만으로는 내 마음의 평화를 이루기에 충분치 못했다. 그는 야심차고 자신의 수단을 이루기 위해서는 수단 방법을 가리지 않는 교활한 늙은이다. 다시는 권력을 탐하거나 나를 해하지 못하도록 모든 관직을 민 씨 일족과 내게 충성을 맹세한 자들로 채우도록 전하께 고했다.

이에 더해 나는 새롭게 부임한 청나라 주조선 총리교섭통상 전임대표가 내게 갖고 있는 적대감을 누그러뜨려야 했다. 그는 다름 아닌 원세개였다. 위기 상황에서는 어제의 적도 오늘의 친구로 만들 수 있어야 한다. 원세개는 조선 땅에 발을 붙인 이후로 줄곧 나를 적대시 했다. 상당한 지식과 영향력을 지닌 내가 여자였다는 점이 그 이유의 절반 이상을 차지했다. 특히 대원군의 환국을 위한 환영행사를 무산시킨 것이 나였다는 소문을 들은 원세개의 나를 향한 증오심은 최고조에 다 달았다. 영전과 함께 새로운 직함을 달고 조선으로 돌아온 그의 행동은 안하무인 그 자체였다. 그는 궁궐로 들어와 우리 코앞에 당도하기 전까지는 말에서 내리지도 않았다. 전하와 내게 절하지 않았으며, 의자에 공손히 앉거나 격식에 맞는 언행을 사용하는 법도 없었다. 타국의 외교관들 앞에서도 마찬가지였다. 원세개는 마치 자신이 왕이라도 된 것처럼 행동했다. 우리가 느끼는 그 자에 대한 감정이 어떻든 전하와 나는 조선의 안위를 위해서라도 그와 가까운 사이를 유지해야 했다. 중국은 안남을 잃은 후 마지막 조공국으로 남은 조선에서의 영향력을 유지하기 위해 지금까지와 달리 적극적인 내정 간섭 정책을 펼쳤다. 그들은 대 조선 외교방식에 있어 전통적인 주종관계와 서양에서 배운 제국주의식 식민지 경영 방법을 혼용하는 듯 했다.

전하는 원세개가 계속 조선 왕실을 배척한다면 언젠가는 반드시 문제를 일으킬 것임을 확신하셨다. 전하는 내게 대원군 납치 사건을 환기시키며 청나라가 무언가를 한번 마음먹으면 반드시 행하고 만다고 말씀하셨다. 전하께서는 그의 분노를 누그러뜨리기 위해 어떤 방법이 있는지 찾아보라고 나에게 명하셨다. 고민 끝에 나는 어려운 결정을 했다. 궁녀 꽃님이를 중궁전으로 불렀다. 얼마 있지 않아 당도한 그 아이가 문 앞에서 내게 아뢰었다.

"중전마마. 찾으셨나이까?"

"꽃님이냐? 들어오너라."

꽃님이는 조심스레 방 안으로 들어와 불편한 듯 시선은 제 발끝에 두고 있었다. 그 아이는 연한 녹색 저고리와 푸른 색 치마를 입고 있었다. 단정히 빗어 넘긴 머리는 은비녀로 쪽을 지었다. 다시 그 모습을 하나하나 되살피니 그 아름다움이 눈에 띌 정도라고 느꼈다. 여성편력으로 유명한 원세개가 반할 만 했다. 그 아이를 조선의 산해진미와 최고의 술과 함께 보낸다면 원세개는 틀림없이 흡족해 하리라. 내가 특별히 아끼는 궁녀 아이를 이렇게 떠나보내는 것은 안타까웠지만 어쩔 수 없는 일이었다. 꽃님이는 내게 소중한 자산이었다. 그 아이가 원세개를 만족시켜 줄 수 있다면 나는 그 아이를 제대로 활용하는 셈이었다.

서있던 꽃님이가 머리를 살짝 들고 나를 이상하다는 듯 쳐다봤다.

"꽃님아. 그래, 내가 너를 불렀다. 너에게 청이 있구나."

"송구합니다. 중전마마. 미천한 소인에게 청이라니요. 당치도 않사옵니다.” 그 아이는 놀라 어쩔 줄 몰라 했다. 둥글고 큰 눈은 더욱 휘둥그레 해졌다. “마마께서 내리는 분부라면 무엇이든 따를 뿐입니다. 중전마마를 가까이서 모실 수 있는 것은 제게 크나 큰 광영입니다. 마마께서는 미천한 저를 궁에서 이만큼까지 성장하도록 보살펴 주셨잖습니까? 제게 무엇이든 분부 내려주시면 기쁜 마음으로 하겠습니다.”

불쌍한 것. 나는 생각했다. 저 아이는 내가 내릴 분부가 무엇인지도 모를 텐데. 기왕 이리 된 것, 그 까닭이라도 자세히 이야기 해주어야겠구나.

“꽃님아. 내가 너에게 이런 부탁을 하기 정말로 힘들구나, 만약 싫다면 따르지 않아도 되는 부탁이다. 충분히 이해하고 꾸짖지 않을 터이니 괘념치 말거라.”

“예. 중전마마.”

“청국 관리 원세개를 아느냐?”

“예, 조선인 중에 그 분을 모르는 사람이 어디 있겠습니까. 거만하고 조선을 무시하는 그 자를 모두가 미워합니다. 저 역시 싫습니다. 뭐… 가까이서 뵌 적은 없지만.”

“가까이 보고 싶으냐?”

“제가 말입니까? 직접 말입니까?” 꽃님이가 깜짝 놀라면서 물었다.

“그래, 그렇게 된다면 나와 이 나라를 위해 큰 힘이 될 터이다.”

나는 그 아이에게 가까이 다가와 앉으라고 말했다. 방석을 가리켰으나 꽃님이는 맨 바닥에 다소곳 앉았다.

“꽃님아. 너는 참 고운 아이다. 사람들을 기쁘게 하는 재주도 있어. 너도 알다시피 우리는 원세개가 우리에게 터뜨리는 분노를 잠재워야 하고, 그 자를 길들여야 한다. 그럼 내일 저녁, 곱게 화장 하고, 최고로 아름다운 의복을 입고서 음식과 술을 챙겨서 원세개에게 가거라.”

나는 그 아이에게 이런 부탁을 하게 된 이유를 최대한 자세히 설명했다. 꽃님이는 미동도 않고 그 자리에 그냥 굳은 채였다.

"네가 청국 관리소로 가겠다고 마음먹는다면, 우리는 내일 낮까지 그에게 이 소식을 전할 것이다. 차비를 마치면 너를 데려갈 가마가 준비될 게다." 잠시 후, 꽃님이가 고개를 들었다. 얼굴에는 긴장된 미소가 번져 있었다. "만약 그것이 중전마마와 이 나라를 위해 마땅히 해야 할 일이라면, 저는 당연히 따를 것입니다. 가겠습니다."

꽃님이가 단호하게 말했다. 나는 그녀를 칭찬하고 감사의 뜻을 전했다. 또 궁녀 몇을 불러 꽃님이를 위한 최고의 준비를 차질 없이 실행하라 일렀다.

다음날 저녁, 꽃님이는 당연히, 자연스레 원세개의 마음을 사로잡는데 성공했다. 꽃님이는 그날 저녁 있었던 일들을 상세하게 보고했다. 원세개는 꽃님이에게 자신을 정기적으로, 가능하면 매일 저녁 찾아 왔으면 좋겠다고 말했다고 한다.

나는 원세개가 돈과 여자로 얼마든지 유혹할 수 있는 자라는 것을 확인할 수 있었다. 열흘 쯤 지난 후 나는 꽃님이를 빼고 다른 여인들을 돈, 보석, 좋은 술과 음식과 함께 챙겨 보냈다. 원세개는 그런 나의 호의를 모두 받아들였다. 전과는 확연히 다르게 원세개는 왕실과 조정에 우호적인 태도를 보이기 시작했다. 길고 길었던 고단한 나날 끝에 나는 마침내 평화가 찾아 온 것이라고 생각했다. 그와 동시에, 전하와 나는 강압적인 청국 관료들이 조선의 권력을 사실상 독점한 이 상황을 더 이상 가만히 두고 볼 수 없다고 느꼈다. 우리는 조선의 개화와 발전에 대한 조언을 구하고자 서양인들을 고용했다. 그 중에 우리가 가장 선호하고 가까이 믿고 일하게 된 자는 미국인 오웬 데니(Owen N. Deny)였다.

36화
외교 고문 오웬 데니

나는 소리가 나는 쪽으로 눈길을 돌렸다.

실로 눈에 띄는 외모를 가진 여인이었다.

총명하고 강하기로 소문난, 그 조선의 왕비이리라.

그 외에는 이 자리에 함께할 수 있는 여인은 사실상 생각할 수도 없었다.

*

*

*

나의 아시아에서의 외교경력은 1877년 9월 20일 텐진 주재 미국 공사관 영사로 부임하면서부터 시작됐다. 그전에 나는 오레곤 주와 알라스카 지역의 선출직 판사와 세무 징수관으로 일했다. 나의 외교업무 경험은 전무했지만 그 같은 경력은 공사관 영사 업무에 큰 도움이 됐다. 텐진항(港)은 청국의 실질적 일인자, 북양대신 이홍장이 직접 관할하는 지역으로 외교적으로도 청국에서 가장 중요한 요충지라고 할 수 있었다. 텐진에서 3년을 보내며 나는 이홍장과 꽤 가까워졌다. 이런 상호신뢰관계는 상하이 총영사를 시작으로 한 동아시아에서의 외교관으로서 나의 입지를 다지는 데 매우 결정적인 것이었다. 나는 이홍장의 주선으로 조선이라는 작은 왕국의 외교 고문관으로 파견됐다. 조선에 당도한 날짜는 1886년 3월 28일이었다.

조선의 왕과 신하들은 이홍장이 직접 임명해 파견한 나를 매우 두려워하는 듯 했다. 조선에 대한 전통적인 방임주의 원칙을 수정해, 청나라는 현대의 제국주의적 식민지 정책을 도입해 조선의 내정에 일일이 간섭하고 있었다. 그와 거의 동시에 조선인들은 일본과 여타 다른 서양 열강들과 체결한 다수의 조약에서 주지한 바대로 스스로의 자주와 독립을 주창할 수 있다는 사실 역시 깨닫기 시작했다. 나는 원래 단순한 외교고문으로서 조선으로 파견됐다. 그것은 이곳에서 악명 높은 조선총리교섭통상사 원세개의 명령에 따라 일해야 한다는 것을 의미했다.

조선에 당도한 지 일주일 만에 나는 조선의 왕을 경복궁 강녕전에서 알현했다. 공식적인 알현인 만큼 인수전에서 행해져야 했으나 만남은 왕의 개인 거처에서 이뤄졌던 것이다. 내가 강녕전에 당도하자 내관이 왕에게 고했다. 내 뒤에는 몇 명의 신하들이 함께 도열해 있었다. 방으로 들어갔다. 구두를 신지 않은 내 발이 온돌의 온기에 따뜻해졌다. 4월의 쌀쌀한 바깥바람에 차가워 졌던 온 몸이 포근해지는 느낌이었다. 방은 넓었으나 휑한 느낌은 들지 않았다. 방은 대부분 황금색으로 장식돼 있었지만 중국 황실과는 달리 대체로 소박해 개인적으로는 한결 더 마음에 들었다. 고요하고 정갈한 평화스러운 느낌의 공간이었다. 중앙에 위치한 낮은 책상 뒤 보료에 앉아 있는 이 방의 주인, 조선의 군주와 썩 잘 어울리는 방이었다. 나는 그의 바로 앞에 앉도록 안내됐다. 나는 두꺼운 방석에 앉았으나 다른 신하들은 모두 맨 바닥에 앉아야 했다. 방바닥은 광택이 나며 반질반질했다. 나중에 알았지만 바닥은 콩기름을 재료로 한 일종의 도료로 몇 겹 칠해져 있었던 것이다.

왕은 붉은색 용포를 입고 있었다. 그의 어깨와 가슴에는 커다란 황금 자수가 화려하게 수놓아져 있었다. 나는 왕의 풍모에 호감을 느꼈다. 존경을 표하는 짧은 목례를 올리고 그의 얼굴, 용안을 바라봤다. 그의 왼편에 석상처럼 미동도 하지 않는 한 여인이 함께 앉아있다는 사실을 눈치 챘다. 아마도 왕비일 것이라고 생각했다.

"전하, 제 이름은 오웬 닉커슨 데니입니다. 저는 미국 오레곤 주(州)의 판사 출신입니다."

왕은 몸을 앞으로 기울이며 말했다.

"그러하냐. 그럼 미국인이란 말이구나. 이홍장으로부터는 단순히 서양인이라고만 소개 받았었다. 그대가 미국인이라니 참 반가운 소식이도다. 잘 왔다."

왕은 크게 미소 지었다. 고개를 끄덕이며 신하들을 바라보았다.

"예. 저는 미국에서 왔습니다. 미국은 자유, 평화, 민주주의를 숭상하는 나라입니다. 저는 위험한 조선의 현 상황에 외교적인 조언을 드리고자 왔습니다, 전하."

갑자기 석상처럼 굳어있던 여인, 아니 왕비가 입을 열었다. "데니 대감. 우리 모두는 그대가 와 주어 기쁘기 그지없습니다. 우리는 미국의 도움이 필요합니다. 특히 그대 같은 인물의 도움이 절실합니다."

나는 소리가 나는 쪽으로 눈길을 돌렸다. 실로 눈에 띄는 외모를 가진 여인이었다. 총명하고 강하기로 소문난, 그 조선의 왕비이리라. 그 외에는 이 자리에 함께할 수 있는 여인은 사실상 생각할 수도 없었다.

"왕비마마. 저를 용서해 주십시오. 마마께서 이 자리에 함께 계시리라고는 미처 생각하지 못 했습니다."

그러자 왕이 대신 대답했다.

"데니 대감, 그대가 알 지 모르지만 중전은 참으로 총명하고 나라 밖 소식에도 밝소. 서양 외교관 부인들과도 정기적으로 교류하고 있다오. 세계정세에 관해서는 여기 모인 그 누구보다도 정통할 것이오."

왕께서는 밝게 웃으셨다. 신하들도 고개를 끄덕이며 그의 말에 동의를 표했다. 그러나 왕처럼 웃음을 보이지는 못했다. 왕 앞에서 웃는 것은 아마도 불경한 짓일 것이었다.

"상감마마, 성은이 망극 하나이다."

왕비가 말을 이었다.

"전하께서 과찬해서 말씀 한 것입니다. 어쨌거나 조선이 미국의 도움을 바라고 있다는 점은 사실입니다."

나는 고개를 가볍게 숙이며 대답했다.

"왕비마마. 마마의 명성은 익히 들어 알고 있사옵니다. 저, 데니는 왕비마마의 나라를 위해 봉사하러 왔습니다. 마마께서 제 아내를 만나 주신다면 크나 큰 영광일 것입니다. 말씀만 하소서. 마마의 부름과 원하는 바에 기꺼이 응하겠습니다."

"가까운 시일 내에 그대의 부인을 꼭 만나고 싶습니다."

왕비는 한 치의 망설임 없이 대답했다.

왕을 알현한 후 열흘 쯤 지나, 나는 내무협판으로 외무아문 장교사당상을 겸임하게 됐다. 그중 내무협판이라는 직책이 중요했는데, 왕을 필요할 때 언제든 자유로이 알현할 수 있었기 때문이었다.

부임하자마자 나는 경중을 따지지 않고 조선에 연관된 거의 모든 외교적 문제에 깊숙이 개입하게 됐다. 조선은 소국이었으나 전략적으로나 지정학적으로 매우 중요한 위치에 자리 잡고 있었다. 내가 조선에 당도했을 때는 이미 세계열강들이 조선이라는 나라를 놓고 치열한 외교전을 펼치고 있을 무렵이었다. 별 볼일 없는 자원과 협소한 국토를 갖고 있는 조선에 대한 관심은 세계정세가 평화롭게 유지되는 시기에는 중요치 않았을 것이었다. 그러나 분쟁의 조짐이 피어나는 지금과 같은 시기에는 조선의 전략적 위치는 크게 매력적이었다. 세계 국가 중 서구 열강에 대한 개항이 가장 늦었던 나라에 속하는 조선은 이웃 두 나라와 서구 국가들로부터 그만큼 더욱 가혹한 조약과 대우를 받아야했다. 그런 와중에 조선인들은 미국이라는 나라를 특별하게 생각했다. 그들은 미국을 우호적이고 비공격적인 국가라며 예외적으로 대우해 스스로 원조와 자문을 구해왔다.

이 같은 전반적인 기조 속에서 나는 그 상황에 썩 잘 어울리는 패(牌)였다. 나의 천성적으로 정의를 사랑했고, 약자를 보호하는 데 관심이 많았다. 나는 조선을 위해 일하는 데 그야말로 적격인, 왕과 왕비, 그리고 개혁적인 관료들의 희망과 열망에 부합하는 인물이었다. 이런 가운데 나는 조선의 현 상태를 면밀히 연구했고, 청나라가 조선에 대한 이중의 압력을 가하기보다는 독립과 자주를 존중하는 도덕적 책임을 갖고 있다고 믿게 됐다. 이 같은 방식은 역사적으로 이뤄진 바 없지만, 현실에서는 이것이 최상의 것이었다.

내가 가장 처음 맡은 주요 외교 쟁점은 1885년 4월 15일 발생한 영국 함대의 거문도 점령사태였다. 영국군이 '포트 해밀턴'이라고 명명한 거문도는 조선 남부에 위치한 작은 돌섬들이었다. 영국은 이 작은 돌섬들이 다른 열강들, 특히 러시아의 지배하에 놓이게 되는 사태를 원치 않았다. 영국은 러시아와 중동지역에서도 영토문제로 갈등을 빚고 있는 상태였다.

나는 이홍장과 함께 영국, 러시아 대표들과 청국에서 만나 거문도 사태를 교섭했다. 영국은 점령 2년만인 1887년 2월 27일, 거문도에서 주둔 함대를 철수시켰다.

1886년 체결된 조불 수호통상조약도 내가 이룬 외교성과 중 하나였다. 조선에서는 역사적으로 가톨릭교가 핍박당하면서 많은 프랑스 출신 사제들이 함께 고난을 겪었는데, 이러한 종교적인 문제가 조선과 프랑스 사이의 통상 협상 에 번번이 걸림돌로 작용했다. 나는 수호통상조약 체결에 있어 종교에 대한 관련된 문제를 '종교'라는 단어를 항목에 삽입하는 대신에 "양국의 국민들이 상호간에 서면 또는 구어로 언어, 과학, 법률 및 예술을 가르치고 연구하는 행위를 허용한다."는 일반 조항으로 대신하는 방법으로 풀어냈다. 이 조항에 있어 가르치다(to teach)라는 문구의 삽입은 프랑스 측에 매우 중요했다. 조선인들에게 프랑스의 문화, 역사와 함께 종교를 전파할 수 있는 정당성과 권리를 사실상 부여하기 때문이었다.

1886년 6월 4일, 마침내 조약이 체결됐다. 나는 조선을 대표해 조약에 서명한 두 명의 서양인 중 하나였다.

조불 수호통상조약을 위한 협상에 임하는 가운데 나는 조선도 지금까지 외교관계를 체결한 국가들로 주재 외교관을 파견해야 한다는 사실을 뒤늦게나마 깨달았다. 이 같은 문제를 왕께 아뢰자, 그 역시 내 의견을 기다렸다는 듯이 공감하셨다. 국왕은 민영익을 일본주재 공사로 파견한 데 대한 후속조치를 취하고 싶다고 말씀하셨다. 이에 따라 국왕은 1887년 8월 18일 박정양을 주미 공사 전권대신으로, 심상학을 주 영국, 독일, 러시아, 이태리, 프랑스 겸임 공사 전권대신으로 임명하셨다. 그들은 그 다음 달 곧바로 해당 국가로 파견될 예정이었다. 하지만 그들이 떠나기 전, 이 소식을 들은 원세개는 즉각 외아문에 사실여부를 확인하는 한편 이홍장에게 관련 보고를 올렸다. 그는 청국의 허가 없이 독자적으로 해외에 주재공사를 파견한다면 응분의 조치를 취할 것이라고 조선 관료들을 협박했다. 왕은 이에 대해 공사의 파견을 미루겠다고 밝히는 한편 나를 텐진의 이홍장에게 보내 교섭하라고 명했다.

이홍장은 조선이 공사파견에 대한 청국의 허가를 미리 요청하고 허가를 받아야 했다고 말했다. 또 해외에 파견되는 공사 역시 전권대사가 아닌 좌의정이나 우의정 급의, 즉 대신 직급의 관료여야 한다고 주장했다. 나는 아무런 소득 없이 조선으로 돌아왔다.

하지만 해외로 공사를 파견하고 싶어 하던 국왕에게, 도움은 뜻밖의 곳에서 찾아왔다. 미국 국무부가 박정양 공사 파견을 가로막는 청국의 행위에 정식으로 항의한 것이었다. 미국이 청국에게 외교적 항의를 발표한 것은 매우 이례적인 일이었다. 그러나 미국의 항의는 단순히 조선을 돕기 위한 목적이 아닌 1882년 체결된 조미수호통상조약을 근거로 한 외교법 해석을 통한 문제제기였다.

이 같은 미국 국무부의 이의제기에 이홍장 역시 수긍했다. 하지만 이홍장은 조선의 해외 주재공사들이 외교적 행동에 있어 항상 같은 국가에 파견된 청국 공사들에게 자문을 구하고, 주재국에 도착하면 먼저 청국공사를 찾아와 그의 안내로 주재국 외무성에 가야하며, 청국과 조선 사이의 주종관계 구도를 유지하기 위해 회의나 연회석상에서 청국공사의 밑에 자리를 잡으라는 조건을 달았다. 소위 영약삼단이라는 이 조항을 왕은 그대로 따르기로 결정했다. 국왕은 이홍장에게 예의상 감사를 표하고 박정양과 심상학을 주재국으로 떠나보냈다. 박정양은 1887년 11월 오마하 호에 올라 미국으로 향했다.

미국에 도착한 박정양은 워싱턴 주재 청국 공사를 거치지 않고 곧장 국무장관과 대통령을 만났다. 청국의 신경질적인 반응은 불 보듯 뻔했다. 원세개는 국왕에게 박정양이 돌아오면 해당 문제에 대해 처벌하라고 촉구했다. 왕은 이에 대해 별다른 이의를 제기하지 않았으나 박정양이 돌아왔을 때 오히려 그 기상을 칭찬하고 그를 홍문관부제학과 전환국 관리에 연달아 제수한다. 그러나 심상학은 박정양만큼 용기 있는 자가 아니었던 듯하다. 또 스스로 유럽 국가들을 청국보다 중요치 않다고 생각했으며 미국보다 조선에게 호의적이지 않다고 판단했다. 조선을 떠난 그는 유럽으로 향하는 첫 기착지인 홍콩에 도착했다. 그 곳에서 그는 수개월을 허송세월을 하다가 조선으로 돌아와 버렸다. 조선 왕은 무척이나 실망해 그를 귀양 보내 버렸다. 자신의 명령에 순종치 않은 그를 책망한 것이다. 나는 청국의 눈치를 보지 않고 자신의 신념을 따르는 국왕의 용기에 존경심을 느꼈다.

조선의 국왕의 고문역을 수행하면서, 나는 왕이 단호하고 확고한 성품을 갖고 있는 사람이란 사실을 확인했다. 그것은 내가 그때까지 들었던 평판과는 정반대였다. 그가 가진 조선 자주와 개화에 대한 열망은 끊임없이 표출됐다. 그에 대한 비방은 주로 중국 관리들에게서 새어나왔다.

그들은 조선의 국왕과는 정반대로, 조선인들의 독립과 자주에 대한 자각을 경계하고 있었다. 변화와 개방을 원치 않는 이들은 조선 조정에도 수없이 존재했다. 그들은 종종 자신들의 군주를 우스꽝스럽게 비하했고 그의 친절한 표정과 화술을 유약함이라 곡해했다. 불행하게도 조선이 가진 관료주의적 병폐는 내정의 발전에 결정적인 방해요소로 작용했다. 또 밖으로는 청국이라는 거대한 벽이 자리 잡고 있어 외교적 역량을 키우는 일도 불가능했다.

나의 노력이 조선의 국왕 내외를 기쁘게 했다면, 그것은 원세개에게는 정반대로 작용했다. 내 일거수일투족을 감시했던 원세개는 이홍장에게 나를 비방하고 청국으로 소환해야 한다는 내용의 보고를 지속적 올렸다. 조선에 십 여 년 간 머무르며 원세개는 조선의 독립과 자주를 위해 펼쳐왔던 나의 거의 모든 노력을 물거품으로 만들어 놓았던 원흉이었다. 그의 따르면 조선은 청국에 예속된 속국으로 중국의 지시와 정책에 따를 의무에 매여 있었다. 그러나 나는 조선이 청국의 속국이 아닌 조공국이라고 믿고 있었다. 조공국은 속국과 분명히 다르다. 조공국은 속국과 달리 내정과 외교 등에 있어 자주적인 정책을 펼칠 수 있는 권리를 가졌다. 그러나 조선은 이 문제들에 있어 지난 십여 년 간 지속적인 간섭을 받아온 것이었다. 조공국은 스스로의 자주를 포기한다고 선언하기 전 까지는 독립을 영속할 수 있어야 한다. 조선은 국제법상으로도 독립국가였다. 나는 청국의 궁극적인 목표는 사실상 조선의 완전한 흡수통합이라고 의심하게 되었다.

그러나 불행히도, 조선에게는 힘이 되 줄 만한 동맹국이 없었다. 지금은 제국주의 시대였다. 약육강식의 시대인 것이었다. 찰스 다윈의 생물진화론에 입각해 허버트 스펜서가 주창한 사회진화론을 한마디로 정의해 표현할 수 있는 '약육강식'은 작금의 사회와 국제정세를 함축해 일관하는 단어다.

미국은 조선 문제에 대한 개입을 꺼려했다. 국무장관 베이어드는 그 같은 정책기조를 수정할 가능성을 부정했다. 그는 1887년 6월, 조선 문제에 지나치게 개입한다는 이유로 조지 포크 대리공사를 소환했다. 이는 미국이 청나라를 자극할 수 있는 조선에서의 활동을 자제해야 한다는 그의 신념을 사실상 공식화 한 것이었다.

한편, 이즈음 조선의 현실을 동정적인 시각에서 바라보며 작성해 1888년 펴낸 〈청한론〉 역시 결과적으로 정반대의 효과를 불러일으켰다. 〈청한론〉은 미국의 조선 불개입 정책을 더욱 공고히 하는 기반이 됐고, 청국과 청국 지지자들의 조선에 대한 경계심을 부채질해 버렸다. 내가 외친 조선의 독립과 자주라는 핵심 문제는 공허한 울림으로 남아 버린 것이다. 청국의 조선에 대한 가차 없는 간섭과 조선 조정의 내적 불화는 나의 입장 역시 불안정하게 만들었다.

1888년 9월, 한때 나의 좋은 친구였던 이홍장은 조선 국왕에게 친서를 보내 나를 파직하라고 요구했다. 그러나 국왕은 그에 대한 거부 의사를 밝혀 모두를 경악케 했다. 나는 조선으로 1889년 7월 2일 돌아갔다. 조선 조정은 내게 밀린 급료 2만 냥을 지불했다. 국왕께서는 조선의 독립을 위한 강력한 지지자이자 주창자인 내가 꼭 필요한 존재라고 확신하시는 듯 했다. 나는 조선에 남을 수 있었으나 그 곳에서 정치적, 외교적 활동을 펼칠 수 있는 나의 운신의 폭은 확연히 줄어들어 있었다. 나는 지속적으로 원세개를 소환해 달라고 이홍장에게 청을 넣었으나 그는 조선에 머물며 그 어느 때보다 악의적으로 행동했다. 왕과 왕비를 제외한 청국과 친한 대다수의 관료들은 원세개의 행동을 그저 최대한 묵인했다. 나 역시 더 이상 나의 힘을 원세개에 관련된 문제에 허비하지 않겠다고 결심했다. 그 대신 조선의 경제 발전에 두 배의 힘을 기울이기로 했다. 경제 발전을 위한 노력은 고향에서의 경험이 큰 도움이 됐다. 나는 조선 북부 지역에 광산을 개발하고, 전신시설을 놓고, 철도를 건설하기 위한 각종 제안서를 작성했다. 큰 자본이 드는 이 사업을 위해 나는 미국 정부에 차관을 신청했다. 차관 도입은 거의 성사됐으나 1890년 이른 봄, 수구파 중신들이 왕의 결정에 강력한 이의를 제기하며 수포로 돌아갔다. 나의 실망감은 도저히 말로 표현할 수 없었다.

거기까지였다. 나는 조선 정부가 제의한 3차 2년 고용계약연장 서류에 서명을 포기했다. 1890년 4월 중순, 나는 조선을 떠났다.

37화
동학혁명

천민들과 농민들은 그렇다 해도,
양반들까지 동학에 마음을 뺏긴다는 사실은 실로 놀라웠다.
동학은 곧 조선의 근본인 유학을 부정하는 이단으로 지정됐다.

*

*

*

1884년부터 2년간의 혼란을 겪은 후, 민 씨 가문 출신의 중전인 나는 자연스레 궁과 조정 요직에 민 씨 일가친척들을 포진 시켰다. 그 후 10년간은 우리 일족들에게 그나마 평안한 세월이었다. 전하와 나는 사회, 경제, 조정 등 이 나라의 모든 분야를 총체적으로 개혁하고 발전시켜 백성들의 삶을 진보시키는 데 온 힘을 쏟았다. 하지만 속도는 더뎠다. 그 이유는 원세개와 청나라를 등에 업은 수구파의 반대와 방해 때문이었다. 또 일본과의 불평등한 경제 조약 때문이기도 했다. 1885년부터 10년간은 태풍이 오기 전의 고요와도 같이 비교적 조용히 나라가 유지됐으나, 그 안정은 1890년부터 수년간 지속된 흉작으로 위태로웠다. 마침내 남도에서 동학이 성행하면서 민란의 조짐이 들끓기 시작했다.

1890년 초 부터 매해 춘궁기마다 동학 무리들은 곳곳에서 소란을 피웠다. 그러나 그들의 소요는 이전의 여타 농민 봉기와는 성격이 달랐다. 그들은 동학 이라는 나름 체계 잡힌 교리와 강령을 따랐다. 이들은 전국 각지에 세포 조직인 포(包)를 설치하여 접주(接主)가 통솔케 하고 접주 중에서 유력한 사람을 도접주 또는 대접주라 하여 여러 포를 통솔하게 했고 교장(敎長), 교수(敎授), 도집(都執), 집강(執綱), 대정(大正), 중정(中正)의 6가지 직분을 두었다.

동학의 창시자는 최제우라는 자였다. 경상북도 경주의 몰락한 양반 가문 출신이었던 최제우는 16살에 아비를 여의고 비천한 일을 하며 살고 있었다. 수 년 동안 경상, 전라, 충청 등 삼남 지방을 떠돌던 최제우는 산 속에 쳐 박혀 공부에 몰두했다. 그는 진리를 찾기 위해 금욕하며 때때로 50일 씩이나 단식하며 기도를 올렸다. 그의 명성은 1850년대 후반부터 삼남에 퍼지기 시작했다. 기적을 만들어 내는 도인이라며 사람들이 구름처럼 몰렸다.

최제우는 1860년, 가톨릭으로 대변되는 서학(西學)에 대립되는 민족 고유의 신앙을 제창하며 동학(東學)이라 이름 지었다. 그는 썩어가는 사회를 서학의 탓이라고 주장했다. 그는 기존의 풍류사상과 유(儒), 불(佛), 선(禪) 등 조선의 모든 교리를 토대로 동학을 만들었다. 동학의 핵심은 인내천(人乃天) 사상, 즉 사람이 곧 하늘이므로 모든 사람은 멸시와 차별을 받으면 아니 된다 하였다. 동학에서의 깨달음은 수심정기(守心正氣)를 공부하면 가능하다 했다. 이 중 수심(修心)이란 마음의 공부를 이르고 정기(正氣)는 선도적인 기운을 공부하는 행위를 일렀다. 그들은 조선인 모두가 교리를 깨우치면 이 나라가 지상천국이 될 것이라고 믿었다.

혹세무민의 종교는 사람을 돕지 못하고 현혹할 뿐이다. 특히 오갈 데 없고 도탄에 빠진 이들이야 말로 가장 쉽게 이 같은 데 빠지고 만다. 최제우의 동학에도 가난한 농민들이 몰렸다. 그러나 몇 년이 지나자 세상을 비판적 시선으로 바라보던 일부 양반들도 동학에 관심을 갖기 시작했다. 동학에 빠진 양반들은 높은 서열의 지도자 자격을 받아 많은 동학도들을 이끌었다. 천민들과 농민들은 그렇다 해도, 양반들까지 동학에 마음을 뺏긴다는 사실은 실로 놀라웠다. 동학은 곧 조선의 근본인 유학을 부정하는 이단으로 지정됐다. 따라서 동학을 믿고 포기하지 않는 이들을 죽음이라는 형벌로 다스리는 것이 가능케 됐다. 동학을 창제한 지 5년 만에 최제우는 추포되고 가톨릭교도와 마찬가지로 처형됐다.

가톨릭은 당시 가장 이단시 되는 학문이자 종교였다.

최제우의 처형은 조정의 생각과는 달리 역효과를 불러 일으켰다. 동학교도들의 숫자는 오히려 불어났고 그들의 결속력은 더욱 단단해졌다. 1880년대가 끝나갈 무렵, 삼남지방의 동학교도들의 수는 헤아릴 수 없을 정도로 불어났다. 초창기 동학은 나라와 군주에 대한 충성심을 강조했다. 그들은 서학을 배척하기 위해 동학을 세운 교주 최제우가 억울한 죽음을 당했다며 그의 사후 명예회복을 호소했다. 또 백성들의 고혈을 짜고 스스로의 주머니를 불리는 짓에만 열중하는 탐관오리를 벌해달라고 요구했다. 이 같은 상소문을 작성한 동학교도들은 한양으로 몰려와 궐 앞에서 농성을 벌였다. 낮이고 밤이고, 그들은 한성이 떠나가도록 그들이 원하는 바를 읊어댔다.

그들에 대해 처음 들었을 때, 나는 1882년 임오군란 당시 피난길에 나서며 목격했던 굶주린 백성들의 모습과 삶을 떠올렸다. 나는 그 당시 스스로에게 했던 다짐, 백성들을 궁핍에서 구하겠다는 그 다짐을 어겼다는 사실에 가슴 아팠다. 조정의 개혁과 현대화는 백성들의 삶을 구제하기에는 너무나 더뎠다.

나는 동학교도들의 소란이 이를 바로잡을 하나의 기회가 될 수 있기를 기대했다. 나는 전하께 그들의 이야기에 귀 기울이시고, 고향으로 조용히 돌아간다면 그들의 요구를 들어주겠노라 말씀 하시라고 전언했다. 나는 내가 목격했던 임오군란 피난길의 참상을 이야기 해 드렸다. 상감마마는 그런 나의 말을 넋을 놓고 들으셨다. 처음 드린 그 이야기가 인상적이셨는지 전하께서는 내 말대로 하시겠다 말씀하셨다. 전하께서는 이번 사태를 조용히 해결하는 것이 왕실과 나라의 안정을 위해서도 중요하다고 생각하신 듯 했다. 전하께서는 신하들을 불러 내가 아뢴 것을 행하라고 명하셨다. 전하의 뜻을 알리자 동학교도들은 의기양양해 하며 고향으로 돌아갔다. 전하의 어진 마음씨에 그들은 만족한 듯 했다.

전하의 이 같은 결정에 유학자들과 대신들이 들고 일어났다. 그들은 동학교도들에 대한 전하의 과한 대우에 극한까지 동요돼 있었다. 동학의 창시자를 용서하고 그의 추종자들을 달래는 것은 잘못이었다며 전하에게 따졌다.

"전하, 통촉하소서!"

전하께서 용상에 앉자마자 그들은 아우성이었다. 나는 장막 뒤에 앉아서 그들을 관찰했다. 하지만 평소보다 멀찌감치 떨어졌던 까닭에 그들은 나를 볼 수 없었다. 그 자들은 지치지도 않는지 동학교도들에게 보인 전하의 유약한 태도가 그들을 오만방자하게 만들 것이라고 아뢰고 또 아뢰었다.

"전하께서 그같이 사악하고 무지한 자들의 청을 쉽게 들어주신다면 그들은 계속 더 심한 요구를 하러 궁을 찾아 올 것입니다. 그 자들은 마치 철없는 어린애들 같아서 전하께서 매를 들고 꾸중하며 가르치시지 않는 이상 자신들의 처지를 깨닫지 못하고 점점 더 거만해 질뿐이옵니다."

"하지만 그들에게 이미 약속을 했다 하지 않았소. 그들 역시 짐의 어진 백성이오. 단지 배곯지 않고 살고 싶다는 욕심 밖에는 없는 자들이오. 그들을 못 본 체 할 수는 없소."

동학은 처음에는 왕과 왕조에 대한 충성심과 애정을 고백했다. 서방 배우기의 선전자로 부당하게 처형 된 창설자 최제우에 대한 사면을 요구하는 것은 제한적이라는 점을 분명히 했다. 두 번째 요구는 부패는 부패하고 탐욕스러운 지방 공무원을 제거해 달라는 것이었다. '그들은 과도한 세금으로 말라 붙잡고 자신의 주머니를 가득 채운 후 나머지를 중앙 정부에 보냅니다.'라는 청원서가 왕에게 올라가고, 동학 추종자들은 궁전 문 밖에서 농성하며 군주에게 개인적으로 상소를 올렸다. 밤낮으로 울부짖는 소리가 도성의 궁전과 거리에 울려 퍼졌다.

내가 동학의 봉기에 대해 처음 들었을 때, 나는 1882년의 임오군란 시절에 내가 만난 빈곤에 시달린 사람들을 기억했다. 나는 내 사적인 서약을 지키지 않았다는 것을 떠 올릴 수밖에 없었다.

38화
녹두장군

새야 새야, 파랑새야 녹두밭에 앉지 마라
녹두꽃이 떨어지면 청포장수 울고 간다
새야 새야, 파랑새야 녹두밭에 앉은 새야
녹두꽃이 떨어지면 부지깽이 매 맞는다

*

*

*

내 이름 대신, 사람들은 나를 녹두장군이라 불렀다. 녹두는 초록색 조그마한 콩알이다. 내 키가 작다고 놀려 부른다고 생각했다. 그러면서도 사람들은 내 용기, 이글거리는 눈 빛, 우렁찬 음성, 군사를 부리는 능력이 빼어나다며 잘도 내게 흰소리를 해댔다.

외국 군대들이 들이닥치기 한 해 전인 1893년까지 내가 지휘하는 동학 농민군은 관군을 맞아 승승장구했다. 그러면서도 나는 조선 왕들의 신위나 왕릉을 건드리지 않고 수호했으며, 임금에게 보낸 상소의 답변을 기다리는 동안은 군대를 물리는 등 이 나라 백성으로서의 도리 역시 잊지 않았다. 그러나 임금은 우리를 처벌하지 않는다고 약속 했음에도 청나라 군대를 끌어들여 우리를 억압하려 했다. 청나라 군대가 들어오자 일본도 두 배나 많은 군사를 진주(進駐) 시켰다. 우리는 죽창과 돌멩이를 든 군대였다. 일본군은 우리를 거침없이 도륙했다.

내가 태어난 해는 1854년 혹은 1855년이었다. 몰락해 가난했지만 어엿한 양반 출신이었다. 아버지는 지방 말단 관리였다. 땅도 조금 있어 농사를 지어 살림살이에 보탰다. 가난했으나 고을에서의 명망은 높았다. 아버지는 내게 천자문과 사서삼경 외에도 수리나 서양 과학도 배우라 이르셨다. 내게 과거라도 보게 할 심산이었던 모양이었다. 나는 제법 똑똑했다. 열한 살 때는 백구시(白鷗詩)라는 한시를 지어 고을에서 제법 유명해졌다.

나름 과거를 준비했으나 실제로 치를 생각은 없었다. 그 시절 이미 과거시험은 유명무실한 제도였다. 돈을 주고 관직을 사는 것이 훨씬 더 자연스러운 세태였다. 나는 내 고향인 고부에 남아 서당의 훈장 노릇도 하며 아버지와 동네 어르신들의 농사일 등 여러 가지를 도우며 살았다. 그 당시 나는 충효사상의 본이 되며 올바른 몸과 마음가짐을 갖고 있는 젊은이라고 꽤 인정받고 있었다.

30세가 되자 나는 길을 떠나 삼남지방을 유랑했다. 평범한 백성들의 삶을 몸소 체험하고 그들의 불행에 함께 익숙해져 갔다. 그런 와중에 나는 아이들이 부르는 참요(讖謠)를 알게 됐고 가끔씩 그 노래를 함께 따라 부르기도 했다.

새야 새야, 파랑새야 녹두밭에 앉지 마라
녹두꽃이 떨어지면 청포장수 울고 간다
새야 새야, 파랑새야 녹두밭에 앉은 새야
녹두꽃이 떨어지면 부지깽이 매 맞는다
새야 새야, 파랑새야 녹두밭에 앉은 새야
아버지의 넋새보오. 엄마 죽은 넋이외다.
새야 새야, 파랑새야 전주 고부 녹두새야
어서 바삐 달아나라
댓잎 속잎 푸르다고 봄철인 줄 알지마라
백설분분 휘날리면 먹을 것이 없어진다.

노래를 들었을 때 나는 그 참요에 숨겨진 의미가 여럿 있을 수 있다는 사실을 깨달았다. 내 고향인 전라도 땅의 전주와 고부, 그리고 녹두가 별명인 나에게 어떤 불길한 사건이 벌어질 지도 모른다고 생각했다. 그 당시 조선 팔도에는 갖가지 무속적인 예언과 참설이 난무했다. 귀신과 영웅이 이 난세에 나타나, 썩어빠진 관리들에게 천벌을 내리고 불쌍한 백성들을 구제한다는 내용이 대부분이었다. 내가 접한 참요가 나를 무언가 신비한 길로 이끌었는지도 모른다. 내가 이 땅을 위해 운명적으로 해야 할 일이 있다는 사실을 나는 점차 느끼기 시작했다.

몇 년의 유랑 후, 나는 아버지가 아직까지 지방 관리로 일하고 있는 전라도 고부로 돌아왔다. 아버지는 많이 늙어 계셨다. 그리고 고부 땅은 유랑자가 된 농민들, 오갈 데 없는 천민들, 동학교도들로 가득 찬 고을로 탈바꿈 해 있었다. 나도 모르는 사이 그 지역에서 나의 명성은 이미 높아진 상태였다. 사람들은 무리 지어 나를 따르며 그들을 대표해 나랏돈을 착복하고 백성의 고혈을 짜는 부패한 관리들을 꾸짖는 상소를 지어 도성으로 보내 달라고 아우성이었다. 나는 요지부동하며 움직이지 않았다. 그러나 1891년의 사건이 나를 탈바꿈 시켰다.

그 해 아버지는 탐관오리 고부군수 조병갑의 탐욕에 저항했다. 조병갑은 자신의 모친상 때 부조금 명목으로 고을 백성들에게 2천 냥의 거금을 걷으려했다. 그러나 아버지는 무거운 세금에 신음하는 백성들에게 더 이상의 세를 거둘 수 없다고 그 명령을 거부했다. 아버지는 모진 곤장을 맞고 돌아 가셨다. 나의 인내는 한계에 이르렀다. 아버지의 죽음에 대한 복수심이 내 안에서 타오르기 시작했다. 그와 거의 같은 시기에 동학 2대 교주 최시형은 나를 고부 지역 접주로 임명하셨다. 동학의 지도자 중 하나가 된 것이다. 나는 손자병법에 따라 전략을 강구했다. 또 군관의 감시 하에 사실상 연금된 상태로 계셨던 국태공 대원군 어르신을 암암리에 방문했다. 그 분께서는 당신을 다시 권력의 정점에 서게 해 드린다는 나의 제안과, 서학을 배척하고 보국안민(輔國安民)과 충효사상을 기치로 한 유교를 이 나라의 중심으로 다시 되돌리겠다는 나의 포부를 무척이나 마음에 들어 하셨다. 나는 조정을 뒤엎을 생각은 추호도 없다는 사실 역시 국태공께 말했다. 단지 전하와 왕실의 종친들께 이 나라의 썩어빠진 탐관오리들을 모조리 척결해 달라는 우리의 강력한 뜻을 충심으로 전할 뿐이라고 강조했다. 국태공께서는 권력을 다시 되찾으면 나의 왕실에 대한 충정을 기억하겠다고 다짐하셨다. 나는 국태공의 확실한 제안을 기다리면서 평화스러운 방법으로 사태 해결을 기다리고 있었다. 그러나 조정은 내가 의도치 않은 방향으로 나를 밀어 넣고 있었다. 나 스스로를 동학교도들의 수장이라고 생각한 적은 없었다. 나는 평생 유교를 배우고 실천해 살아 왔기에 동학의 급진적인 사상에 구체적인 의문을 품기도 하였다. 그러나 상황은 나를 돌아갈 수 없는 길로 인도했다.

1894년 초, 나는 봉기한 6천 여 명의 동학군 중 하나로 서 있었다. 우리는 고부군수 조병갑과 전라감사 김문현에게 민소를 올리고 우리의 뜻을 밝히는 쟁의를 두 차례 벌였다. 그러나 그들은 우리의 요청을 묵살하고 무력으로 다스리려 했다. 우리 역시 힘에는 힘으로 맞서기로 결의했다. 동학군의 힘을 보여 관군들의 간담을 서늘케 하겠다고 작정했다. 백성들도 동학군의 결정을 환영했다.

1894년 2월15일 새벽, 우리는 만석보 인근 시장에 모여 거병을 선언했다. 천 여 명이 모였다. 그 중 동학교도는 절반 남짓했다. 우리는 모두 하얀 머리띠를 두르고 죽창을 들었다. 사기는 드높았다. 우리가 지른 함성은 겨울의 찬 새벽 공기를 갈랐다.

우리는 조병갑의 집으로 행군했다. 그러나 그는 이미 줄행랑을 친 후였다. 우리는 관아로 쳐들어갔다. 고부의 모든 관청은 텅 비어 있었다. 아무도 우리를 가로막지 않았다. 길거리의 많은 사람들이 행렬에 합류했다. 새벽보다 두 배나 많은 사람들이 뭉쳤다. 우리는 무기고, 세곡

곳간 등을 털었다. 세곡을 기록한 수첩을 불태웠고, 빼앗은 무기와 곡식, 돈을 백성들에게 나눠줬다. 백성들은 기뻐하며 우리에게 감사를 전했다. 많은 이들이 우리를 따르겠다며 나섰다. 고부에서의 봉기 소식은 빠르게 퍼졌다. 단 며칠 만에 인근 열다섯 고을 백성들이 우리와 뜻을 같이 하겠다며 합류했다. 우리의 힘은 이제 태산이라도 움직일 기세였다. 만 명의 장정들을 보유한 대군이 된 것이었다.

고부를 접수한 후, 한 달 반가량은 어색할 정도로 평온한 하루하루가 지속됐다. 양반 출신의 몇몇 대표들이 임금님께 상소를 올린다며 한성으로 향했다. 그들은 임금이 우리를 가엾게 여기셔 부패한 관리들을 처벌하고 우리의 허물을 묻지 않겠다고 말씀하셨다는 기쁜 소식을 갖고 돌아왔다. 이 소식에 우리들은 진정으로 행복했다. 많은 사람들은 모내기철을 맞아 집으로 돌아갔다. 남은 우리는 조직을 강화하고 앞으로의 일을 계획하며, 핍박받는 백성들의 목소리를 듣기 위해 시골 구석구석을 돌았다. 중간 중간 그들의 힘겨운 농사일도 도왔다. 군사를 모으기 위해 별다른 노력도 하지 않았지만 우리에 대한 소문은 삼남 구석구석까지 전파 돼 많은 이들이 몰려들었다. 그즈음 급박한 소식이 당도 했다. 조정에서 우리의 처우를 두고 양 편으로 갈려 치열한 논쟁이 일었으며 막판에는 강경론자들의 뜻이 관철돼 우리에게 했던 임금의 약속은 무효가 됐다는 내용이었다. 조정은 3월 31일 이용태를 안핵사로 파견했다.

안핵사 이용태는 강경하고 전쟁을 좋아하는 인물이었다. 그 같은 평판은 4월말 전라도 전주에 당도하자마자 널리 퍼졌다. 이용태는 신임 고부군수 박원명으로 하여금 고부 봉기에 나섰던 동학교도들의 신원을 파악해 올리라고 지시했다. 그리고 천출, 방랑자, 일꾼과 도적떼들 1천 명을 긁어모아 훈련도 시키지 않고 고부지역에 풀어 동학교도들과 고부 봉기에 나섰던 백성들을 닥치는 대로 사냥하라 했다. 안핵사가 밤낮으로 기생을 끼고 주색에 빠져 있는 동안 그가 풀어놓은 패거리들은 잔악무도하게 백성과 동학교도들을 탄압했다.

우리는 더 이상 그들의 악행을 참을 수 없었다. 이대로 방치한다면 고부의 백성들은 모두 학살당할 처지였다. 재봉기를 결의하면서 우리들은 조선의 정치를 개혁하고 보국안민의 동학사상을 이 땅에 뿌리내리기로 마음을 모았다. 전투가 시작됐다. 우리는 잔악하기만 했지 잡다한 오합지졸로 구성된 관군을 쉽게 물리쳤다. 그리고 우리는 전주성으로 향했다.

전주에는 잘 훈련된 지원군들이 제법 모여 있었다. 그러나 전주성 역시 우리의 수중에 쉽게 점령됐지만 전주 시내에서 우리는 몇 차례의 소탕전을 펼쳐야 했다. 하지만 그것이 관군이 펼친 저항의 전부였다. 그때, 나는 태조대왕 이성계의 어진을 모신 전주 경기전(慶基殿)이 싸움에 휩쓸려 폐허가 될 위험에 처했다는 소식을 들었다. 나는 전투를 지속해 승리를 쟁취하느냐, 일단 후퇴해 경기 전을 보존하느냐의 갈림길에 놓였다. 갈등하는 내 자신이 부끄러웠다. 장수로서 내려야 할 결정은 자명했다. 관군은 경기 전의 존폐 따위에는 아무런 관심이 없었다. 삼강오륜의 도리를 깨우친 나로서는 태조대왕의 어진을 모신 경기전이 파괴되는 모습을 도저히 두고 볼 수 없었다.

나는 초토사 홍계훈에게 화평을 위한 장계를 보냈다. 경기전의 파괴를 막기 위해서라도 우리가 전주성에서 철군 할 테니 가로막거나 공격하지 말라는 내용이었다. 도박을 건 것이나 마찬가지였으나 홍계훈의 자질을 알고 있는 나는 그의 배포를 한번 믿어보기로 했다. 도박은 성공했다. 그는 즉시 우리가 질서 있게 회군한다면 공격하지 않겠다고 답했다. 우리도 동의했다.

1894년 5월 말엽의 일이었다. 동학 농민군의 사령관으로 나는 영광스러운 소명을 다 했다고 믿었다. 농민들, 동학교도들, 왕실 모두를 위한 승리라고 믿은 것이다.

그러나 때는 늦었다. 생각했던 것 보다 훨씬 강력했던 우리의 세력에 겁을 먹은 조정의 강경 수구파 대신들은 한쪽에서는 우리와의 화평을 추진하며 다른 한 편으로는 원군을 남쪽으로 내려 보내고 청국에게까지 군사를 요청했다.

임금은 우리를 믿어야 했다. 그의 백성에게 귀 기울여야 했다. 우리들은 임금을 끌어내리고자 한 적이 없었다. 그러나 우리의 실상을 마주한 적도 없고, 백성의 피눈물을 이해하지 못하는 임금은 그저 우리를 불충한 역적으로만 생각한 것이 아니었겠는가?

"한울님! 어찌 해야 한다는 말입니까? 이제 이 나라는 정녕 일본과 청국의 속국이 될 것이란 말입니까?" 이 나라의 미래에 대한 참을 수 없는 암담함이 내 마음에 엄습했다. 나는 무릎을 꿇고 하늘을 바라보며 기도했다.

"한울님. 탐관오리와 부패한 자들만 조정과 지방에서 솎아내 처벌한다면, 우리는 더 이상의 욕심 없이 고향과 집으로 돌아갈 것임을 임금께 알려 주십시오. 임금님과 왕실을 해하려는 마음은 털 끝 만치도 없다는 사실을 그 분이 제발 깨닫도록 도와주십시오!"

일단 다가오는 재앙을 막기 위해서는 내가 해야 할 일에 충실해야 한다고 결론지었다. 우리는 전주성의 동학 농민군을 철수시켰다. 청국은 조선에 군대를 일단 진주시킨 후 일본에 이 사실을 통보했다. 전문을 통해 청국은 조선과의 오랜 주종관계를 고려해 조선의 파병 요청에 응하기로 결정했다고 밝혔다. 일본은 1885년에 체결한 텐진조약을 위반하고 사전 통보 없이 조선에 군대를 보냈다고 노발대발했다.

우리가 전주성에서 완전히 철군한 후인 6월 초, 외국의 군대들이 조선 땅에 집결했다. 일본은 8000명의 군사를 제물포에 상륙 시켰다. 1700명의 청국 군대는 충청도 아산만에 주둔했다. 일본 공사 오토리 케이스케(大鳥 圭介)는 병사 사백을 이끌고 당당히 한성으로 들어갔다. 조정은 동학 농민군이 해산했음에도 두 나라 군대가 조선에 들어 왔다는 사실에 놀라며 군사를 물러 달라고 청했다. 오토리 공사는 이에 상황이 안정돼 대규모 병력의 조선 주둔이 불필요하다는 내용의 통신문을 일본 정부에 보냈다. 전문은 이렇다.

한성의 현재 상황을 파악할 때 다수의 군 병력 주둔이 불필요 하다고 판단됨. 이에 대한 적절한 조치와 지시를 취하기 바라며 더 이상 본인의 요청 없이 추가병력을 조선으로 파병하지 마시길.

하지만 일본 정부는 한번 결정한 군사조치를 계획대로 실행하기로 결정했다.

반란군의 수괴(首魁)가 되어버린 나는 이 같은 상황변화에 좌절했고 가슴 아팠다. 그러나 한 편으로는 분노로 피가 끓어올랐다. 조정은 우리를 조금 더 믿었어야 했다. 우리의 진정한 뜻을 조금 더 헤아렸어야만 했다. 자신들의 안위만을 걱정한 수구파들이 외국 군대를 이 땅으로 불러 들여 전쟁을 치르도록 멍석을 깔아 준 격이었다. 조선 땅에 주둔한 채 서로 으르렁거리던 두 나라의 군대가 저지른 만행에는 그 어떤 고민의 흔적도 없었다. 반란군의 수괴인 내가 우리 군대와 내 자신의 운명 보다는 이 나라의 미래를 더욱 걱정하는 처지가 됐다. 조정의 위정자들보다 훨씬 뼈저리게 말이다.

1894년 갑오년 말, 나는 붙잡혔다. 형식적인 재판이 열렸고, 나는 반

역죄로 다음 해 형장의 이슬로 사라졌다. 짧은 재판 기간 동안 나는 주상께는 충성했으나, 고부와 삼남지방의 탐관오리들이 저지르는 참상을 두고 볼 수 없었다고 여러 차례 떳떳이 밝혔다. 그러나 내 말에 귀 기울이는 자는 아무도 없었다.

39화
뿌리를 뽑다

지난 10년간 조선에서 왕처럼 군림했던 청국관리 원세개는
7월 19일, 은밀히 도망치듯 조선 땅에서 빠져 나갔다.
그의 출국에 대해 조선정부는 아무런 사전 통보도 받지 못했다.

*

*

*

일본제국의 외무대신으로 재직하고 있던 1894년에 나, 무츠 무네미츠(陸奧 宗光)는 조선의 동학혁명에 대한 소식을 접하게 됐다. 일본 신문들은 그 사실을 경쟁적으로 보도하기 시작했다. 신문들은 일본이 이웃 조선에서 벌어진 동학혁명에 대해 일본 정부가 개입해야 한다고 한 목소리로 외쳤다. 그들은 일본의 안전을 위해 조선에 군대를 파병해 법과 질서 회복을 도와야 한다고 연일 기사를 내보냈다.

일본에 입헌군주제가 도입 된 것은 이제 겨우 4년 째였다. 수많은 사회단체들이 조직됐고 거기에 속한 인간들은 새로운 정치 제도 하에서 저마다의 영향력을 확대하고 출세 할 기회를 엿보고 있었다. 나는 제국의 외무대신으로서 이런 일본의 내부 정세 즉 정치적 균형과 사회질서가 간신히 유지되고 있는 현재의 상황이 조선의 급변 사태로 붕괴되는 사태를 방지하는 데 모든 노력을 기울여야 한다는 책임을 통감하고 있었다. 하지만 나는 조선에서 빈번히 일어나고 있는 정변을 매번 수습하는 것 보다는 좀 더 근본적인 원인, 불안의 뿌리를 찾아 시정하는 것이야 말로 조선의 평화와 일본을 포함한 동북아시아의 안전을 위해 보다 올바른 방식이라고 결론지었다.

당시는 제국 의회가 개원한 상태였는데, 여소야대 상황으로 중의원의 다수를 차지하고 있었던 야당은 내각 총리 대신 이토 히로부미 백작의 외교정책을 소심하기 그지없다며 맹공 했다. 그들은 천황폐하께 이에 대한 시정을 촉구하는 강력한 서한을 준비하고 있다고 공공연히 밝히고 있었다. 야당의 강한 반발을 무마하려던 이토 히로부미 총리대신은 결국 제국의회의 동의를 얻어 6월 2일 중의원을 해산시키고 그의 저택에서 내각 회의를 주재했다.

그 날 일찍, 나는 한성주재 일본공사관 소속 스기무라 후카시(杉村濬) 서기관으로부터 긴급 전통문을 받았다. 내용은 동학 민란을 진압하기 위해 청국군대가 개입한다는 것이었다. 그는 요코하마 마이니치 신문사(毎日新聞社) 기자 출신으로 아직 신참에 불과했으나 경험이 풍부하고 충직한 외교관이었다. 어떤 면에서는 지나치게 신중한 오토리 게이스케(大鳥圭介) 공사보다 대담했다. 실제로 나는 오토리 공사의 사려 깊고 신중한 움직임보다는 후카시 서기관의 민첩하고 대담한 행동을 맘에 들어 했다. 나는 내각 회의에 후카시로부터 전달받은 전통문을 가져갔다. 나는 내각 대신들에게 내용을 알렸고 조선의 상황을 설명했다.

나는 일본 제국이 조선에 출병해 한다고 촉구했다. 그럼으로써 조선 내에서 일본과 청국의 힘의 균형을 재고하고, 장기적으로는 최근 10년 간 청국에게로 쏠린 조선에서의 영향력을 확대해야 한다는 나의 확고한 신념을 강조했다. 이토 총리를 비롯한 내각 관료들은 내 말에 동의를 표했다. 그 즉시 내각회의에는 제국군 중장과 참모장 등이 소집돼 조선 출병 안이 통과 됐으며 이토 총리는 황제폐하에게 출병을 윤허 받기 위해 황궁으로 향했다.

조선 출병이 결정되자 내각과 외무부, 육군부, 해군부 모두는 하나가 돼 일사분란하게 움직였다. 믿을 수 없을 정도로 효율적이면서도 은밀하게 전쟁에 필요한 모든 보급품과 군사 물자들이 수송선에 실렸고, 배들은 일본 우정국 소속 증기선으로 위장되어 조선으로 보내졌다. 조선에서 발생한 사태에 관한 무 대응을 질타하는 민간과 언론의 비난이 가

중되는 상황에서도 우리는 이 모든 과정을 철저히 비공개로 일관하며 조용히 추진했다. 나는 시간이 지나면 그들 역시 우리들의 이 같은 결정에 박수갈채를 보낼 것이라고 생각했다.

나는 일본제국의 장기적인 목표 달성을 위해 필요한 모든 행동을 취해야 하는 동시에, 그 모든 행동 역시 하나같이 영예롭고 국익에 도움을 가져다주는 것이어야 한다는 믿음을 갖고 있었다. 나는 현재 일본으로 돌아와 휴식을 즐기고 있는 오토리 게이스케 공사에게 즉시 조선에서의 업무로 복귀할 것을 명령했다. 설사 청국과의 전면전이 발생하더라도 조선의 불안한 정세를 지속적으로 야기하는 그 모든 근원을 일본 정부가 철저히 시정할 것이라고 오토리 공사에게 자세히 설명했다. 나는 또한 청국이 우리가 뜻하는 바와 포괄적인 계획을 올바르게 파악하지 못할 것이라는 개인적인 직감 역시 털어 놓았다.

오토리 공사가 400명의 선원과 수병들과 함께 군함에 올라 조선으로 향하는 동안 스기무라 서기관은 지원부대의 파병소식을 접한 동학군이 자발적인 해산을 결정했고, 상황이 진정국면을 맞고 있으며, 조선 정부가 외국 군대의 철수를 요청하는 가운데, 청국 또한 일본군이 철수한다면 자국 군대 역시 철군 할 것이라고 밝혔다는 내용의 전통문을 보내왔다.

6월 10일 조선에 당도한 오토리 공사는 이 같은 상황을 확인한 후 더 이상의 조선 파병이 불필요하므로, 파병 철회를 논의하는 내각회의를 소집해달라고 요청했다. 그는 자신과 함께 조선으로 간 400여명의 군사가 한성에 주둔한 상태이며 청국 군대는 머나먼 충청도 아산 땅에 주둔해 있기 때문에 현재의 전력만으로도 충분히 조선거류 일본인들과 재산 및 조선 내 거점을 안전히 보호할 수 있다고 강조했다. 이래서는 거대한 군사를 아무런 군사적 목표 없이 출병시킨 꼴이 되고 말 수도 있었다. 그러나 천황폐하께서 한 번 하달한 명령을 쉽게 번복할 수 없다는 결론에 도달하는 것은 어렵지 않았다.

일본 제국 의회제도는 아직 걸음마 수준이었고 우리는 귀족들과 평민들, 언론과 학자들의 소란스럽고도 비판적으로 내지르는 여론을 진지하게 받아들여야 하는 상황이었다. 그리고 조선의 혼란스런 상황을 주의 깊게 살피고 있던 국제사회에서의 일본의 체면 역시 대단히 중요했다.

조선 주둔 병력 철수를 지연시킬 수 있는 한 가지 확실한 방법은, 조선과 청국이 결코 받아들일 수 없는 어려운 조건을 제시하는 것이라고 나는 생각했다. 근래에 반복되는 조선의 각종 정변과 사회혼란의 근원을 확실히 교정하는 대대적인 개혁을 추진하라고 요구하는 것이었다. 또 이 같은 개혁을 추진하는 과정에서 조선 조정 경제 및 사회의 전면적인 변화를 유도하도록 일본 정부의 철저한 감독이 수반되어야 한다고도 주장했다. 당연히 청국은 자신들을 제외한 국가가 조선의 내부 개혁과 같은 복잡하고 중대한 사안을 다룰 수 있는 권한과 책임을 갖는다는 것에 대해 터무니없다며 반발했다. 또 당초 예상대로 조선 역시 우리의 제의를 과도한 내정 간섭으로 간주했다.

이런 가운데 조선반도에 자리 잡은 두 나라의 군대는 여전히 서로를 마주하고 있었다. 문제의 땅에서 시한폭탄은 째깍째깍 폭발의 시간을 향해 움직이고 있었다. 나는 조선정부에 우리의 개혁안을 수용할 최종 시한을 통첩하기로 결정했다. 청국이 먼저 반응하거나 조선이 만족할만한 대답을 제시하도록 영원히 기다릴 수만은 없었기 때문이었다.

협상은 한 치의 양보도 없이 늘어져만 갔다. 일본 정부는 조선의 전면적인 개혁을 주도적으로 추진한다는 대담한 정책을 포기할 뜻이 없었으나 조선 주재 오토리 공사는 평화적인 중재안이 나오도록 무척이나 고군분투했다.

내각은 6월 15일, 회의를 갖고 만장일치로 두 가지 사항을 확정했다. 협상의 결과와 상관없이 조선 주둔 병력을 철군하지 않을 것이며, 조선의 총체적 내부개혁을 일본의 독자적 역량으로 추진한다는 방침이었다. 그날 밤, 우리의 이 같은 결정은 오토리 공사에게 전해졌다. 전문을 통해 나는 그에게 이 같은 결정을 설명했고, 이런 우리의 뜻을 원세개와 조선 외무대신에게 알리되, 이 같은 사항을 그들을 직접 대면해 말하기 전까지는 절대 기밀로 유지하라고 지시했다. 한 가지 애처로우면서도 이해할 수 없었던 점은 청국이나 조선이나 우리 군대가 눈에 띌 만한 움직임을 보이기 전까지는 우리의 정책 변화 가능성에 대한 그 어떤 대책도 마련하지 못하고 있었다는 것이다. 그들은 폭력적 상황의 일시적인 종식을 스스로 위안 삼아, 마치 이 모든 상황이 자연스레 해결돼 그들의 일상이 저절로 원상태로 회복되리라고 상상하고 있는 듯 했다. 6월 16일, 4000명의 추가병력이 조선에 당도하자 그들은 그제 서야 현실에 번쩍 눈을 떴다. 상황은 돌이킬 수 없는 방향으로 치닫고 있었다.

지난 10년간 조선에서 왕처럼 군림했던 청국관리 원세개는 7월 19일, 은밀히 도망치듯 조선 땅에서 빠져 나갔다. 그의 출국에 대해 조선정부는 아무런 사전 통보도 받지 못했다. 오토리 공사 역시 원세개가 출국한지 이틀이 지나서야 이 사실을 파악했다. 그러나 그 소식이 퍼져나감과 동시에 원세개의 출국으로 발생한 조선내의 국제 정치적 힘의 공백은 곧 또 다른 힘으로 채워졌다. 우리의 대담한 벼랑 끝 정책이 기대 이상으로 훌륭히 작용했던 것이다. 우리는 이제 계획했던 전략을 한발한발 거침없이 실행에 옮길 수 있었다.

막강한 군대가 주둔한 상황에서 우리 정부의 통첩기한 만료 이후에도 조선 정부의 대응이 한없이 지체되자, 오토리 공사는 내가 준비해 놓은 사전계획 대로 다음 단계를 진행했다. 일본군은 조선 국왕의 성인 경복궁으로 진입해 왕과 왕비, 세자를 연금했다. 우리 군은 사전에 포섭한 대원군을 앞세웠다. 조선 왕의 부친인 대원군은 그때까지 그의 저택인 운현궁에 사실상 연금 된 상태였다. 다행스럽게도 그의 저택은 한성 내 경복궁과 멀지 않은 곳에 위치해 있었다. 권좌에 복귀할 기회만을 노리고 있었던 그는 우리의 계획에 동조해달라는 권유를 망설임 없이 환영했다. 대원군은 그의 세 번째 집권이 실질적 권한을 발휘할 수 없는 허울뿐인 자리가 될 것이라는 점을 예상치 못하고 마냥 기뻐했다. 그때까지 막강했던 민 씨 가문의 권력은 이와 동시에 와해됐다. 왕비 역시 고립됐다. 조선을 장악했던 민 씨 가문의 영화는 십년 만에 막을 내렸다.

40화
청일전쟁

> 조선에 있어서 청나라의 패배는 말 그대로 재앙 그 자체였다.
>
> 우리가 알고 있던 한 시대의 초라한 종말이었다.

*

*

*

전하와 세자, 그리고 왕비인 나는 일본군의 감시 하에 1894년 7월 23일부터 8월 1일까지 펼쳐진 일련의 사태를 무기력하게 지켜보았다. 청나라는 조선으로의 추가 파병을 결정했다. 천 여 명의 청나라 군사를 태운 영국 함선 가오싱호(號)는 충청남도 아산에 도착했다. 그러나 그들은 상륙하기도 전에 일본함대의 함포사격을 받고 침몰했다. 물에 뛰어든 청나라 군사들은 집중사격을 받고 죽어갔다. 일본군은 청나라 군사들을 물에 뜬 부표라고 생각하는 듯 무자비하게 쏘았다고 한다. 풍도해전이라고 불린 이 전투와 경복궁의 점거는 청나라가 일본과의 전쟁을 시작하게 된 결정적인 이유가 되었다. 청나라는 공식적으로 1894년 8월 1일, 일본과의 전쟁을 선포했다.

비록 그 힘이 예전만 못하다 하더라도 청국은, 아니 중국은 수천 년의 역사를 이어온 세계에서 가장 부유한 나라였다. 많은 이들은 여전히 거의 모든 면에서 청나라의 힘이 일본을 압도한다고 생각했다. 아무도 그 점에 이의를 제기하지 않았다. 난쟁이들이 모인 섬나라 일본 따위가 어찌 중국을 이길 수 있단 말인가? 일본이 승리할 것이라고 예측하는 이들은 일본 정부 관계자들이 전부였다.

일본이 승리를 확신한 이유는 자신들이 눈부신 군사 근대화를 이루는 동안 청국에서는 서태후가 서양에서 전함을 사올 재화를 전용해 대리석으로 배를 만들어 이화원에 띄워 놓는 등 부국강병과는 먼 전횡이 펼쳐지고 있었다는 사실을 잘 알고 있었기 때문이었다. 일본인들은 이번 전쟁을 서양열강과 맺었던 불평등 조약을 기회로 삼아 화려한 발전을 이룩한 일본제국의 역량을 온 세계에 떨칠 하늘이 주신 기회라고 생각했다.

전쟁은 오래 가지 않았다. 일본은 모든 전투에서 청국의 군대를 압살했다. 평양 전투의 승리는 결정적이었다. 황해 해전에서는 일본 함대가 덩치만 크고 느린 함선들로 구성된 청나라 북양함대를 물리쳤다. 이를 계기로 일본군은 만주로 진격해 도주하는 청국군을 쫓으며 요동 반도의 많은 도시까지 점령했다.

두 나라 사이의 종전 협상이 진행되면서도 일본군은 전쟁을 지속했다. 청국군의 피해 그리고 그들이 느끼는 심리적 굴욕감은 눈덩이처럼 불어나고 있었다. 이 모든 시간 동안 우리는 궁 안에서 연금 상태로 남아있었다. 시아버지이자 내 생애 최악의 정적이기도 한 대원군이 권력을 장악해가며 즐기는 그 모습을 아무런 대책 없이 바라봐야 했던 것은 참을 수 없는 모욕이고 수치였다. 나는 국태공이라는 직함을 갖고 있는 노인이 스스로의 혼과 이 나라의 정신을 포기하며 일본의 꼭두각시가 되어 권력을 챙겨대는 모습을 똑똑히 지켜보았다.

1895년 4월, 시모노세키 조약이 체결됐다. 승전을 통해 일본은 요동 반도, 타이완 섬, 펑후 제도 등 부속 여러 섬을 청나라부터 얻었다. 이와 함께 일본은 역사 상 처음으로 중국과의 전쟁에서 승리를 거뒀다는 말로 표현할 수 없는 영광을 안게 되었다.

청국은 전쟁의 종식과 협상을 위해 이홍장을 일본 시모노세키로 파견했다. 그 곳에서 한 극우 민족주의자가 그를 암살하려 시도했으나 미수에 그쳤다. 암살자가 쏜 총알은 이홍장의 뺨에 박히며 흉터를 만들었을 뿐이다. 그러나 그 사건으로 청나라는 협상에서 유리한 고지를 얻게 되고, 종전 배상금의 가격도 상당히 줄었다는 후문이 있었다.

일본의 대표는 이토 히로부미 총리였다. 그 당시 일본에서 가장 현명하고 존경받는 관료였다. 이홍장과 이토는 10년 전 텐진조약 체결 당시에도 같은 방식으로 협상 탁자에 함께 앉았던 바 있다. 그 당시 둘은 조선에서 군사적 정변사태가 벌어졌을 때 두 나라가 어떤 방식으로 어떻게 개입해야 하는 지 논의했었다. 이홍장은 그 때 협상에서 종주국이라는 위치를 내세워 일본을 앞으로 조선 문제에 있어 함께 협력할 수 있는 동반자라고 인정하겠다며 거들먹거렸었다. 그러나 시모노세키에서의 위치는 정반대였다. 그는 섬나라 일본에 종전을 위한 관대한 처분을 간청하고 있었다.

이토 히로부미는 1895년 3월 20일, 회담이 막바지로 치닫는 와중 이홍장에게 이렇게 물었다.

"10년 전 텐진에서 나는 청국의 개혁에 대해 대신과 논했소이다. 그러나 오늘 날까지 청나라에 이뤄진 변화와 개혁은 하나도 없는 듯하오. 도대체 어찌 이 지경이 된 것입니까?"

이홍장은 탄식하며 슬피 말했다.

"제국은 지금껏 유지해온 전통과 구습에 너무나도 사로잡혀 있소. 그 동안 내가 원하는 뜻과 개혁을 한 치도 이룰 수 없었소. 그 때 당신이 말한 것을 아직도 기억하오. '청국은 거대하고 인구도 많다. 개혁과 정책의 변화는 물 흐르는 것처럼 서서히 이뤄져야 할 것이다.' 그러나 눈 깜빡 할 새 10년이라는 세월이 흘렀으나 제국은 여전히 그 자리에 있구려."

조선에 있어서 청나라의 패배는 말 그대로 재앙 그 자체였다. 우리가 알고 있던 한 시대의 초라한 종말이었다. 지난 수백 여 년 간, 조선은 중국에 사대하며 의존했다. 그들은 우리의 존경에 대한 대가로 우리를 자식처럼 돌보고 보호해왔다. 조선의 현명한 대왕들께서는 중국과의 특수한 관계를 현명히 이용해 왕실의 사직을 손속시켜 오셨다. 두 나라 간의 힘과 부의 차이를 생각해 볼 때, 대립은 이 나라와 백성의 존폐를 위태롭게 했을 것이다. 지난 10여 년간을 생각했을 때도, 나와 민 씨 가문이 중심 된 이 나라는 청국의 힘을 방패삼아 일본을 포함한 외국의 침입을 막아냈던 것이다.

청일전쟁의 결과로 조선의 정치 현실에 당장 변화가 일어나지는 않았다. 청나라를 등에 업었던 민 씨 가문은 여전히 권력의 핵심에서 먼발치로 밀려난 상태였다. 종친들을 비롯한 나의 지지자들이 거의 모두 제거되면서 나와 전하 역시 권력의 뒤편으로 물러나 있었다. 갑신년 정변을 일으키고 조선을 떠나야 했던 박영효와 홍영식도 돌아와 등용됐다. 하나도 놀랍지 않았다. 놀라웠던 것은 오히려 세상에 퍼진 소문이었다. 그동안 위정척사와 반외세, 반일본의 살아있는 화신으로 추앙받던 대원군께서 친일파들과 손잡고 있다는 이야기였다. 그보다 더욱 믿을 수 없는 이야기는 나를 단순히 권력에서 제거하는 것이 아니라 내 생명을 끊으려 획책한다는 것이었다.

소문에 휘둘리지 않으려 했다. 결국 나를 며느리로 둔 시아버지 아니던가. 무엇보다 그분은 스스로를 정직하고 윤리적인, 고지식한 유학자라고 자랑스러워했다. 그러나 한편으로 그 분은 타고난 정치가였다. 나는 대원군이 이 기회를 활용해 나를 제거하고 권력으로의 복귀를 꾀할 지 궁금해 하고 있었다.

41화
다시 찾아온 기회

… 1894년 7월 23일의 아픈 일이 다시 떠올랐다.
그중 가장 사무치는 기억은 일본군대를 거느리고 궁을 습격해
조롱 섞인 눈으로 나를 바라보던 시아버님의 분노어린 얼굴이었다.

*

*

*

세월을 낭비하지 않고 하루하루 노력한다면 누구에게나 새로운 기회는 찾아오는 법이다. 옛날부터 어르신들로부터 들어왔던 평범한 격언이지만 나는 항상 그 말을 마음속으로 되뇌어 왔다. 그리고 결국 그 격언은 조선의 국태공인 나에게도 현실로 다가왔다.

민 씨 종친들의 삼엄한 감시에서 벗어날 수 있었던 것은 일본인들의 도움이 결정적이었다. 내가 경멸해 온 족속으로부터 갑작스런 도움의 손길을 받았다는 사실은 당혹스러웠다. 그러나 그 손길을 뿌리칠 정도로 만만한 상황은 결코 아니었다. 민 씨 도당들의 족쇄에서 빠져나오는 일이 무엇보다 시급했다. 그 후에야 앞으로 무엇을 할 수 있을지 상황을 살필 수 있다고 나는 생각했고, 내 자신의 권위를 다시 드높일 기회를 찾는 것은 맨 나중이라고 확신했다. 그리고 일본인들이 나를 섭정의 자리로 복귀시켜 줄 수 있다면 나는 그들의 계략에 기꺼이 발맞출 준비가 되어 있었다.

1894년 7월 23일, 나는 경복궁을 점거한 일본군 혼성여단과 함께 궁에 들었다. 일본군은 상감과 중전, 세자의 신병(身柄)을 확보하고 나를 조선 조정의 국사를 관장하는 수장으로 내세웠다. 1882년, 내가 두 번째로 권좌에 섰을 때와 마찬가지로 내 아들과 손자는 다시 한 번 내 앞에 무릎 꿇고 두려움에 떨었다. 그러나 뻔뻔한 며느리는 꼿꼿이 허리를 세우고 나에게 고개를 까닥 했을 뿐이었다. 나는 그 년의 오만방자한

면상에 주먹을 날리고 큰 칼로 목을 내리치고 싶은 심정이었으나 어금니를 꽉 깨물고 자애롭게 미소 지었다. 며느리는 내 얼굴에 구멍이라도 뚫을 기세로 그 커다란 두 눈, 내가 경멸하던 갈색 눈동자가 박힌 그 눈으로 나를 쏘아 보았다.

상감은 1882년에 그랬던 것처럼 나에게 다시 한 번 사죄했다. "아버님. 통촉하여 주십시오. 제가 못나 왕실과 이 나라를 이 지경으로 만들었습니다."

"지나간 일은 이미 지나간 것입니다. 옛 일은 더 이상 괘념치 말고 앞으로 똑같은 잘못을 반복하지 않도록 하십시다."

나는 다소 엄한 말투로 상감에게 말했다.

"예, 아버님. 아버님께서 이르는 데로 따르겠습니다. 무엇이든 앞으로 나아갈 길을 알려 주십시오."

상감의 목소리가 떨렸다. 나는 며느리가 그런 상감을 보고 무어라 말하는 입 모양새를 보았다. 그 아이는 상감의 굽신 거리는 태도에 대해 잔소리를 늘어놓고 있는 것이 분명했다.

처음 며칠 동안 나는 실로 오래간만의 활력을 느꼈다. 다시 나를 찾아온 크나큰 행운이 실로 사실인지 믿을 수 없었다. 수년간의 치욕스러운 연금생활이 풀림과 동시에 권좌를 되찾았다는 작금의 현실이 꿈만 같았다. 그러나 일본의 꼼수를 알아차리는 데는 그리 많은 시간이 필요치 않았다. 나는 그들이 지금까지 진행해 왔던 치밀한 사전공작, 교활한 계책, 그리고 그것을 끌고 나가는 거침없는 추진력을 지나치게 과소평가하고 있었다. 내가 권좌에 복귀했을 때 그동안 이 나라를 주무르던 원세개는 변복을 하고 허둥지둥 이 나라를 빠져 나갔다. 청나라 군대는 한성에서 멀리 퇴각해 전열을 가다듬고 북진하고 있는 일본군을 맞서 싸울 준비를 하고 있었다. 일본군대는 잘 조련되고 훌륭한 무기로 무장하고 있었다. 그들이 가는 길에 마주한 조선 군대는 대부분 무상해세 당했다. 나를 권좌에 세운 대가로, 일본은 내가 가진 강한 의지와 정치적 자산을 국정에 제대로 사용하지 못하는 꼭두각시 신세로 나를 전락시켰다. 나는 그들이 준비한 서류에 기계적으로 국새(國璽)를 찍어댔다. 일본은 조선인들의 문화와 제도 거의 모든 면에 광범위한 개혁을 진행시키려 들었다.

조선을 개혁해야 한다는 사실에는 공감했다. 그러나 일본인들이 제안한 제도 개선은 개혁이 아니라 급진적인 혁명의 모습을 갖추고 있었다. 특히, 나는 그들이 계획한 조선 조정의 구조 조정 방안이 조선에 대한 일본의 경제적 착취를 가속화 시키고 조선의 자립을 위태롭게 하도록 짜여져 있다는 점에 크게 반발했다.

위기감을 느낀 나는 동학군의 수장인 전봉준에게 연락을 취했다. 그 자는 지난봄에 나를 찾아와 주상에게 상소를 전해 달라 부탁 한 적이 있었다. 그 당시 나는 그에게 도움을 줄 수 있는 상황이 못 됐다. 나는 그저 내가 다시 권좌에 복귀하면 돕겠다고 말로 달랬을 뿐이었다. 그 말조차도 진심이 아니라 그 자를 돌려보내기 위함이었다. 중전이 내가 동학군과 소통하고 있다는 꼬투리라도 잡으면 큰일이기 때문이었다. 그러나 이제, 나는 그 자와 동학군을 내 편에 끌어들여 일본으로부터 이 나라를 되찾을 도구로 사용하겠다고 생각했다.

동학군을 격양시키는 데 그다지 큰 어려움은 없었다. 오토리 공사가 보낸 첩자들은 수개월 동안 동학군을 자극했다. 늦가을 무렵, 전봉준은 동학농민군의 3차 봉기를 선언했다. 동학 2대 교주인 최시형도 거병을 지지했다.

전라 지방에서만 10만여 농민들이 봉기에 뛰어들었다. 다른 삼남 지방에서도 봉기에 합세해 일본군의 통신 회선을 자르고 보급선을 차단

하는 전과를 올렸다. 그러나 봉기는 이내 진압됐다. 일본군은 신속하고 효과적으로 동학군을 상대했다. 전봉준이 이끄는 동학농민군의 본진에 대한 공격에 집중하며 그들의 전력을 빠르게 와해시켰다. 동학군의 애국심, 그들이 흘린 피, 열정과 충정 따위는 일본군의 압도적인 화력 앞에서는 아무런 소용이 없었다. 12월 28일, 전봉준은 체포돼 한성으로 압송됐다. 일본군은 그 후에도 동학과 연관된 백성들을 체포해 무자비하게 학살하는 행위를 멈추지 않았다. 하지만 동학군 역시 전봉준이 처형된 다음해 3월까지 산발적인 저항을 지속했다.

한 달 후인 4월 17일, 시모노세키 조약이 체결되고 청국과 일본의 전쟁이 종식됐다.

나는 거대한 청나라마저 일본에 무릎을 꿇었다는 사실이 믿기지 않았다. 세상이 한꺼번에 무너지는 심정이었다. 사실상 내가 한평생 살았던 믿어왔던 세계는 말 그대로 종말을 맞은 것과 마찬가지였다. 나는 이 나라에 다가올 미래가 두려웠다. 이 같은 식으로 상황이 흘러간다면 조선이 독립국으로 존재할 날은 얼마 남지 않았기 때문이었다.

42화
청일전쟁이 끝나고

> 그들 중 일부는 호랑이와 여우의 싸움을 자기들이 끝낼 것이라고 떠벌였다.
> 물론 호랑이는 대원군을, 여우는 나를 지칭하는 말이었다.
> 그들은 또 '여우사냥'을 기필코 성공하겠노라 방정을 떨었다.

*
*
*

일본 관료들이 모두 그렇듯, 이노우에 공사 역시 서양인들과 같이 짧은 단발을 하고 서양식 의복을 입고 있었다. 단지 그의 복장은 좀 더 꾸밈이 있어 윗도리는 만다라 칼라로 장식돼 있었다. 어깨장식은 한껏 부풀려 과장돼 있었으며 풍성한 금술장식이 붙었고 가슴에는 가지각색의 훈장이 주렁주렁 달렸다. 또 왼쪽 어깨부터 오른쪽 어깨까지 금으로 치장한 장식 띠가 어지럽게 늘어져 있었다. 그의 얼굴은 둥글고 유순해 보였다. 그 당시 일본 남정네들이 모두 똑같이 기르고 있던 콧수염 역시 그 얼굴 한가운데 보기 좋게 자라 있었다. 그는 말하며 종종 미소를 지었는데 지금까지 보아 온 일본 관리들과는 달리 친절한 모양새가 인상 깊었다. 그는 청일전쟁으로 야기된 조선의 참상에 유감과 우려를 표하며 일본정부가 조선의 재건에 사용될 차관을 제공하도록 돕겠다고 제의했다. 그는 비록 일본인이었지만 지난 재임 당시부터 호의를 느끼고 있었다. 그래서 그런 그의 발언을 기꺼이 여겨졌다. 또 그는 일본의 왕과 총리대신도 무시 못 할 경력과 연륜을 갖춘 고위직이었기에 차관 제공 제의는 충분한 개연성이 있다고 생각했다.

그러나 그 같은 차관 제공 제의 건 이외에 조선 부임 이후 그가 펼친 행보는 실망스럽기 그지없었다. 이노우에 공사는 스스로 조정을 개편하려 들었다. 갑신년 정변을 일으킨 뒤 도망 가 일본에 몸을 숨기고 있었던 박영효, 서광범 등을 끌어들여 요직에 앉혔다. 정변을 일으켰던 역적들을 처단하려 했던 우리의 노력이 수포로 돌아간 것이 크게 아쉬웠다. 그들의 우두머리인 김옥균은 우리가 보낸 자객이 1년 전 상해에서 처단했다. 그러나 그 밖의 거사는 모두 실패했던 것이다. 내부대신 박영효가 조정에 들고, 그 뒤에 대원군이 섭정으로 버티게 되자 전하와 나는 말 그대로 꼭두각시 인형 꼴이 되고 말았다. 무엇보다 세자의 미래가 걱정돼 견딜 수 없었다. 중전으로 궁에 든 후, 벌어진 수많은 고난 속에서도 희망의 길은 늘 서광을 비추곤 했다. 이번에도 마찬가지였으니 이노우에 공사가 대원군의 퇴진을 요청한 것이었다.

이노우에는 더 이상 조선 조정에 섭정의 자리가 필요치 않다며 퇴진을 권유했다. 대원군은 버텼다. 그러자 이노우에는 대원군이 중국에 머물렀을 당시인 1882년 동학 도당과 봉기에 관한 내용을 주제로 비밀리에 교환한 서신을 증거로 압박했다. 이노우에는 대원군에게 “청나라가 그랬던 것처럼 합하(閤下)를 일본으로 모실 수는 없습니다. 그러나 섭정에서 무사히 퇴위하셔서 여생을 도성에서 멀리 떨어진 합하의 별장에서 평안히 보내길 바라고 있습니다.”라고 말했다. 대원군은 청나라에서 보낸 지옥 같았던 3년이 불현듯 기억났는지 아무런 대꾸도 하지 못했다고 한다. 대원군은 즉시 퇴궐했다. 이로써 대원군은 세 번째 섭정은 막을 내렸다.

이와 동시에 예기치 않았던 일이 벌어졌다. 나라 밖에서 생긴 일이었으나 이는 결과적으로 조선을 이롭게 했다. 간접적인 도움의 손길은 러시아로부터 찾아왔다. 러시아는 먼 유럽부터 조선과의 북쪽 끝 접경지역까지 유라시아 북부대륙 전체를 아우르는 거대한 제국을 이루고 있었다.

러시아는 아직까지 조선에 큰 관심을 두지 않고 영향력도 발휘하지 못하는 국가였으나 청일전쟁의 결과로 일본이 요동을 점령하며 아시아에서의 영향력을 확대하자 일말의 위협을 느끼고 있었다. 일본과 러시아는 역사적으로 대립 관계를 구축하고 있었다. 일본이 대륙으로 진출하면 러시아는 부동항을 얻기 위해 지난 수 십 년간 추진해 온 자신들의 남하정책에 심각한 문제가 발생할 것으로 예측했다. 거대한 러시아 제국은 조그마한 섬나라 일본이 그들의 야망을 가로막는 꼴을 보고만 있을 수 없었다. 시모노세키 조약이 체결된 지 수 일 만에 러시아는 다른 서구 열강들과 동아시아에서의 세력 확보를 위해 회의를 갖게 된다.

러시아는 유럽열강들과 미국을 회유해 국제동맹 결성을 추진하려 했다. 이를 통해 일본이 전략거점인 요동 반도를 청국에 반환하도록 압력을 행사하려는 계획이었다. 영국과 미국은 반대했지만 독일과 불란서는 이를 받아들였다. 그들은 한 목소리로 청일전쟁의 승리로 할양받은 요동반도를 포기하라고 촉구했다.

이 같은 내용의 삼국간섭은 1895년 4월 30일 공식적으로 이뤄졌다. 시모노세키 조약 체결 이후 불과 보름만의 일이었다. 이들은 요동 반도를 일본이 소유하는 것은 청의 수도에 대한 항구적인 위협일 뿐 아니라 조선의 독립을 유명무실하게 만드는 것이라며 요동반도의 반환을 요구하였다. 닷새 후인 5월 5일, 일본은 세 나라의 압력에 굴복해 청나라 돈 3천만 냥, 일본 돈으로는 4억 5천만 엔의 추가 배상금을 조건으로 요동 반도를 반환하는 수정 조약을 체결했다. 그 후 한 달 만에 러시아는 일본군이 물러난 부동항인 여순 항을 할양받아, 극동함대의 기함기지로 삼기위한 준비에 착수했다. 일본은 상처에 소금을 뿌리는 듯한 러시아의 이 같은 조치에 분함을 억누르며 이를 갈았다.

우리는 이런 일련의 사건들이 아직까지는 국제사회에서 일본의 국력이 미약하기 때문에 벌어진 일이라고 믿었다. 나는 이번 기회를 조선에서의 일본의 영향력을 축소시키고, 조정에서 파직된 나의 친척들과 민 씨 일가를 다시 중용할 기회로 삼고자 했다. 나는 전하에게 한시바삐 조선 주재 러시아 공사와 만나 우리를 일본의 손아귀에서 벗어나도록 협조해

달라고 요청하시라 여쭸다. 칼 웨베르 공사는 우리의 요청을 환영했다. 그는 그 당시 서양 외교관들이 주로 모이는 장소로 활용된 정동 구락부에서 회의를 주재하고 이를 알렸다. 정동 구락부가 위치한 덕수궁 인근의 정동(貞洞)은 미국, 영국, 러시아 등 각국 공사관들을 비롯해 서양인들이 운영하던 음식점, 호텔과 선교사들의 주택 등이 밀집되어 사교와 외교 활동의 중심지였다. 그런 와중에도 조선에 대한 일본의 침략은 노골적으로 진행돼 비 간섭주의로 일관했던 서구 외교관들조차 우려를 표했다. 미국과 러시아 공사들은 조선의 궁을 수비하는 군사를 일본이 훈련시키고 그들의 휘하에 둔다는 일본의 계획에 적극적으로 반대했다. 그리고 또 다시 나를 해하려 들었던 친일파 내부대신 박영효의 즉각적인 파면을 요구했다. 박영효는 다시 한 번 일본으로 망명을 떠나게 됐다.

일본군이 경복궁에 든 지 1년여 만에 나는 내 머리 꼭대기에 머물고 있던 먹구름이 사라져가는 기분을 만끽했다. 나는 내가 있어야 할 자리에 다시 올랐다. 일본은 국제적 압력에 전쟁으로 얻은 전략적 요충지를 다시 잃었고, 조선의 친일파 조정 대신들은 파직됐으며, 우리는 일본을 조선에서 물리쳐 내 줄 수 있는 러시아라는 든든하고 믿음직한 후원자를 얻게 된 것이다. 그러나 이 같은 평화가 오래 갈 것 같지 않은 불안감은 늘 내 곁을 함께 했다. 중전에 오른 후 지금까지 언제나 행복의 순간은 드물었으며 평화와 안식은 늘 무언가 사건과 함께 깨어지기 마련이었기 때문이다. 이노우에 공사가 갑자기 일본으로 소환됐다. 차관 문제가 미처 매듭지기도 전이었다. 역대 일본 공사 중 이노우에는 그나마 합리적이고 다른 이들의 의견에도 귀 기울이는 가장 믿을 수 있는 외교관이었다. 그런 그가 제대로 된 설명도 없이 조선을 떠나게 되다니….

일본행을 앞두고 이노우에 공사가 마지막으로 우리를 찾아왔다. 그는 조선을 떠난다는 작별을 통보하며 차관 문제를 매듭짓지 못해 송구스럽다고 이야기 했다. 이노우에 공사는 차관 진행의 세부사항에 관한 우리의 질문에 대한 대답은 회피했으나 조선이 독립을 유지할 수 있도록 돕기 위해 일본 정부에 자신의 모든 지식과 정보를 자발적으로 제공하겠다고 다짐했다.

"소관은 천황폐하와 내각이 조선왕실의 부흥을 기초로 한 조선왕국의 독립을 유지토록 촉구하는 서신을 본국에 보냈습니다." 그는 거듭 우리를 안심시키고자 했다.

"일본 정부는 그 어떤 주체가 일으키던지 상관없이 전쟁이나 군사적 정변 상황에서 조선 왕실을 안전하게 보호할 것이오니 아무쪼록 염려 마시기를…."

이노우에 공사의 거듭된 약속은 나의 의혹을 어느 정도 해소 시켰고 우리의 안전에 대한 믿음을 깊게 했다. 또 그의 작별인사는 전하와 나를 감동시켰고 미래에 대한 우리의 불안 역시 잠재웠다. 그가 왜 이리도 급히 본국으로 소환됐는지, 공석으로 남은 공사 직이 왜 3주가 지나도록 채워지지 않고 있는지는 여전히 알 길이 없었으나 이노우에 공사가 지금까지 가장 존경 받은 조선 주재 일본 공사였다는 이유로 나는 그가 명예를 걸고 내뱉은 무거운 말들을 깊게 신용하고 있었던 것이다.

8월 말, 미우라 고로(三浦梧樓) 신임공사가 한성에 도착했다. 우리는 신임 공사가 외교적 경험이 전무한 군인 출신이라는 점을 미리 언질 받았다. 그가 부임을 통보하기 위해 궁을 방문했을 때, 그는 일본 무사 복장을 하고 빈 칼집을 찬 채였다. 빈 칼집만 차고 있던 이유는 대전 입구에서 제지당했기 때문인데 빈 칼집만이라도 매고 들겠다고 고집을 부렸다고 한다. 그는 이노우에 전 공사보다 젊었다. 아마 10년은 더 어린 듯 했다. 눈빛이 날카롭고 수염이 덥수룩한 강인한 인상을 갖고 있었다.

그는 자신이 이노우에 전임공사의 임무를 인계받았다고 짤막히 말했다. 과묵한 자였다. 나는 그 이후로 그자를 다시 볼 수 없었다. 듣기로는 그가 독실한 불교신자로 대부분의 시간을 참선하는 데 보낼 뿐 집과 공사관을 거의 떠나지 않는다고 했다. 하지만 그는 일본에서 함께 온 수 많은 낭인 무리를 거느리고 있었다. 미우라 공사와 달리 낭인들이 보이는 태도는 혼란스럽기 짝이 없었다. 그 무리는 수백에 달하고 행동은 역시 조선을 찾은 다른 이방인과는 달리 마치 제 집 안방처럼 굴었다. 한양을 일본 옷차림에 나막신을 끌고 다녔고 제 나라 말로 술 취한 양 크게 떠들었다. 그들이 하는 말을 들어보면 나에 대한 욕이 태반이었다 한다. 나의 성질이 괴팍하고 여우처럼 영리해 시아버지와 죽고 살기 식 싸움을 벌이고 있다는 얘기였다. 그들 중 일부는 호랑이와 여우의 싸움을 자기들이 끝낼 것이라고 떠벌였다. 물론 호랑이는 대원군을, 여우는 나를 지칭하는 말이었다. 그들은 또 '여우사냥'을 기필코 성공하겠노라 방정을 떨었다. 그들은 일본 상점들이 집중적으로 모인 진고개의 술집이며 요리집에 모여 고함치고 말다툼 하고 소란을 피웠다. 듣기만 해도 불결하고 터무니없는 이런 풍문이 당혹스러웠다.

나는 민영익을 일본 공사관에 보내 미우라 공사를 접견하도록 했다. 흉측한 풍문으로 떠도는 '여우사냥'이 도대체 무엇을 뜻하는 것인지 상세히 알아내라 일렀다. 미우라 공사는 낭인들의 불쾌한 행패가 다시는 일어나지 않을 것이며 그 같은 망발을 내뱉는 자는 거침없이 처벌하겠다고 약속했다. 미우라 공사는 이노우에 전 공사가 약속했던 조선왕실의 안전한 보호를 민영익에게 언급하며 재확인했다. 이노우에는 우리가 가장 확실히 믿을 수 있는 단 하나의 일본인이었다. 그는 이토 히로부미 총리 다음으로 가장 존경받는 일본 지도자이기도 했다. 그래서 결국 나는 그 설명을, 날뛰는 일본인들을 어쩔 수 없이 받아들이기도 했다.

43화
자유로운 넋

조선 왕국이여,

이 나라의 백성이여, 영원하여라!

*

*

*

그 얼마나 쓰라린 격동의 삶이었던가. 그 삶은 과연 온전한 나의 인생이었을까? 그 모든 굴곡진 사건들, 고집스런 시아버지를 포함한 수많은 사람들을 쉼 없이 겪고 만나며, 나는 정녕 그 모진 세월을 견뎌왔던 것일까? 30년이란 시간 동안 참 많은 일들이 있었구나. 내 넋이 하늘을 둥둥 떠 미지의 세계로 향하는 동안 난 먼 땅을 내려다보며 상념에 젖었다.

나는 경복궁의 진산(鎭山)이자 한양의 기점인 북악산의 높은 봉우리를 보았다. 그 바로 밑에 자리 잡은 경복궁의 대전과 수많은 전각들이 눈에 들어왔다. 내가 저 궁궐의 안주인인데. 지금 나는 여기서 무얼 하고 있는 것인가. 아… 그랬지. 새로운 일본 공사의 낭인들이 내 시아버지의 인솔 아래 궁을 습격했었지. 하토미는 나를 배신했고, 이경직 장군의 팔은 잘려 나갔고… 홍상궁의 목도 떨어져 나갔고 나 역시… 그래, 나 역시….

나는 더 높이, 높이… 공중으로 떠오르고 있었다. 아무런 고통도 느낄 수 없었다. 채이고 던져지는 아픔도, 날카로운 칼이 살 속으로 파고드는 전율도, 산 채로 화염에 타오르는 고통도 더 이상 느껴지지 않았다. 그 대신 완벽한 자유라는 이상한 느낌이 내 몸을 휩싸 안았다.

주상전하, 사직을 이어받을 사랑하는 내 아들, 내가 태어난 아름다운 이 땅과 조선이라는 국가를 보살피어야겠다는 그 어떤 자신감이 자유로운 내 몸 속에 활력처럼 피어올랐다.

나는 이 나라의 국모이고 넋이다. 내가 돌보지 않는다면 그 누가 나설 것인가? 백성들은 나를 잊지 않으리라. 나 역시 그들을 기억할 것이다. 이 혼란스러운 참극이 정리되려면 시간이 걸릴 것이다. 일본이 당장은 조선을 쥐고 흔들 수 있을 테지만, 나는 내 백성을 안다. 우리는 결코 완전히 복속되지 않는다. 나는 반드시 이 하늘에서 그들이 스스로 일본의 속박에 벗어나도록 도울 것이다. 그리고 나는 이 나라와 왕실을 일본으로부터 지키고, 거의 그 뜻을 눈앞에 두었던 이 나라의 왕비로 기억될 것이다.

하얀 그림자가 내 앞에 섰다. 그림자는 내게 손을 내밀었다. 내게 건네진 손을 맞잡는 대신 그림자의 얼굴을 올려 보았다. 흰 그림자가 가진 얼굴은 오래 전 세상을 떠난 아버지와 닮아 있었다. 그러나 그 그림자가 내 아비인지는 확신할 수 없었다. 대신 나는 손을 내밀어 그림자가 이끄는 대로 스르르 끌려갔다.

지상의 모습은 빠르게 멀어져 점이 되더니 이내 사라져 버렸다. 그리고 나는 소리쳤다.

"조선 왕국이여, 이 나라의 백성이여, 영원하여라!"

그러나 그 누구도 내 목소리를 들었으리라는 확신은 가질 수 있었다. 나는 이제 좀 더 부드러운 목소리로 뜨거운 내 마지막 소원을 이야기했다.

"사랑하는 전하. 부디 강녕하시고 우리 아들을 살펴 주소서. 그 아이가 아름답고 탐스러운 이 나라 조선의 현명한 군주가 되도록 지켜 주시옵소서!"

하늘 저 멀리 끝없이 솟아오르는 동안 나는 한 가지 사실을 깨닫고 다짐하게 되었다. 나는 지금까지 그리고 앞으로도 영원히 조선의 국모로 남을 것이다. 그리고 먼 미래까지 이 나라와 백성을 지켜나갈 것이었다.

청명한 가을 아침, 북악산 자락에 피어 오른 하얀 연기는 아주 오랜 시간 동안 저 먼 하늘을 향해 곧고 아름답게 뻗어 올랐다.

아침을 여는 봇짐장사들과 물지게꾼, 아이를 등에 업은 아낙들은 유난히 처연해 보이는 그 연기 자락을 감탄스럽게 쳐다보았다. 저 연기가 무엇 때문에 피는 것일까, 그들은 궁금해 했다.

***

작가노트

19세기 후반 벌어진 민비시해사건에 대한 나의 첫 관심은 40여 년 전으로 거슬러 올라간다.

시카고 대학 박사학위 논문 작성을 위한 연구가 한창일 무렵, 나는 이 이야기를 처음 접하게 됐다. 나는 민비의 삶과 죽음, 그녀의 재능과 대원군과의 격렬했던 관계에 매료됐고 일본인들의 손에 의한 잔인했던 최후에 분노했다. 그러나 그때는 이미 민비시해사건으로 나의 논문 주제, 방향과 내용을 수정하기에는 너무 늦었다. 나는 당시 엄격한 일정에 따라 연구를 진행해야 했던 재단 펠로우십 수혜자였다. 정해진 시간 안에 논문을 마쳐야만 했다.

박사 학위를 받은 후에는 학교 업무는 물론 남편을 보살피고 아이들의 어머니로서의 일과까지 겹쳐 이 프로젝트를 진행하기란 역부족이었다. 그러나 민비(명성황후)의 이야기는 결코 내 머릿속에서 떠나지 않았다. 나는 항상 그녀를 마음속에 떠올렸고 그 이야기를 어떤 식으로 써내려야 할 지 어렴풋 고민했다.

나는 2006년 퇴임 후에 즉각적으로 소설 작업을 시작하려 했다. 그러나 삶은 나의 그런 계획을 또다시 뜻대로 이루도록 하지 않았다. 북미 대륙 반 넘는 곳으로 이사해야 했고, 몇 년 후에 사랑하는 남편이 세상을 떠났던 것이다.

그런 여러 가지 이유로 이 소설의 기본적인 구상부터 소설화 작업의 시작까지에만 어언 십년이 소비됐다. 그 후에도 나는 여러 번 이야기를 쓰고 또 지웠다. 내가 이렇게 완성한 작품이 이전에 지웠던 수많은 원고보다 한결 훌륭할 지 여부도 알 수 없다. 하지만 그렇게 생각해야만 이제 앞으로 나아갈 수 있을 것 같다. 지금 이제 남은 바람이 있다면, 이 책을 읽는 독자들이 동방의 '조선'이라는 왕국에 살았던 한 왕비의 일생을 배우면서 즐거움과 교훈을 얻는 것이다.

끝으로 이 소설의 영문판에서는 미국에서 통용되는 한국어 단어와 이름의 로마자 표기 방식인 매큔-라이샤워 표기법(McCune-Reischauer)을 사용했다. 중국어의 경우에는 웨이드-가일스 표기법(Wade-Giles)을 사용했음을 함께 밝힌다.

조봉완

부록

* 연표

* 소설 속에 등장한 역사적 인물들

연표

1863년	철종, 후사없이 승하하다. 12세 이명복(고종)이 왕위를 이어받다. 그의 아버지 대원군은 섭정에 오른다.
1864년	고종 재위가 시작되다.
1866년 ~ 1873년	대원군의 쇄국정책이 이뤄지다.
1873년 11월	고종의 친정이 시작되다. 12월 대원군의 섭정은 공식적으로 막 내린다.
1874년	3월 세자 척(순종)이 태어나다
1876년	2월 강화도 조약 체결되다. 조선이 체결한 첫 근대화 조약은 불평등 조약이었으나 조선의 수백 년 빗장을 푸는 계기가 되다. 5월 22일 미국과 슈펠트 조약을 체결하다. 조약 내용에 조선의 자주와 독립이 삽입되다. 7월 임오군란이 발생하다. 민비, 한성에서 피난하다.
1882년	8월 초. 대원군, 청국으로 납치되다. 8월 중순. 민비, 환궁하다.
1884~1888년	갑신년(1884년) 김홍집 등의 주도로 갑신정변 발생. 프랑스, 독일, 이탈리아, 러시아 등 서구열강과의 조약이 잇달아 체결되다.

연표

1885년	4월 18일 천진 조약이 체결되면서 일본군의 조선 진주의 발판이 마련되다. 10월 5일 대원군이 조선으로 환국하다
1890년	조선 각지에서 농민들의 봉기의 막이 오르다
1894년	3월 동학혁명의 불길이 타오르다. 7월 23일 일본군이 경복궁에 침입해 왕실을 사실상의 인질로 삼다. 7월 25일 조선의 명운을 두고 청국과 일본의 갈등이 본격적으로 시작되다. 8월 1일 청일전쟁이 발발하다
1895년	4월17일 일본이 전쟁에서 승리하다. 시모노세키 조약이 체결되다. 4월30일 삼국개입. 프랑스, 독일, 러시아가 일본의 요동반도 반환을 요구하다. 5월 친일 정부가 구성되다. 민 씨 일가가 권력에 복귀하고 러시아의 영향력이 확대되다. 10월 8일. 민비, 일본인 무리들에게 잔혹하게 살해당하시다.
1897년	대한제국으로 국호를 바꾸다. 비운에 간 조선의 국모에게 '명성황후'라는 시호가 내려지다.

소설 속에 등장한 역사적 인물들

고종(1852-1919, 재위 1863-1907)
26대 조선의 군주. 아명은 이명복.

김기수(1832-?)
조선 말기의 문신. 일본으로 파견된 수신사 대표.

김옥균(1851-1894)
개혁가이자 갑신정변(1884)의 주모자.

김홍집(1842-1896)
1880년 미국으로 떠난 신사유람단의 수장.

호러스 뉴턴 알렌(Horace Newton Allen, 1858-1932)
미국인 의사 겸 선교사로 1884년 사건 당시 민영익의 목숨을 구해 광혜원 왕실 양의사가 된다. 외교관으로 활동한다.

오웬 데니(1838-1900)
고종의 미국인 고문으로1886년부터 90년까지 활동했다.

대왕대비 조씨(1808-1890)
민비가 중전으로 있을 당시 왕실의 가장 큰 어른이었다.

대원군/이흥선/이하응/국태공(1820-1898)
고종의 부친으로 1864년부터 1873년까지 섭정했다
.

폴 게오르크 폰 묄렌도르프(1848-1901)
조선에서 외무협변 등으로 1882년부터 3년간 일했다.

무츠 무네미츠(1844-1897)
청일전쟁 당시 일본 외무대신으로 청국과의 전쟁을 유도했던 것으로 알려져 있다.

미우라 고로(1847-1926)
명성황후시해사건 당시 재임 중 이던 일본 공사. 사건을 계획하고 주도한 장본인으로 알려져 있다.

민비/명성황후(1851-1895)
고종의 아내, 조선의 국모. 1895년 10월8일 일본인들에게 살해당했다.

민승호(1830-1874)
민비의 오라비로 대원군의 사주로 추정되는 사건으로 암살당했다.

민응식(1844-1903)
임오군란 당시 피신 온 민비를 숨겨준 먼 친척.

민영익(1860-1914)
민승호의 양자이자 민비의 조카.

오카모토 류노스케(1852-1912)
조선에서 일하던 일본공사관 관리로 대원군의 1894년 복귀를 돕는다.

완화대군(1868-1880)
고종의 장자로 귀인 이씨 사이에서 태어났다.

칼 웨버(1841-1910)
조선 주재 러시아 공사로 1895년 부임했다.

이규직(?-1895)
시해사건 당시 민비를 보호하다 살해됐다.

이노우에 카오루(1836-1915)
이토 히로부미의 측근.
조선과의 관계에 큰 영향력을 미쳤고
주한공사와 외무대신 등을 역임했다.

이재선(?-1881)
흥선 대원군의 서자, 고종의 이복형으로 역모 죄로 사사됐다.

이 척(1874-1926)
고종과 민비 사이에서 난 세자로
훗날 조선 27대 군주 순종(재위 1907-1910)이 된다.

이토 히로부미(1841-1909)
19세기 말 엽부터 20세기 초까지 일본제국의 총리대신을 네 차례나 역임했다. 만주 하얼빈에서 안중근 의사에게 목숨을 잃는다.

이홍장(1823-1901)
9세기 청나라의 가장 강력했던 세도가. 북양대신 등을 역임하며 조선의 운명에 큰 영향을 미쳤다.

전봉준(1854-1895)
동학혁명을 이끈 녹두장군.

철종(1849-1863)
조선의 25대 군주. 왕이 되기 전까지 강화도에서 빈농으로 지내 '강화도령'으로 불렸다.

최익현(1833-1906)
유학자로 고종의 친정을 요구하는 상소를 올렸다
.

최제우(1824-1864)
동학, 천도교의 창시자. 정도를 어지럽혔다는 죄로 처형됐다.

하나부사 요시타다(1842-1917)
1876년 부임한 최초의 일본인 공사.

홍계훈(1842~1895)
경복궁 수문장으로 임오군란 당시 민비를 피신시켰다. 그 공으로 파격적인 승진을 거듭했다. 민비의 측근 홍상궁과는 남매지간.

조봉완 역사소설

궁내의 살인

MURDER IN THE PALACE

초판 인쇄 _ 2017년 8월 23일
초판 발행 _ 2017년 8월 30일

지은이 _ 조봉완
옮긴이 _ 박세용
펴낸이 _ 노승택
책임편집 _ 안혜숙
편집 / 디자인 _ 임정호

펴낸곳 _ 도서출판 다트앤
등록 _ 1998년 9월 15일
등록번호 _ 제22-1421호
주소 _ 인천시 강화군 불은면 불은남로 298번길 8호(오두리 293-1호)
전화 _ 02.582.3696
팩스 _ 0504.422.6839
이메일 _ hwaseo582@hanmail.net

값 13,000원
ISBN 978-89-6070-619-4 03810